食罪者 9

宇尘 著

SIN EATER

北京时代华文书局

图书在版编目（CIP）数据

食罪者.9 / 宇尘著.— 北京：北京时代华文书局，2020.8
ISBN 978-7-5699-3787-9

Ⅰ.①食… Ⅱ.①宇… Ⅲ.①长篇小说－中国－当代 Ⅳ.① I247.5

中国版本图书馆 CIP 数据核字（2020）第 116934 号

食罪者 9

SHI ZUI ZHE 9

著　　者 | 宇　尘

出 版 人 | 陈　涛
责任编辑 | 周连杰　张彦翔
装帧设计 | 仙　境
责任印制 | 刘　银
出版发行 | 北京时代华文书局 http://www.bjsdsj.com.cn
北京市东城区安定门外大街 136 号皇城国际大厦 A 座 8 楼
邮编：100011　电话：010-64267955　64267677
印　　刷 | 河北照利印刷有限公司　13031030811
（如发现印装质量问题，请与印刷厂联系调换）
开　　本 | 700mm × 990mm　1/16　印　　张 | 19　字　　数 | 246千字
版　　次 | 2020年 8月第 1版　印　　次 | 2020年 8月第 1次印刷
书　　号 | ISBN 978-7-5699-3787-9
定　　价 | 45.00元

人与人之间最难能可贵的品质是信任，

最可悲的往往也是信任。

目录

第一章　女法医失踪

1

柳菲拿着手机，等着给丁潜录口供。丁潜不说话，她就安静地等着。

丁潜比她想象中要沉稳得多，只是在刚苏醒时有过短暂的惊慌，之后就完全镇定下来了。他用那双深不可测的眼睛安静地望着柳菲，似乎被绑在椅子上随时可能丧命的人并不是他一样。

柳菲说：“我知道你擅长催眠，我也知道瞬时催眠是怎么一回事，我早有提防，劝你还是不要在我身上浪费时间。我没有那么多耐心。”

“我没有想过催眠你。”丁潜说，“我只是在想……”

“想什么？”

“如果我说我没有杀温欣，你会相信吗？”

柳菲冷笑，“你说呢？”

丁潜叹口气说：“是啊，我也没想到那天下午发生的事会被温欣的DV拍下来。”

“你当年在接受警方审问时故意隐瞒了这个事实，如果不是被DV拍下来，恐怕你会永远隐瞒下去。若要人不知，除非己莫为，这句话用在你身上恰如其分。坦白吧，把你交给警察，比我来处置你是更好的选择。”

“我能问你一个问题吗？”

“你问。”

“你没注意到这个 DV 视频有问题吗？”

“……”

“那天温欣本来是去专门采访食尸鸟的，我想应该是她用 DV 拍完采访视频之后忘了关，随手放在了客厅沙发上，阴差阳错地拍下了我进门之后发生的事情。但这里有一个明显的问题，食尸鸟拿到 DV 时，DV 的电量依然充足，存储空间也未满，那为什么只拍到了我把温欣掐死，却没有拍到之后我分尸碎尸的场面呢？你不觉得奇怪吗？”

柳菲凝视了丁潜良久，说：“没想到你居然是这么冷酷的一个人。事情败露，我在你脸上都看不到一丁点儿悔恨之意，你竟然还在想方设法地为自己辩解。我替温欣感到悲哀，她怎么会看上你这种男人。对你来说，死刑都是最轻的惩罚。”

寒光一闪。

柳菲手里的手术刀已经抵在了丁潜的脖颈上，被刀锋压迫的动脉突然膨胀了几倍，鲜血似乎随时都能喷涌而出。

“等等。”丁潜急忙喊道。

“原来你也怕死。”柳菲鄙夷道。

“我不想死得稀里糊涂。我刚才提到的问题，你有没有好好思考，这里面有很大的疑点。”

“对我来说，考虑这些已经不重要了。我只要知道，温欣是被你杀死的就够了。我不能让她死得不明不白，让凶手逍遥法外。”

“我知道了，还有最后一个问题。你做这一切都是为了温欣，可她只是你的表姐，值得你为她犯险，把自己的人生都赌上吗？”

柳菲一下沉默了，丁潜的话深深触动了她的内心，过了许久她才说：“我是一个孤儿。在我最无依无靠的时候，是温欣一家收留了我，是温欣的关爱给了我活下去的勇气。可以说，如果没有她这个姐姐，就没有今天的我，就算我能活下来，也绝对不会是现在这个样子。所以我不能不为她做点儿什么，就算付出生命的代价也在所不惜。”

柳菲即便是真情流露，冰冷的脸颊上也没有过多表情，只是眉头出现了一些褶皱。

“我明白了。”丁潜说。

“你还想问什么？”

“没有了。”

“没有其他要说的？”

“没有了。”

“那好，我要动手了，从你的颈动脉放血，有点儿血腥，但痛苦的时间不长。之后，为了毁尸灭迹，我要把你的尸体肢解了，用我配制的强酸把你的尸骨溶解掉，剩下的残渣用水泥浇筑，然后沉到附近工厂的排污河里……”

“这些你就不用当着我的面说了。”丁潜急忙打断，“人都死了，就是到时候你把我炖汤吃了，我也不能有什么意见。”

“闭上眼睛吧。”柳菲不想再跟他废话，“血喷出来之后，你有短暂的几秒钟头脑还是清醒的，如果不想把自己吓到的话，那就照我说的做，我会让你走得轻松一点儿。”

丁潜惨然一笑：“我还是睁着眼睛吧，能被这么漂亮的女人杀死，不是哪个男人都有这个机会的。”

柳菲的眼眸中闪过一丝复杂神色，她咬咬牙：“闭嘴。”

手术刀用力切进脖颈，鲜血涌出。

丁潜出奇地平静，他平静地望着柳菲精致的脸庞，恍惚中又像是看见了温欣。

就在这样一个宁静的下午，生命戛然而止，犹如一场不期而遇的邂逅。

突然！

宁静被打破了！

马达的轰鸣声由远至近，飞驰而来。

柳菲脸色微变。

这附近根本没有住户，什么人会开车经过？

她起身来到窗前，正巧看到一辆警车带着刺耳的刹车声停在楼下。

车门打开，郭蓉蓉从车里蹿出，抬头打量了一眼面前这座破旧的小楼，二话不说，直接跑进了楼道里。

她一边看着手机里的定位仪，一边上楼，眼看着屏幕上丁潜手机的位置距离自己越来越近，她也越发紧张，心头升起了强烈的不安。

她从腰间拔出手枪，小心翼翼地走到顶楼。

左右两家住户，她先进到左手边那家，里面空空如也，根本没有人。

她又返回右边那家，当她走到卧室，一眼看到了房间里的情景，脑袋顿时嗡了一声。

丁潜一动不动地靠在躺椅上，手脚都被皮带绑着，脖子上流着血。

郭蓉蓉不顾一切地冲到丁潜身边，用力摇晃他，带着哭腔喊："大叔，你不要吓我啊，你醒醒，你快醒醒！你死了我可怎么办，呜呜呜……"

丁潜发出呻吟："我死了，你好好活着呗，难道还要给我殉葬啊。"

郭蓉蓉"妈呀"叫了一声，一屁股坐在地上，见鬼似的看着丁潜，"你……你……你怎么又活了……"

丁潜看她小脸儿哭得梨花带雨的，叹口气："你是盼着我死啊，还是盼着我活？快给我解开。"

2

郭蓉蓉先给了丁潜一个大大的拥抱，把眼泪蹭了他一肩膀，然后麻利地给他松开了手脚，问他伤势怎么样，掏出手机要打电话叫救护车。

丁潜摸了摸脖子上的伤口，发现只是划了一条长长的口子，还不算深，并没有伤到颈动脉。

“不用叫救护车了，我没事。”他说。

郭蓉蓉这才放下心来，拿着手枪屋里屋外搜索了一圈，没有发现疑犯的影子，回来问丁潜：“到底发生了什么，是有人把你绑架了吗？”

她瞪着那双大眼睛迫不及待地看着丁潜。

丁潜想了想说：“是有人绑架了我。”

“谁绑架你的？几个人？”

“一个人。”丁潜顿了顿，“不过我不认识他。”

“那他长什么样子，是男是女？”

“他蒙着脸，我看不清他长什么样，听声音像是个男的。”

“多大年纪？”

“三十多岁吧，也许四十了。”

“胖瘦，多高？”

“微胖，大概一米七五。”

郭蓉蓉想了半天说：“最近我们接手的案子，好像也没有这么一号嫌疑人啊。你最近得罪过什么人吗？”

“这我可想不起来，应该是没有。我一个当心理医生的，向来没有医患矛盾这一说。”

“那他总不可能无缘无故把你绑架到这里吧，绑匪说过为什么要绑你吗？”

“没有。”

“什么都没说？”郭蓉蓉有点儿怀疑地看着丁潜。

丁潜打岔道：“你是怎么找到我的？”

“通过手机呗。我下载了 GPS 定位系统，把你的手机绑定了，精度十米。你去哪儿我都能找到你，除非是老鼠……”

“你这是侵犯我的个人隐私，”丁潜叫起来，“你知道水门事件和棱镜门吗，身为最优秀的警察，你怎么能干出这种事？”

“这也没什么呀。”郭蓉蓉挠挠下巴，“你去哪儿是你的自由，我又不干涉。关键时刻还能救你一命，要不是我定位了你手机，这次还找不到你呢。”

“那你怎么会想到赶来救我？”

“这事说起来有点儿奇怪呢。我听说你这两天跟蒋雨馨出去旅游，出于警察的本能，我怕万一你落单后她做出什么伤害你的事情，就打她电话问问你的情况，让她心里有个忌惮。没想到她跟我说，你接到特案组柳菲的电话，说嫌疑人余明已经抓到了，催你过去，之后你就走了。我当时就感觉很蹊跷。”

“有什么问题？”

“我们并没有抓到嫌疑人余明啊，柳菲怎么可能给你打电话让你去呢，这还不蹊跷？我虽然不太喜欢蒋雨馨，但我知道她做人还算厚道，不可能骗我，所以我就琢磨那通电话到底是怎么回事，我还想给柳菲打电话核实一下，可是她的电话怎么打都打不通。我越想越觉得这件事有问题，怕你出什么意外，就找过来了……”

丁潜心想，这次还多亏了郭蓉蓉这种胡想乱猜，不撞南墙不回头的精神，才救了自己一命。

“不过话说回来，真是柳菲给你打的电话吗？”郭蓉蓉问丁潜。

丁潜故作思考，然后说：“其实现在回想起来，那个声音也不太像柳菲，当时电话有杂音，我就听一个自称是柳菲的女人说抓住余明了，让我赶紧过去，她跟我约好了见面地点，还开车在半路上等我。当时我并没有多想，只想着早点儿见到罪犯。”

“你见到柳菲了？”

“没有，我一上车就被弄晕了，根本什么都没看到，醒过来就在这里了。”

“原来是这么一回事，大叔你这么精明的人居然也当了一回犯二青年，稀里糊涂差点儿连命都弄丢了。”

“人有失手，马有漏蹄，聪明过劲儿了难免犯蠢。”丁潜敷衍了郭蓉蓉两句，捂着脖子说，“还是快点儿带我去医院包扎一下吧。是非之地不可久留，我们在明，对方在暗，万一那家伙杀个回马枪呢。”

郭蓉蓉想想也是，就同意了。走的时候，她的目光随便在屋里扫了一眼，忽然说：“等一下。”

“怎么了？”

郭蓉蓉一眼看见了放在墙边的那个金属箱，不禁道：“这个箱子怎么看着有点儿眼熟，好像法医用的那种工具箱呢……”

说着她走过去，把金属箱打开，里面大大小小的手术刀、钢锯和镊子霎时映入眼帘，把她惊得目瞪口呆。她回头看了丁潜一眼，说：“这可不是什么单纯的绑架了，对方这是冲着杀你来的啊。”

“有这么严重？”丁潜言不由衷地说。

他心知肚明，那是柳菲的工具箱，郭蓉蓉的意外出现阻止了她行凶，她匆忙离开时把法医工具箱落在了现场，不过幸亏她没把手机落下。

丁潜心里不禁自问，我这到底是在做什么？

包庇柳菲？包庇一个要把自己毁尸灭迹的女人？

他不认为自己跟柳菲有这么深厚的交情，值得自己为她这么做。他已经犯了一回蠢，没必要再犯第二回，可是话到嘴边，面对郭蓉蓉的一个个提问，他一个回答错，个个回答错，不知不觉就被逼到了死胡同，搞得自己好像嫌疑犯一样。

刑事调查局，特案组。

距离丁潜遭人绑架被解救出来已经过去了三小时。

丁潜现在安全地坐在杜志勋对面，脖子的伤已经简单处理过，缠了几圈纱布，搞得转头都困难。

杜志勋一言不发地望着他，那个差点儿用来给丁潜分尸的金属工具箱就放在他旁边。

“你在看我脖子？”丁潜问他的同时还故意扭了扭。

“我没你那么无聊。”杜志勋向来对丁潜的冷幽默不感冒，“我只是觉得你看着有些不对劲儿。”

“我就感觉我脖子不太对劲儿。”

“一个劫后余生，差点儿被碎尸的人，怎么会如此平静？虽说你是心理医生，擅长控制情绪，可是你这情绪控制得也太好了吧，好像有点儿是刻意的。”

“那你觉得我怎么做才算正常，痛哭流涕，瑟瑟发抖，等着你们来安慰我？”

3

杜志勋摇摇头说：“不对，我觉得你有事瞒着我。”

“我能瞒你什么，你这个大侦探是不是办案太多，看什么怀疑什么啊？你该不会觉得我像嫌疑犯吧，难不成是我自编自导自演了一出绑架戏？”

“我指的不是那方面。我并不怀疑确实是有人把你绑架了，但我不解的是，绑架你的是什么人，为什么要绑架你？看样子，他甚至还想杀你。”杜志勋拍拍桌上的金属工具箱。

丁潜耸耸肩，说：“我也想弄清楚……”

“这是法医工具箱，我打开箱子看过，里面放着好几把手术刀，还有锯子。这是绑架你的那个蒙面人的？”

丁潜点下头。

“你觉得那个蒙面人你认识吗？”

“我不知道，没想过这个问题。”

杜志勋看着金属箱，若有所思。

“巧合的是，我们的法医柳菲现在失踪了。”

“失踪了？”

“今天她就没来上班，一早临时用手机告诉助手李达，说她家里有事，请几天假。这种事也算正常，本来谁都没有当回事。但是郭蓉蓉跟我说，你今天原本是和歌星蒋雨馨郊游去了，结果半路上接到了柳菲的电话，说抓住了逃犯余明，让你过去，于是你就离开了，再之后你就被绑架了。

我不知道这其中究竟发生了什么，但现在我们联系不上柳菲，没法与她核实真相，唯一了解真相的人只有你。”

“真相我都已经说了啊。”

“你说绑架你的人是男性，那为什么打电话约你出来的人是柳菲呢？为什么在案发现场发现了柳菲的工具箱？”

丁潜向前微探身子，说：“你确定这是柳菲的法医工具箱？”

“我问过李达，他并不确定，法医的工具箱大同小异，没有多大区别。我让物证科的人检查过工具箱和里面的刀具，没有发现指纹，绑架你的案发现场也没有发现有价值的线索。应该说，罪犯头脑冷静、行事谨慎，而且具有相当强的反侦察能力。我不能说这个人就是柳菲，但客观来说，柳菲确实具备这种能力。现在关键的问题是她到底在哪里，为什么要给你打电话引你出来。”

“看起来，我的证词无比重要啊。”丁潜露出狡黠的笑容，“柳菲去了哪里这我可不知道。不过杜组长，你为什么不反过来想想，难道我的口供就一定可信？”

“你什么意思？”

“是我告诉蒋雨馨，柳菲给我打了电话，难道就不能是我故意骗她的？你就这么相信我说的话？”

杜志勋微微一怔，眼神中露出费解之意，说：“我可以查查电信局，看她有没有给你打过电话，这很容易确认。”

“放心吧，保证你查不到，因为那通电话用的是公用电话。”

“你的意思是，你在诬陷柳菲？”

“我可没那么说，何况就算是我骗了蒋雨馨，我又不知道郭蓉蓉之后会给她打电话。我顶多是撒了一个谎，撒谎不犯罪吧？”

杜志勋深深地凝视着丁潜，说：“你到底是什么意思？”

“没什么意思啊，我只是提个醒，你不是一直都怀疑我吗，怎么现在开始相信我了，其实站在不同的角度看问题，往往得出的推断也不一样。”

杜志勋沉默了片刻，眯缝起双眼，说：“你还真有意思，做嫌疑犯的时候喜欢隐瞒事实，做被害人的时候还喜欢隐瞒事实。之前你是为了脱罪，我可以理解，这一次呢，难道你就不怕罪犯再找你？下一次你可就未必有今天这么幸运了。”

“看你说的，我还真有点儿害怕呢。”丁潜脸上带着笑意，可是眼睛深处却带着几分忧虑。

二十年前。

一个普通的夜晚。

大雨倾盆，雨滴毫不留情地倾泻在这座城市的大街小巷。

一辆白色的急救车拉着警笛在布满积水的街道上飞驰。

车里坐着三个人——男司机、男医生和女护士。

急救车开到一家宾馆门前停下，司机留在了车里，医生和护士带着药箱跑进宾馆大堂。

男医生对前台小姐说：“我们是急救中心的，刚才接到急救报警电话，说你们这1304房间的客人突发急病，请你马上带我们过去。”

前台小姐不敢怠慢，急忙带着男医生和女护士乘电梯来到楼上。

1304客房门口，一个年轻男子正焦急地等待着，看到医生赶到，忙说：“我就是打急救电话的人，我女朋友在房间里昏过去了，不知道犯了什么病，快帮我看看！”

男医生点点头，问道：“你女朋友平时有什么病史吗？”

“这个我还不是特别清楚，她就是身体有点儿弱，平时爱感冒什么的。”年轻男子说。

男医生匆匆走进客房。

就在客房卧室的大床上躺着一个昏迷不醒的年轻女子。

女子盖着浴巾，双眼翻白，嘴角溢出了白沫，身体还有些微微抽搐，看着很吓人。

医生试了试女子的脉搏和呼吸，果断地给她做了心肺复苏，一边又吩咐同来的女护士："先给她打一剂强心针。"

护士打开药箱，忽然吓得脸色发白，支支吾吾地说："曲……曲医生……"

"干什么呢，还不快点儿拿来？"

"我……我拿错药箱了。"

"你怎么能这么糊涂？"曲医生怒道。

"可能……可能急救车里有，我下去找找。"

"赶紧去！"

护士手忙脚乱地往楼下跑。

时间一分一秒地过去，经过曲医生的一番施救，女子转危为安，脸色逐渐恢复了正常，细看模样，长得还挺标致。

曲医生刚才只顾着救人了，无意中把盖在女子身上的浴巾扯到了一旁，露出了半边光滑的身体。

曲医生见状脸色大窘，这样的现状足以让一个精力旺盛的男性血脉偾张，心跳加速。

他心虚地看看身后，就像做贼似的，生怕被人发现。

身后并没有人。

原来女子的男友没有跟进来，女护士也还没回来，现在这个客房里只有他和这个光着身子昏迷不醒的女子……

第二章　虐杀

1

“云梦会馆”过去叫“云梦洗浴中心”，这两年为了赶时髦改了个高端的名字，再经过翻修显得更上档次了。会馆一楼是餐厅，分中餐和西餐，二楼三楼是韩式洗浴中心，四楼五楼是客房。

每到傍晚，都会有不少车辆停靠在会馆四周，一些家住附近、追求小资情调的人喜欢跑到这里来放松一下，也有些“单身贵族”想在这里寻求刺激。

站在门口的门童带着习惯性的假笑，向每一个客人亲切鞠躬。从他们眼前走过一个个穿着笔挺，或老或少的男人，手里还牵着一个个长得像他老婆或者女学生的女人趾高气扬地走进会馆。每个人有每个人的故事，但最终的需求往往都是一样的。

江海涛今年四十六岁，当着一个不大不小的官，也算事业有成。他老婆在医院当主任，有一个上高中的女儿和一个上小学的儿子。家里有保姆照顾，用不着他操心，属于事业顺利，生活无忧的那类人。只不过这种悠闲日子过久了，难免厌烦，偶尔他也会在外面寻点儿乐子。

他上一个女朋友就是在云梦会馆认识的，长得白白净净，是外国语学院的大三学生，江海涛经常在节假日的时候带她出去玩儿，女孩儿不贪心，平时给她买些化妆品或包包什么的就能让她很满足，两个人缠绵了将近一年，等到女孩儿大学毕业要去深圳发展，这段感情才宣告结束。

江海涛属于念旧的人，女孩儿走后，他一连好几个月茶饭不思，没事儿就到云梦会馆转转，坐坐当初两个人一起吃过饭的桌子，怀念怀念当时的那份美好。

今天晚上，他又坐在了西餐厅他常坐的那个位子，点了一份蜜煎柠香三文鱼，要了瓶葡萄酒，一面细嚼慢咽，一面望着对面的空座位，若有所思。

就在这时，一个纤细苗条的身影从身边一闪而过，飘然落座在对面一张桌后。

江海涛不禁看了那个女人一眼，顿时大吃一惊，心旌摇曳。

倘若不是亲眼所见，他简直难以相信天底下还有这么漂亮的女人，哪怕是在电视里那些花容月貌的女明星中间也很难找出能与她相提并论的。

能遇见这样的绝世美女，哪怕是见一面，也算三生有幸。

可能是感觉到了江海涛直勾勾的目光，美女抬头看了他一眼，嫣然一笑，媚眼如丝。

这一笑把江海涛的骨头节都笑得又麻又酥的，他惊喜地发现，对方对自己并无厌恶，似乎还有几分好感。

他暗中观察了一会儿，感觉美女是一个人来的，没有男伴相陪，她只点了一杯鸡尾酒，心不在焉地坐在那里喝着。

这让江海涛更增加了几分信心，他一口干了杯子里的酒，又重新给自己倒上一杯，起身端起酒杯，尽可能风度翩翩地走到美女对面。

“我可以坐在这儿吗？”他彬彬有礼地问道。

美女点下头，神色自然，没有拒绝的意思。

“坐在窗前喝酒的人都是有故事的人。”江海涛坐下后，望着玻璃幕墙外的夜景，寓意深长地说道。

“你也是有故事的人吗？”美女机灵地反问。

江海涛心里十分愉快，这么容易就上钩了。

对付这种喜欢自作聪明的小女人，他自有一套办法，他故意欲言又止，然后略带一点儿沧桑地把自己和那个女学生的爱情故事娓娓道来。当然，前提是他把自己的老婆说成是早年出国，音讯皆无，后来又交往外国男友。这样一来，他的爱情故事就显得既苦涩又浪漫了，还有日式言情小说里独有的伤感唯美。这确实要感谢他在大学时看了不少言情小说。

听完他的一番叙述，美女果然被深深打动了，感叹道：“多情自古伤别离，无情不似多情苦。”

江海涛说：“为了我们有故事的人喝一杯吧。”

他招呼服务员再来一瓶葡萄酒。

美女说：“葡萄酒多没劲，我要伏特加。”

江海涛吓了一跳，看不出这个弱不禁风的美人性格这么豪爽，转瞬又笑了：“不要喝醉了才好。”

美女眼波流转，任性地回道：“怕什么，有你在，难道还会让别人趁机欺负我吗？”

“那你放心，我肯定尽职尽责地做一个护花使者。”江海涛听她这样说心里都乐开花了。

他没想到这么顺利就把这个看似无法征服的大美女俘虏了，想不到自己还有点儿魅力。

服务生很快端来一瓶伏特加，江海涛又叫了几个下酒菜，两个人推杯换盏，边聊边喝。江海涛平时在工作上少不了应酬，酒量早就练出来了，不知道美女怎么样。他试了试，发现她不过尔尔，只不过口气大而已。这下江海涛彻底放心了，以他的经验，今天晚上就有机会一亲芳泽。

不过今天不知怎的，江海涛有点儿不胜酒力，才喝了半瓶多就有些头重脚轻了，可是对面的美女还在谈笑风生，他只好咬牙坚持，非要把美女先拼倒才行，不然岂不白忙活了。

喝到最后，还是美女先缴械投降了，说什么也不肯喝了，坚持要回家。

江海涛自然要充当护花使者了。

他强装若无其事的样子，跟着美女走出会馆，要开车送美女回家，可美女说："我家离这不远，我晕车，你陪我走走吧。"

江海涛欣然同意，只要能去美女家，怎么去都无所谓。刚才他在酒桌上已经把美女的个人情况打听清楚了，她现在在一家国际企业做公关，租了一间单身公寓自己住。

这些信息正中江海涛下怀，现在天时地利人和，绝色美女就在眼前，机会千载难逢，错过岂不可惜。

过马路时，他趁机伸手搀扶美女，美女没有丝毫抗拒，他心里更有底了。

两个人过了马路，走过一排栽种柳树的林荫道，拐进了岔路。

街上的路灯不知不觉变稀少了，深夜的路上看不到一个行人，只有两个被路灯拉长的影子在地面上醉醺醺地扭来扭去。

"你家还有多远啊？"江海涛醉意阑珊地问她。

美女没有回答。

2

一阵寒冷的夜风席卷而过，江海涛激灵灵地打个冷战，感觉臂弯里空空如也，定睛一看，美女不见了。

他张了张嘴，想呼唤美女的名字，忽然想起自己还不知道对方叫什么呢。

他看见前面不远处有一个巷子，怀疑美女是不是走进巷子了，心正迟疑，冷不防附近传来清脆的童声，似乎是一个小孩子在咿呀说话，腔调十分古怪，又像是在唱歌。

他感觉这声音就在身旁，左右看看，忽然看见不远处的墙角里蹲着一个虎头虎脑的小男孩儿，看上去也就七八岁的样子。他穿着一套鲜红的花衣裳，正仰着圆圆的小脸冷漠地注视着他，一边看，一边心不在焉地哼唱着古怪的歌谣。

“小朋友，刚才是不是有一个姐姐走进巷子里了？”江海涛问小男孩儿。

小男孩儿愣愣地望着他，似乎听不懂他在说什么。

江海涛感觉这个小男孩儿不太正常，好像脑子有点儿问题，于是他走到近前，弯下腰耐着性子说：“小朋友，你能听懂我说话吗？这么晚了你怎么不回家呀？”

小男孩儿依然愣愣地望着他。

江海涛渐渐没有耐心了，问道：“你刚才嘟嘟囔囔地在唱什么？”

小男孩儿忽然又唱起来："yubi' kirigenman' yubi' kirigenman' uso'tsuitara' hari' senbon' noma' su' yubi' kitta！"（日文罗马音）

江海涛一句都没听懂。

"你到底在唱什么呢？"

小男孩儿愣愣地望着江海涛，嘴里继续重复着那首歌。

江海涛从心底油然生出一种强烈的不安，可是他又不知道这种不安到底是什么。

突然，他眼前一黑，什么都不知道了。

江海涛迷迷糊糊地苏醒过来时，酒劲儿也下去了一些。

他不知道自己躺在什么地方，感觉自己正光着身子。是在美女的家里吗？难道自己已经得偿所愿了？

可是他的记忆乱糟糟的，完全想不起来云雨之时的任何细节。

一阵潮湿冰冷的风从门缝刮进来，冻得他直打哆嗦。

他睁大眼睛，房间有些昏暗，脏兮兮的窗户里透进来青色的晨光，不过也足够看清楚周围的环境了。

这哪里是什么佳人香闺，分明就是一间装杂货破烂的废仓库。

他心头大骇，打破头也想不出自己怎么会躺在这里。

他起身想坐起来，猛然发现自己被绑在一个破沙发上。

"怎么回事，这到底是怎么回事？"他结结巴巴地说着，努力扭动身体想挣脱绑绳。

就在他奋力挣扎的时候，一个人影悄然来到他面前，饶有兴趣地望着他，如同在看一只掉进陷阱里的猎物一般。

江海涛猝不及防地看见了这个幽灵一般的家伙，惊骇至极地望着他，"你……你……"

对方并没有那么多耐心听他把话说完，扬起手，露出一把小巧锋利的尖刀。

尖刀反手攥在掌中，他毫不眨眼，一刀扎进江海涛的胸膛里。

江海涛撕心惨叫。

那人拔出刀，江海涛还没有死。他看都不看，再次高高举起刀子，这一次的位置是在刚才那一刀的旁边。

江海涛再次惨叫，那人又拔出刀，接着是第二刀，第三刀，第四刀……他就像在捅一块烂猪肉一样。看着面前的血花飞溅，他双眼发光，一直从胸口一刀连着一刀扎到小腹，在江海涛身上留下难以数清的刀口，而江海涛居然还活着……

江海涛从小到大养尊处优，碰破一点儿皮都大惊小怪，哪里体验过这样残酷的折磨。

嘶喊到最后他嗓子都哑了，好几次差点儿昏厥过去，他哭着痛骂："你这个变态狂，我什么地方得罪你了？你为什么要这么折磨我？你到底想干什么说清楚啊！难道你是暴力抗拆那个村子的人？"

"……"

"不是我派人强拆的，是拆迁办干的。也不是我下令逮捕那几个村民的，这件事跟我没有任何关系，你报复我干什么？"

"……"

"你不是为了那件事吗？难道你是吴老大的人？我跟你说，不是我不想把那个项目给他，我一直在努力做工作，但是对方背景很大，从上面给我施压，我现在也很为难。拜托你让我给你们老大打个电话，我当面向他解释，实在不行我把那笔钱返给他，求求他放我一马……"

对方伸出食指放在唇边，做了一个嘘声的手势，然后不慌不忙地从兜里掏出一个小铁盒，打开盒盖，伸到江海涛眼前。

江海涛只是一看，便吓得魂不附体，抖成了筛子，求饶道："别……

别这样……别这样……咱们好商量，要不然我给你钱，你要多少钱我都给你，你放了我，求你放了我……不，不要……”

警车开到古楼区常白街，在一个小巷前停下。

蓝京市刑警队队长顾宗泽从后门钻出，径直走进巷子。穿过巷子是一个居民区，几栋整整齐齐的住宅楼对面有一排库房似的平房。其中一间平房的大门敞开着，拉着黄色的警戒线，有几个警察把守在外面，还有上百个好事的居民抻着脖子踮着脚努力往里面看。

“什么情况？老贺。”顾宗泽问其中一个年纪较大的男警察，他手里本来还有别的案子，若非情况严重，领导也不会把这个案子临时塞给他。

“这一趟房子都是废弃的库房，很久都没有人用过了。这两天经过这里的居民闻到了一股异味，今天早上有人好奇就走进库房查看，结果看见了一具高度腐烂的男尸，估计被吓得不轻。”贺警官说着努努嘴，指向了一个面无血色、惊魂未定的男子。

“也是他报的案？”

“嗯。”

顾宗泽打量了两眼那个男子，三十岁上下，中等个头，长得挺壮实，皮肤黝黑，看着像干体力活儿的。他对老贺说：“找个精明的给他详细做笔录。”

言外之意就是看看这个人有没有疑点。

老贺点点头，招呼一个警察把报案者带走了。

3

“就死了一个人吗？”顾宗泽问。

他站在门外，模模糊糊只看到昏暗的库房里有个死人的轮廓，除了有股难闻的臭味，倒也没有什么很特别的，不过就是一具腐烂发臭的尸体而已。这样的案子他不知经历过多少，早就习以为常了。

“嗯，只有一个被害人，”老贺顿了顿，“不过，这个人可有点儿来历。”

“哦？”

“我们在死者的衣兜里发现了他的手机，查了查他的身份，原来他是开发区管委会的主任，叫江海涛。”

“这样啊……”顾宗泽恍然。

开发区管委会主任虽说级别不是很高，但也算一个部门的一把手。这样的人被杀总能牵扯出一些不可告人的秘密，难怪让他亲自侦办。

顾宗泽心有计较，走进了库房。

腐烂的尸臭味愈加浓烈，他掏出手绢掩着鼻子，慢慢走到尸体近前。

在一个破旧的长沙发上，斜靠着一个光着身子的大胖子，好像一个充满气的大皮球，五官被撑得出奇大，两个鼓出的眼球呆滞地凝视着站在面前的顾宗泽。

顾宗泽心想，说不定我还跟这个人一桌吃过饭呢。只是眼前这个面目全非的大胖子，让人无论如何也想象不出他之前长什么样。

“死了多久？”他问正在初步尸检的谭法医。

“已经出现了巨人观晚期现象，尸僵完全缓解，死亡时间在一周左右。”男法医回答。

“什么凶器？”顾宗泽的目光在膨胀的尸体上游弋着，胸口和腹部那些密密麻麻好像一张张小嘴的伤口终于让他感到有些震惊了。

多大的仇恨要下如此毒手？这不是谋杀，这分明就是虐杀。

他脑海中不经意地浮现出凶手疯狂挥舞凶器的情景。

“还不知道是什么凶器。”谭法医说，“伤口的形态一头钝圆一头尖细，看着像是刀子的刺伤，不过伤口又很窄，不管是窄刃的匕首还是市面上最细的蝴蝶刀，刀刃都比这些伤口宽。看起来凶手使用的是一把十分窄细的像刀一样的凶器，究竟是什么我现在还没想出来，也不排除是他自制的。”

顾宗泽看了看仓库的环境，又瞅瞅勒紧尸体手脚的细绳，若有所思道：“凶手提前踩点，绑架江海涛，捆绑、扒光衣服、羞辱、乱刀捅死……这分明是泄愤杀人啊，这个江海涛把人得罪得不浅……”

“队长，这具尸体还有个与众不同的地方。”谭法医打断了顾宗泽的思路。

“与众不同？”

“嗯。”谭法医绕到尸体身后，把肥胖的尸体推倒，拽起肥胖的右手说，“除了那些刺伤，还有一处伤在手上。被害人的右手小指被齐根切断带走了，不知道是为什么。”

“切掉手指带走？”顾宗泽一愣，望着那只残缺的手掌再次陷入沉思。

三天后。蓝京市刑警队。

各方的侦查信息陆续汇集到顾宗泽的办公桌上。专案组的几个人也都聚集在他的办公室里，一边抽烟一边谈案子，办公室里烟雾缭绕。

负责调查江海涛人际关系的贺炎与马洪涛一回来就向顾宗泽做了汇报。

贺炎说："正如队长你猜测的，江海涛的人际关系很复杂，我们暗中打听了一下，最可能与他产生矛盾的是两伙人。第一伙人是下河口村的村民，这个村子在他开发区管辖范围内，去年年底，下河口村被强拆，村民和拆迁队发生了斗殴，被抓进去了几个人，但后来这件事被压下去了。这个开发项目是江海涛亲自审批跟进的，据说还有村民去管委会门前静坐抗议过。可以说，站在村民的角度，不排除有很多人憎恨江海涛……"

顾宗泽不露声色地听着，插嘴道："另外一伙跟江海涛有矛盾的人是什么情况？"

"这个就更复杂了。据说是几家建筑公司，他们的背后是一个道上的大哥，听说是他想从江海涛手里获得一个商场的承建项目，原本江海涛承诺给他了，后来不知怎的又反悔了，让这位大哥很不开心，也可能是因为这个原因，找人把他做了。到底是不是这么回事，还需要进一步调查。"

顾宗泽点点头，转头问一个年轻警官："小王，那个报案人你询问得怎么样，有没有问题？"

"他叫齐万里，是个装卸工，发现尸体那天正好是他倒班休息。他不是下河口村的人，也没查出什么背景。"

"我知道了。从目前来看，这个人的嫌疑并不大，不过，老贺，你跟着的那两条线还要继续调查，任何一个疑点都不要放过。"

贺炎应声答应。

顾宗泽又问另外一个警官："刘向，江海涛的家人调查得怎么样？"

“他老婆看着没什么问题，江海涛失踪这几天，她给他打了几十个电话，因为江海涛手机没电了，所以电话一直没打通。三天前，他老婆去附近派出所报了案。当我把江海涛遇害的消息告诉她时，她显得很崩溃，不像是装的。后来等她平静了一些，我向她询问江海涛最近一段时间是否有异常，她说江海涛一切很正常，没有跟她提到过有什么麻烦。不过她提到了一个疑点。”

“什么疑点？”

“她说江海涛的私家车不见了，单位和家里都没有。”

“有这回事？”顾宗泽思索着说，“这么说，江海涛失踪那天是自己开车外出了，那天是周五，白天上班，只有晚上有时间。他开车去什么地方？是去见什么人吗？”

顾宗泽眼睛一亮。

“刘向你马上去查查，看看江海涛的车在哪里。”

“知道了。”

正说着，桌上的电话响了，顾宗泽拿起电话，看到是谭法医打来的。

“队长，方便的话你过来一趟吧，我忽然发现，江海涛的尸体有很大问题。”

第三章　人肉刺猬

1

顾宗泽来到一楼法医室，专案组的警员也一起跟来。

蓝京公安局的法医室设施先进，仅次于刑事调查局。即便如此，一进解剖间，那股难以形容的尸臭还是让人呼吸困难，不少年轻警员看到解剖台上那个灰褐色的黏糊糊的庞然大物，都暗自努力把涌上喉咙的东西咽回去。

谭法医已经打开了尸体的胸腔，他正伏在尸体上，用一个小尺子似的东西往肌肉和内脏上的伤口里插，检查深度。

顾宗泽站在他身后看了一会儿，问道："有什么问题吗？"

谭法医直起腰，扯掉脸上的口罩，对顾宗泽说："我数了数，江海涛身上一共有一百七十四处伤口，伤口深度基本都控制在三厘米左右……"

"这么浅？"

"虽然浅，但足够杀死人，尤其是刺了这么多刀，全部都集中在死者的内脏器官上，几乎把他捅成了筛子，很可能造成大出血。但不可思议的是，这些伤口竟然全都不是致命伤。"

"你说什么？"顾宗泽惊讶道，"这怎么可能？"

"倒也不是不可能做到，我们人体的重要脏器包括心、肺、肾、肝、脾、胰。这些脏器与腔壁之间有两层膜，一层贴着内脏的叫脏层，另一层贴着腔壁的叫壁层。如果把器官比作人的身体，脏层膜就是内衣，壁层膜就是外衣。在两层膜之间有一个潜在缝隙，里面有少量起到润滑作用的液体。这一百七十四个伤口恰好全部都刺在两层膜之间的缝隙间，可以说，只是增加了被害人的痛苦，却没有真正伤害到重要器官，完全不会致命。但是要想做到这一点几乎不可能，除非凶手对人体构造极为熟悉，精通解剖技巧才可以。换句话说，要比我还强。”

顾宗泽看着谭法医严肃的表情，愕然半晌，然后问 :“那么江海涛的死因又是什么？”

谭法医的脸色有些异样，似乎在极力掩饰震惊。他转身从移动推车上端过来一个托盘，上面放着一坨奇特的东西。

看上去好像是一团鼓鼓囊囊的腐肉，可是外表却布满了密密麻麻的刺，像一只大刺猬一样趴在托盘上。

“这是被害人的胃。”谭法医说。

不仅是顾宗泽，所有人都露出了诧异的表情。

一个人的胃怎么可能长出刺来？

谭法医把托盘放在解剖台上，用镊子小心翼翼地把已经剖开的胃掀开，露出内部。

顾宗泽看到了很多细小闪亮的东西，密密麻麻地堆在胃里。

“是什么东西？”他问。

“针，全部都是钢针，成百上千枚。”谭法医心有余悸地说。

顾宗泽望着插满胃壁表面的那些“刺”，似乎明白了什么。

“难不成是凶手逼着被害人把这些钢针吞下去的？”

谭法医点下头，说 :“因为胃壁蠕动，把这些针当成了食物消化，所以被这些钢针刺穿了。我在死者的腹腔里还发现了不少钢针，都是从胃里刺出来的，江海涛的胃早已是千疮百孔，这才是他真正的死因。”

这种死法光想象一下就让人全身发疼。

有个警员忍不住插嘴：“可是这么多针是怎么吞进肚子里的？”

解剖间里一下安静了，所有人的眼睛都盯着那块“人肉刺猬”，这个问题把大家全都难住了。

顾宗泽暗自心惊，这起杀人案看似普通，想不到竟然隐藏着如此怪异、凶残的杀人手段。

“仅仅是为了折磨吗？”他自言自语，脑子里一会儿想到那些被强拆房屋的愤怒村民，一会儿又想到阴险狠毒的黑道大哥。

这个心狠手辣又深藏不露的凶手，到底隐藏在哪里呢？

被害人江海涛失踪的轿车找到了。

顾宗泽得到消息后，立刻赶到现场。现在嫌疑人有好几拨，都有可能想要置江海涛于死地，只是还缺少关键的环节把他们其中之一与江海涛的死联系在一起。

江海涛的车停在路边，距离杀人现场有好几条街之遥。

轿车保存完好，没有发现什么疑点。

顾宗泽环视周围环境，暗自思索，目光不由自主地落在了马路对面的云梦会馆上。

凭着多年办案的直觉，他信步走进会馆，拿着江海涛的照片向服务生们打听是否见过这个人。一问之下，果然有人把照片上的人认出来了，江海涛似乎是这里的常客。服务生们不知道他叫什么，只知道他姓江，出手阔绰。

其中一个男服务生说：“上周五江先生还来这里吃过饭呢。”

顾宗泽一凛，上周五正是江海涛失踪那天。

他问那名男服务生："你上周五看见他是在什么时候？"

"嗯……晚上七八点钟，他一个人来这里吃饭，是我接待他的，他点了一份三文鱼和葡萄酒。"

"下班后一个人来这里吃饭？"顾宗泽打量着这里的环境，感觉有点儿不太对劲。

"嗯，不过后来他跟对面桌上的一位小姐聊上了，还一起吃了饭，后来好像是一起离开会所的。"

顾宗泽眼睛一闪，随即用审视的目光注视着男服务生，问道："你们会所晚上客人一定很多吧？那么多客人，你为什么这么关注那位江先生？而且都隔一周了怎么还能记这么清楚？"

男服务生被他问得有点儿不知所措，忽然涨红了脸，支支吾吾道："主要是那天晚上，跟江先生聊天的那位小姐长得太漂亮了，让人一下就记住了，不只是我，其他人也见过。"

旁边有个男服务生也跟着附和："是呀，我那天晚上也看见了，从来没见过长得那么标致的美女，简直像画上的人一样，唉，只可惜啊……"

2

"可惜什么？"顾宗泽问。

"好好的女孩儿谁会浓妆艳抹，大晚上一个人跑到这个地方喝酒，而且随便一个什么人凑过来聊两句就跟人家走了，不是做那个的，还能是做什么的？只是白瞎了这副好模样啊，啧啧……"男服务员晃头咂嘴，十分惋惜。

顾宗泽心里大抵有了判断，想不到江海涛原来好这一口，看样子他不是头一回了，没事喜欢晚上外出打点儿野食。一旦碰到一位国色天香的单身大美女，当然不肯轻易放过了。

不过让人奇怪的是，江海涛把美女带出会所后，并没有开自己的车离开，这有点儿不合常理。

难道那个女人有车？

之后两个人去了哪里？

江海涛的尸体怎么会出现在几条街之外的破仓库里？

如今江海涛死了，跟他一起离开的那个美女呢，她现在又在哪里？

顾宗泽思前想后，把注意力集中在了这个神秘女子身上，她极有可能是江海涛遇害前最后看见他的人。江海涛失踪的这些天，她没有报案，说不准她也是这个案子的另外一个被害人，只是还没有找到尸体，但是万一她还活着，那她就是一个重要线索。或许只有她知道江海涛失踪那天晚上到底发生了什么。

想到这里，顾宗泽又问那几个服务生："你们会馆有监控吧？"

"门口有。"一个服务生回答。

顾宗泽走到门口，抬头看了看监控摄像头的位置，无意中往门外瞅了一眼，忽然看见江海涛的轿车旁站一个穿红衣服的小男孩儿。

小男孩儿一动不动地瞅着他，只有嘴巴在动，像是在说什么，有种说不出来的古怪。

顾宗泽看着小男孩儿有些失神，忽然，身边的老贺问道："队长，我们是不是得检查一下监控录像？"

这时他才回过头来："哦，对，马上检查。把这个女人从进入会馆到离开会馆的视频全都给我找出来，问问究竟有多少人见过她，有没有认识她的……”

当顾宗泽交代完后再往门外看时，那个红衣小男孩儿已经不知所踪了。

他一时恍惚，怀疑自己刚才是不是眼花了。

警员们在会馆监控室里，把上周五晚上江海涛和那名女子出现的监控录像找了出来。

当那个神秘女子出现在视频中时，所有人都目不转睛地看着她，可是摄像头距离太远，只能看到一个苗条的身段，看不清女人的长相。

“她总有走近摄像头的时候，给我找出来。”顾宗泽吩咐警员。

可是这个女人就像是在故意与他作对似的，当她靠近监控摄像头时，偏偏扭头去看其他地方，差点没把顾宗泽气死。

“我就不信找不到你！”顾宗泽暗暗发誓。

他马上让人把会馆的工作人员全都叫了过来，挨个询问，虽然没有人认识她，但却有了一个意外收获。当晚上班的调酒师偷偷用手机给那个美女拍了一张照片。

顾宗泽迫不及待地要他找出那张照片。

照片里的美女坐在江海涛对面，手托香腮，饶有兴致地听他说话，而且照片正好抓拍到了她的正脸。

不得不承认，这个女人长得无可挑剔，只是妆化得太过浓艳了，假如化淡妆，或是不施粉黛，也许还要漂亮几分。

顾宗泽凝视着照片里这位足以让所有男人心动的神秘美人，努力想从她身上找出一些疑点，可是看着看着，他的眉心越拧越紧，怎么忽然感觉这个女人有点儿眼熟呢？

性格谨慎的顾宗泽没有声张，他按部就班地调查了一星期，案子依然没有什么实质性进展。直到周日一大早，一位到公园跳广场舞的大妈去附近上厕所，结果“幸运”地看见一个赤裸裸的男子躺在瓷砖地上。

男人手脚被绑，右手小指缺失，胸膛和肚子上密布刺伤，全身冰凉地躺在大妈脚下。

大妈还没走进隔间就尿了。

顾宗泽的脑袋开始冒汗了。

这是杜志勋时隔两周第二次找丁潜。

老实说，丁潜对这家伙还是挺头疼的。虽说这两年时有合作，关系也还相处得融洽，唯独有温欣这根刺始终埋在彼此心里。

如今柳菲拿到了那个要命的DV，一旦她把DV交到杜志勋手中，后果不堪设想。

于公，杜志勋眼里不容沙子，肯定不会为了那点儿可怜的交情放过自己。于私，他一直暗恋温欣，一心想要为她申冤。所以说，丁潜现在是如履薄冰，日子很不好过。

杜志勋这通电话语气严肃，只是让丁潜尽快赶到刑事调查局，具体什么事他没说。

丁潜一路上都在合计，如果是因为DV的事，那自己这一去是不是等于自投罗网？

等他走进特案组，一眼就看见了面沉似水的杜志勋，不过他身旁还坐着一个男人，看上去四十岁左右，长得干巴巴的，还留了一撮小胡子，那双眼睛倒是精明透亮。这个人丁潜有点儿印象，但是不熟。

“这位是蓝京市公安局刑警队的顾队长，你们之前见过。”杜志勋给丁潜做了介绍。

顾宗泽朝丁潜礼貌地点点头，说：“你就是丁医生吧，我听说过你。”

丁潜还以微笑，暗中察言观色，感觉不像是跟自己有关，多少放心了一点儿。

杜志勋首先开口："把你找过来，是因为顾队长正在侦办的一个案子。死了两个人，具体情况由他跟你说。"

3

只是找自己帮忙破案？

丁潜暗自猜想，顾宗泽就已经说起来了："这是一个连续杀人事件。第一位死者是两周前发现的，被害和弃尸地点在古楼区一个居民小区的废弃仓库里。经过确认，死者男性，名叫江海涛，是开发区管委会主任。第二位死者是一周后在江陵区解放路公园的公共厕所里发现的，死者也是男性，叫李肃陵，经营一家川味火锅店……"

丁潜插话："这两位死者除了都是男性之外，还有没有其他共同特点，你怎么认为是同一个凶手做的？"

"杀人手段。"顾宗泽说着从随身携带的文件夹里拿出两张照片放在丁潜眼前，一个是阴暗仓库里的腐烂男尸，另外一个是公厕卫生间里的男尸，"两名被害人在遇害前都被捆绑起来，扒光衣服，胸口和腹部被刺了上百刀，右手小拇指都被切断，还被迫吃下了上千枚钢针，把他们的胃刺得千疮百孔，活活折磨致死。"

丁潜皱皱眉，这手段确实够残忍的。

"顾队长希望我做什么呢？如果是给凶手画像的话，你身边这位可是心理画像方面的专家。"

"画像就不用了，我们已经找到了嫌疑人。"顾宗泽说。

“找到嫌疑人了，抓住了吗？”

“还没有，不过这两起作案都有目击者。第一位被害人江海涛失踪那天，最后一次露面是在云梦会馆，有人看见他跟一个打扮得很妖艳的女人一起吃饭，又一起离开了会馆。有位调酒师恰好把他俩偷拍下来了。从那之后江海涛便失踪了，一周后他的尸体被人发现。第二位死者李肃陵是前天晚上失踪的，他傍晚开车离开家，说好要去朋友家打牌，但其实并没有去。第二天早上，他的尸体在住所附近的公园公厕里被发现，他的车就停在公园边。我们走访后得到一个线索，李肃陵失踪那天晚上，有人看到他开车经过公园时撞到了一个女人，他下车后扶着女人走进了公园，之后就再没有人见过他。我们把和江海涛一起吃饭的那个女人的照片给这位目击者看，她一眼就认出了是同一个女人。这个女人是我们现在的主要怀疑对象，她外表出众，习惯在晚上作案，她行事谨慎，充分利用自己的外表来迷惑男人，把他们引到事先选好的作案地点加以虐杀……”

“听你说的好像恐怖片一样，”丁潜故意调侃道，“专门绑架男人的美女，还要扒光衣服绑起来……这口味还真挺重。假如你们抓到了这位美女，可以先交给我，我给她做做心理辅导。”

顾宗泽愣了愣，扭头看向杜志勋，杜志勋耸耸肩，意思是这家伙半真半假，就那样儿。

顾宗泽继续对丁潜说：“凶手的杀人动机我们目前还不清楚，两个被害人除了被害手段一样，彼此没有任何交集，也没有共同的利害关系，至于你刚才说的……或许有那种可能。不过好在我们现在已经锁定了嫌疑人，只要把她找到，应该就能找到破案的关键。今天把丁医生请过来，也是希望你能为我们提供一些线索。”

“找我提供线索？”这倒让丁潜很意外。

顾宗泽从文件夹里又拿出一张照片放在丁潜面前，说：“这就是跟江海涛一起吃饭的那个女人。”

丁潜的目光落在照片上，那个手托香腮，倾听对面男人讲话的美女立刻映入他的眼中。

那张妖媚如狐的瓜子脸上透着一股难以抗拒的妖气，一抹耐人寻味的笑意停留在红唇一角。

丁潜的双眼不由自主地瞪大了。

尽管这个女人浓妆艳抹，故意打扮得十分风尘，但是她的五官轮廓丁潜却十分熟悉。

顾宗泽在一旁端详着丁潜的反应，问道："丁医生，你能认出这个女人是谁吗？"

"恕我眼拙，还请明说。"

"我怀疑这个女人是特案组的法医柳菲。我本人见过柳法医几次，感觉她跟照片上的这个女人很像。"

"你能百分之百确定？"

"百分之百倒是不能，我也不敢胡乱猜测，因此才经过了一番仔细调查。"

"哦？那你都查到什么了？"丁潜撩撩眼皮。

顾宗泽有备而来，仔细说道："我们对两位被害人的尸体进行了仔细检查，得到了一个很重要的发现——两位被害人身上都被一种细长锋利的刀具刺出了上百个刀口，每个刀口的宽度不超过五毫米，长度在三厘米左右，我们仔细比对过，确定这是手术刀留下的刀伤。不仅如此，我们还发现，两个被害人身上虽然布满刀伤，但这些刀伤恰好全部都避开了要害器官和大动脉，说明凶手有着精湛的解剖技术，再加上嫌疑人长相酷似柳法医，我不得不有所猜测。我特意问过杜组长，了解到柳法医在三周前失踪了。不可否认，种种迹象都表明，她很可能就是凶手。但考虑到柳法医身份特殊，我必须提前跟各位商量一下，最好能尽快找到柳菲，弄清楚真相。"

丁潜不动声色地看着顾宗泽，问道："顾队长特意把我找来，不会是以为我知道柳菲的下落吧？”

顾宗泽回望着丁潜，说：“杜组长已经把你一个月前被人绑架那件事告诉我了，如果把这件事和两起案子串联在一起的话……”

“你是想说，我也差一点儿被人扒光衣服，捅成蜂窝，再吞一肚子钢针？”

“丁医生被发现时也是手脚被捆绑，在现场还发现了一个装满器械的法医工具箱，丁医生不会想不到凶手要干什么吧？假如凶手真是柳菲的话，丁医生很可能是她的第一个目标，只是没成功而已，你很幸运。”

“可我并没有说过绑架我的人是柳菲。”丁潜看了一眼杜志勋。

杜志勋如石像一般坐在顾宗泽旁边，毫无反应。

顾宗泽继续说道：“丁医生的笔录我看过，你说绑架你的是个蒙面人，那就等于你并没有看见凶手长相……”

“绑架我的是个蒙面男性。”丁潜纠正道。

4

“可能是，但也不能排除当时情况危急，你在过度紧张的情绪下没有听清对方的声音。这种情况我也遇到过。”

丁潜笑了：“顾队长看起来比我这个心理医生更会分析心理呢。”

“不敢当，我只是就事论事。”顾宗泽很认真地说，“就我们目前掌握的线索，凶手除了虐杀了两名被害人之外，还拿走了他们随身携带的现金和银行卡。她的作案既有心理变态的一面，也有功利的一面，但她的真正动机我们依然感到模糊，因此我希望丁医生尽量配合我们，给我提供足够的线索，帮助我们早日找到柳菲。同样这也是为了保障你的个人安全，你虽然侥幸逃脱，但不代表凶手会就此放过你，她的手段想必我已经说得很清楚了。”

“是啊，我很清楚，我当然希望你们尽快把绑架我的罪犯抓住，所以我很认真地告诉你，绑架我的人，确实是个男的。”

顾宗泽的表情瞬间冻结。

好半天他才恢复过来，带着不解和猜疑的神情打量丁潜，终于，他点下头，说：“好吧，那我今天就不打搅各位了，给丁医生些时间，好好回忆一下那天的经过，如果有了什么线索，随时可以打我电话。”说着他抽出一张纸，写下自己的手机号递给丁潜，顺便还将那张酷似柳菲的美女照片一并递给他。

“请你抽空再仔细看看，后会有期。”顾宗泽说完走出了杜志勋的办公室。

他前脚刚离开，特案组的其他人就涌到了门口。钟开新比谁都着急，大声问：“这到底是怎么回事？柳菲怎么跟杀人案扯上关系了？”

丁潜走过去把门关上，办公室里只剩下他跟杜志勋两个人。

他转回身问杜志勋：“你为什么要把我的事全都告诉顾宗泽？”

“这不是你个人的事，这是刑事案件。”

“你有证据证明是柳菲绑架的我吗？”

“顾宗泽就是证据，柳菲失踪也是事实。”

“顾宗泽只不过是根据一张有几分酷似柳菲的照片做个假设。说不定柳菲失踪有其他原因，跟这两起凶杀案并没有必然联系。不管怎么说，柳菲跟你干了这么多年，关键时候，你不应该就这么轻易地把她推出去。明哲保身是官场的道理，但不是做人的道理。”

杜志勋凝视了丁潜一阵，缓缓说道：“我只是秉公处理。柳菲的嫌疑需要有个解释，而这只有找到她本人才行。如果她是清白的，我会全力护她周全，如果她真的触犯了法律，那么即便别人容她，我也不容。”

丁潜无话可说，转身离开，走到门口时杜志勋忽然问：“我倒是有些奇怪，你为什么要故意包庇她？”

“……”

“就因为她是温欣的妹妹吗？”

丁潜浑身一激灵。

没想到杜志勋竟然已经知道了温欣和柳菲的关系，他还知道什么？

深夜。

丁潜已经回到了平江的公寓，正躺在浴缸里闭目养神。

最近发生了太多出人意料的事情，他需要好好放松一下神经，想想自己还能做什么。

他把头潜入水中，整个世界瞬间被屏蔽了，连时间都似乎完全停止在了这一刻。

此时，他距离死亡如此之近，但头脑却如此清醒，他甚至能感受到死亡的形态——神秘、安宁、永恒，仿佛躺在温欣温柔的怀抱中……

他忽然剧烈地哆嗦起来，本能地从水中钻出，他大口喘息，贪婪地呼吸着空气。他拿起手表看看，发现自己足足在水中憋了四分钟，再多等一会儿，他就把自己淹死了。

他抹了一把脸上的水，从浴缸外的小桌上拿过温欣的DV，把那段视频重新打开，从头至尾又看了一遍，看两个人从争吵直至发生肢体冲突，自己失控之下把温欣扑倒，掐住她的脖子……

当时他确实完全失控了，接连犯蠢，事后回想起来，假如那天他能保留一点儿理智，仔细思考一下是否有什么反常，也许就不会发生之后的事情了。

但不管如何，已经发生的事终究无法挽回。

如今这段视频就是他的死穴，足以让他身败名裂、万劫不复。

柳菲要杀他，他一点儿都不意外。在柳菲眼中，他这个谦谦君子的画皮已经被完全撕下，露出了恶鬼的本来面目。

不过在情字上面，柳菲也犯了一个致命的错误，就像他当年一样。

以暴制暴尽管解恨，但不一定能解决实际问题，与其把丁潜杀死，倒不如把证据交给警方，一步错，步步错，堂堂法医居然沦落到畏罪潜逃的地步，反倒让他这个嫌疑犯逍遥自在，成了受害者。

丁潜这才发现，原来这个冰美人也是个有血有肉的大活人，不是一块真正的冰坨子。

他摸了摸脖子上的那条刀疤，已经结痂了，但按着依然生疼，他差一点儿就没了命。不过想想另外两个死者，他觉得柳菲对他还算照顾，至少没打算捅他上百刀玩儿够了再杀他。

想到眼前这起案子，丁潜也感到很费解。

柳菲杀他，他能理解，因为动机明确。可是另外两个被害人呢，一个是开发区管委会主任，一个是火锅店老板，八竿子打不着的两个男人都成了她的目标，为什么？

丁潜伸手从桌上拿起柳菲和江海涛一起吃饭时被偷拍的照片。

照片里那个打扮得艳丽妖娆的柳菲几乎有点儿让人认不出来了，而且眼角眉梢中流露出的那股放荡劲，更让人难以相信她和那个不苟言笑、整天板着脸的女法医是同一个人。

倘若照片上这个样子才是柳菲的真面目，那这个案子倒容易解释了。

从被害人被虐杀的情形看，这些都属于过度犯罪，凶手通过这些行为获得心理上的满足，是典型的施虐狂犯罪，施虐行为本身就是凶手犯罪的目的。顾宗泽还提到被害人遗失了财物和银行卡，这也司空见惯，对于施虐狂来说，抢劫只算一种附加犯罪。其实这个推断并不复杂，只不过因为柳菲是美女，又是女法医，容易给人带来主观上的误导而已。

第四章　红衣小男孩儿

1

可是，要想抓住这种类型的连环杀人犯就比较困难了。他们往往与被害人素不相识，作案随机，机动性强，警方很难摸清凶手的行动规律，更不知道该如何预防。上次是江海涛，这次是李肃陵，下一次就不知道会是什么人了。

现在最头疼的人恐怕就是顾宗泽了，即便知道凶手是谁，阻止不了连环杀人案也是白费。

难怪他找自己要柳菲的线索，但他实在想多了，连丁潜自己都搞不懂，柳菲为什么会突然变成一个连环杀人狂，还是说这里面有什么隐情……

丁潜跨出浴缸，拽过浴巾擦身子，一眼瞥见了扔在洗衣机上的那套沾血的衣服。那天他从柳菲刀下死里逃生，回来后就把衣服裤子脱下来扔在这儿了，一晃都快过去一个月了。

他随手拿起衣服裤子，把里面的东西都拿出来，准备扔洗衣机里洗洗。

啪嗒——

裤兜里掉出一个纸团落在他的脚边。

丁潜愣了一下，不记得自己裤兜有这东西。

他弯腰把纸团捡起来，展开皱巴巴的纸，上面只写着一句话——

“你想看看那段 DV 视频的后半段吗？”

丁潜打了个寒噤，仿佛有一根长着尖尖指甲的手指在他后背戳了一下。

他冷静回忆起来。他通常都是两天换一套衣服，穿上这套衣服的第二天就被柳菲绑架了，整个过程他都是清醒的，只有在刚刚遭遇袭击时被麻醉了一段时间，这个纸团应该就是在那段时间塞进他裤兜的。

看字迹应该是柳菲写的，想到这里他刚刚松弛下来的心一下又绷紧了。

他早就觉得那段 DV 视频有问题，果不其然，还有后半段，不用问，这段视频肯定记录了温欣被分尸的全过程。

这段视频至关重要！

丁潜想不明白，柳菲为什么要把后半部分视频藏起来？为什么给他留下这张纸条？

他隐约嗅到了一股带有阴谋的气息。

丁潜回到客厅，坐在沙发上，他没开灯，整个房间里里外外都是漆黑一片，他坐在黑暗中，望着茶几上那张白色的纸条，陷入沉思。

不知过了多久，突如其来的门铃声把他惊醒，他看了看手表，已经是夜里 10 点了。

什么人会在这时候找他？

他起身过去开门，等他把门打开，却发现门外根本没人。

难道是楼里邻居的孩子恶作剧？

还是有人按错门铃了？

丁潜狐疑地等了一会儿，楼道里一片寂静，连上下楼梯和关门的动静都没有。

或者……是有人在楼外窥视他的窗户，发现自己房间没亮灯，故意试探他在不在家？

他急忙跑进厨房，从窗户往外看，观察着楼下。

隐隐约约似乎有一个人影正飞快地消失在黑暗中……

这个人是谁？

难道是柳菲？

不管是哪一种可能，丁潜意识到，他已经不能置身事外了，要想弄清楚 DV 视频到底是怎么回事，他必须找到柳菲，而且是赶在顾宗泽之前找到她。

第二天下午，蓝京市公安局刑警支队召开 10 月 12 日特大连环凶杀案案情分析会议，由顾宗泽主持。

特案组应邀参加，顾宗泽自然没忘记把丁潜请来。

开会伊始，他正式宣布，这起案件由蓝京刑警队抽调的精英与特案组组成联合专案组，负责调查，可谓有史以来最强大的侦探阵容。

当然，嫌疑犯也与众不同，不但是一位绝色佳人，还是一位顶级法医。

这听上去就是极其戏剧化的情节。当柳菲的照片被投影仪投射到大屏幕上里，在座的警员们表情各异，除了惋惜，更多的是惊讶。以貌取人是人的天性，在绝大部分人眼中，虐待杀人狂就应该是那些阴险孤僻的男人，而不是一个我见犹怜的美女。

顾宗泽首先把案情详细讲解了一遍。丁潜早已听过，不动声色地坐在角落里想着自己的心事。

其实这次会议的主要目的是商量如何抓捕柳菲，大家都心知肚明，但谁也没想到，会议进行到一半就出现了变故。特案组的钟开新站起来，公开质疑顾宗泽的推断。

“我不认为仅凭一张嫌疑人化了浓妆的照片就断定这人是柳菲，这太滑稽了，柳菲的专业素养和人品在我们公安内部有目共睹，怎么可能突然之间变成杀人狂，这不是笑话吗？总之我不相信这种经不起推敲的结论，说不准真正的罪犯还在逍遥法外，而我们却在全力抓捕一个无辜的女人。”钟开新当着所有人的面，毫无顾忌地说了这么一番话。

顾宗泽的脸色十分难看，说：“钟警官，我不是没有调查过就大放厥词，我亲自到柳菲租住的公寓找过，房子里空空如也，除了家具，她的行李全都搬走了。没人知道她是什么时候离开的，她这不是失踪，她这是早有预谋的潜逃。”

“也许……也许她只是搬家，也许她遇到了麻烦，不能脱身，反正我不相信她是凶手！”钟开新的态度十分坚决。

会场上的气氛变得很紧张，如同一个随时都能爆炸的火药桶一般。

顾宗泽看向丁潜，他把丁潜找来的目的，就是希望他能在关键时刻站在自己这边。柳菲要杀丁潜，丁潜帮他抓住柳菲等于是自保，这是个连小孩子都懂的道理，他觉得丁潜是个聪明人，经过一夜考虑，应该能做出正确的选择。

可是，丁潜迟迟没有反应。

顾宗泽被晾在了那里，恼怒不已，嘴唇上的小胡子都跟着微微哆嗦。如果这两个家伙是他手下，他早把他们停职了，可惜一个是心理医生，另外一个是特案组的。

终于杜志勋开口替他解围了，他斥责钟开新说：“我们是警察，断案靠的是证据，不是想当然，不管你们之前跟柳菲有什么交情，首先要记住自己的身份。我们现在要做的就是尽快找到柳菲，以后的事情，以后再论。”

钟开新撇撇嘴，坐下不吭声了。

压服了属下，杜志勋问顾宗泽：“顾队长，现在我们听你的，我想你应该已经有对策了吧？”

“谈不上对策，我倒是又发现了一个线索。”

“哦？什么线索？”

“我跟你提过，柳菲……嗯，凶手，不仅仅虐杀被害人，还抢走了被害人的银行卡和现金，所以我就让人顺着这条线索往下查，结果还真让我们发现了一些。”

“你发现什么了？”

顾宗泽摆摆手，坐在他身边的一位年轻女警马上打开电脑里的一个文件夹，点开视频文件，通过投影仪在大屏幕上播放。

2

“这是古楼区长江街工商银行分行的监控拍下来的视频。”顾宗泽说，“我派人专门调查了江海涛的银行卡使用记录，他随身丢失的两张银行卡都是工商银行的，而且就在江海涛遇害的第二天，就有人在长江街工商银行分行用他的卡在提款机取钱，注意看，过来了……”

所有人的目光都集中在大屏幕上，监控摄像头拍摄的正好是取款人的正脸，只见一个人影来到提款机取钱……

第一次看到这段视频的人全都惊愕不已，连杜志勋和丁潜都不例外。

取款人竟然是一个背书包的小男孩儿。

他踮着脚，仰着充满稚气的圆脸瞅着提款机屏幕，他把一张银行卡插进卡槽，伸出小手，笨拙地在按键上输入密码，时不时地还回头看看身后的情况。

操作完毕，一沓沓人民币源源不断地从提款机里吐出，小男孩儿打开书包，把钱胡乱塞进了书包里，然后退出银行卡，又拿出一张银行卡插进去……先后两次大约取了四万，正好是当天的最高限额，小男孩儿这才背着鼓鼓囊囊的书包离开了工商银行。

"之后，小男孩儿每天都会换一个地方，用工商银行的自动提款机取钱，一连几天把两张银行卡里的钱全部取完，一共十六万。这些监控录像我们都有。第二位被害人李肃陵遇害后的第二天，他建设银行的信用卡也开始被人取钱，先后被人取了大约十一万。小唐，把建行的那个视频调出来。"

唐英调出另外一个监控视频，画面里又出现了那个背书包的小男孩儿，他拿着信用卡来到提款机前，把钱全部取出，麻利地塞进书包，迅速离开。

不少人都看得目瞪口呆，有人忍不住脱口而出："这年头怎么连小屁孩儿都开始抢劫了？"

钟开新则比谁都兴奋，大声说："我就说不可能是柳菲干的，怎么样，视频里显示得一清二楚了……"

杜志勋脸上却没有丝毫兴奋，他看着大屏幕对顾宗泽说："顾队长，你能不能把工商银行的那段视频再放一遍？"

顾宗泽让唐英把之前的视频重新播放，播放到一半的时候，杜志勋忽然喊了一声："停。"

画面静止，那个小男孩儿正巧扭头看着身后。

顾宗泽露出笑意："果然，杜组长这么快就看出门道来了。"

钟开新插话："这还有什么可说的，这个小男孩儿很可疑，把他抓住，柳菲的嫌疑就能洗清了。"

顾宗泽微微一笑，笑容里透着轻视。

杜志勋不满地摇摇头，对钟开新说："我跟你们说过多少次，做警察最忌讳的就是受主观情绪干扰，再聪明的人也会犯最愚蠢的错误。你如果能认真看视频，就不会这么轻易下结论。这个小男孩儿两次在进银行取钱的时候，都在不停地回头张望，他不是因为警惕，而是有人站在门外监控拍不到的地方指挥他。这个人才是真正的主谋。"

几句话就把钟开新说愣了。

顾宗泽说："我跟杜组长的看法一致，这个小孩儿也就七八岁的模样，他根本没有能力杀害江海涛和李肃陵两个身强力壮的大男人，杀人凶手必然另有其人。这个人十分狡猾，他抢走被害人的银行卡，并没有主动去银行提钱，而是找来一个小孩儿帮他，避免自己直接暴露在监控之下。当然，我们现在还不能确定这个人到底是谁，不过柳菲依然是我们的主要怀疑对象，毕竟一个成年女人想要控制一个小孩子还是很容易的。我的想法是，我们一边找寻找柳菲，一边寻找这个小男孩儿。柳菲当然不太可能随随便便绑架一个孩子来利用。我想这个小男孩儿很有可能跟她认识，要么是她朋友亲戚家的孩子，要么是流浪儿，或者孤儿院的孩子。关于这个情况，特案组的同事们有没有什么建议？"

特案组的几个人都沉默不语，最后还是郭蓉蓉最先开口："我们只知道柳菲独自一人住在蓝京，没听说她有什么亲戚朋友，也没听说她跟孤儿院有什么联系。她一向都是独来独往的。"

顾宗泽看了看她，说："好吧，我知道了。无论怎样还是要把所有可能调查的线索都查一遍，连失踪儿童也要查，顺藤摸瓜，说不定就能牵出一个重要线索。"

会议结束之后，顾宗泽派出大量外线和便衣，围绕柳菲和那个小男孩儿展开全力搜捕。

丁潜心事重重地走出蓝京市刑警队。

他必须赶在顾宗泽之前找到柳菲，问清楚 DV 的事情。

但问题是去哪儿找柳菲，盲目寻找无异于大海捞针，肯定不行。

他坐在自己车里，掏出柳菲塞在他裤兜里的那张纸，一边看一边思索。

既然柳菲能给他留这个暗示，不管出于什么动机，潜台词不就是打算跟他再见一面吗，如果想要再见面，至少应该给他一些提示才对。

而柳菲除了留下这张纸条就没有别的什么了。

丁潜反复把那句话读了几遍，没发现话里有什么隐含的意思。

他又翻来覆去端详那张纸，突然，他注意到下边折了一个小角，之前他并没有在意。他把那个角打开，发现里面有块土褐色的污渍粘在纸上。

他沉吟了一下，发动车子，直接开到刑事调查局。

他走进法医室，正好只有李达一个人在。

"你帮我化验一下这上面是什么。"他把那一角纸撕下来，递给李达。

李达不解地看了他一眼，"这是从哪儿弄来的？"

"你先别问。"

"那柳法医的事怎么样了？"

李达问到第二个问题时，丁潜已经离开了法医室。

非常时刻，还是少说为妙，也尽量少接触不必要的人。丁潜把车停在街道拐角，只露出半个车头，刚好能看见刑事调查局的正门，现在只需要耐心等待李达那边的化验结果就好。

这期间他看见杜志勋和郭蓉蓉他们回来了。如今他们也是专案组的人，到底杜志勋心里怎么想，打算跟顾宗泽合作到什么程度，丁潜也摸不透。

3

大约一小时后，丁潜的手机响了。

李达的检测结果已经出来了，他告诉丁潜，那一小块褐色的污渍是人血，只不过时间比较久远，他还在血迹中发现了一些胃部的上皮细胞，肠黏膜细胞，还有粪便残渣和一些灰泥。

“这是怎么回事？”丁潜问。

“我也不太肯定，不过我想这些血渍应该是混合血，出血的部位在胃部和大肠。有可能是严重的腹部外伤，伤到了胃和肠道，流出的血混合在一起，滴在了地上，我猜……”

丁潜的脑海中不经意地浮现出一个陈旧老房子的画面——

走廊的墙壁上和地面上有许多大大小小形状不一的污斑，好像是泼溅上去的染料，由于时间过久颜色已经完全黯淡，渗透到了表层下……

他忽然一下明白了，“谢谢你，李达。”然后他急忙发动轿车，开上马路。

他要去的地方很远，也不太好找，幸亏丁潜的记忆力不错，去过一次的地方大概都有印象，这一路上，郭蓉蓉给他打过两次电话，他都没接。

一个半小时后。

丁潜已经开出了蓝京市区，飞驰在郊区公路上，在一个岔路口下转，路牌上写着，“潞县——500 米”。

上次柳菲开车带他走的就是这条路。

丁潜后来在地图上查过，潞县有十二万人，以农业和轻工制造业为主，县城里有不少小型作坊和小型加工厂。柳菲把他带去的地方就在一座小型加工厂的后面。

当丁潜的轿车几乎横穿县城，开到了县城边上时，眼前终于出现了那座小型加工厂，后面那栋废弃的灰砖小楼影影绰绰地伫立在那里，犹如一个灰色幽灵。

丁潜把轿车停在楼下，走出驾驶室。

再回到这个差点儿要了自己命的地方，他还真有点儿感慨。如今有闲心看看周围的环境，还真别说，柳菲选的这个地方确实挺适合杀人碎尸的。

他想了想，掏出手机，试着拨了一下柳菲的电话。

果然还是没打通，柳菲现在是逃犯身份，为了避免被卫星定位，肯定不会开机，要想联系她就困难了。

丁潜走进楼洞，爬上又黑又脏的楼梯，来到顶楼。

那扇黑色的铁门依旧半开半关，像一个脏兮兮的野兽的嘴巴一样。

丁潜进门前礼貌地敲了两下门，无人应声，他开门走进。

房间里依旧脏乱，跟他上次来时完全一样，连墙角挂着的蜘蛛网都没有变化，似乎已经维持这样的状态十年二十年了。

丁潜的目光落在了地上那斑斑块块的污渍上，仔细观察，他找到了一小块刮过的痕迹。毫无疑问，粘在纸条上的那块污渍就是从这里抠下来的。

李达见到的只是微乎其微的一小块，如果把墙上地上的血迹全都考虑进去，这血量就很惊人了。

难道这个房间里曾发生过什么恐怖的事情吗？

柳菲又怎么会知道这里？

丁潜一肚子疑问，真想找到柳菲问问，可惜房间里没有人，差点儿变成屠宰场的卧室也都收拾干净了，看不出一丁点儿预谋杀人的痕迹。但是现在柳菲不在，丁潜也不知道她会不会回来。

他走进另外一间卧室，无意中往墙上瞥了一眼，不由得大吃一惊。

整面墙竟然布满了道道抓痕！

这些抓痕纵横交错、杂乱无章，有些抓痕上还凝着斑斑点点的血迹，看着就让人触目惊心，就像这里曾经囚禁过一只野兽似的。

似乎被触动了哪里，丁潜眼前突然闪现出一幅恐怖的画面——

一个模糊不清的人，像蜘蛛一样趴在墙上，披头散发，歇斯底里，一边抓挠着墙壁，一边朝他发出刺耳的嘶号……

他从共情中回过神，感觉这个房子太诡异了，但同时也激起了他的好奇心。

他环视房间，希望能再发现一点儿线索。

可是房间早被搬空，只剩下一张铁床和几样破烂家具，家具里都是空的。不过床下倒是有一堆破烂，他在破烂中翻找了几下，发现了一张破照片。

这张照片相当破烂，似乎被撕碎过无数次，又重新黏合了无数次，以至于照片上的人都无法看清模样，只是感觉像一个男人。

丁潜又伏下身，希望能再找出一点儿东西，当他挪开一双破鞋时，猛地看见了一双脚！

他下意识地一抬头，撞在了床板上。

结果那双脚动了。

那人飞快地跑开了。

丁潜急忙从床下钻出，跑出卧室，正巧看见一个瘦小的身影从门口一闪而逝。

有人。

但是感觉不像柳菲。

丁潜冲出大门，听见脚步声往楼下去了。

他追下楼梯，一出楼洞就看见一个小孩子的背影落荒而逃，往厂房那个方向快速跑去。

小孩子？

丁潜微微一愣，不禁想起银行监控里拍到的那个小男孩儿。

他拔脚追赶，眼看着就要追上小男孩儿了，小男孩儿忽然一掉头，不见了。

等丁潜追上去才发现，原来这里还有一条不起眼的小路，被树木和砖墙挡着，不知通向哪里。

他穿过曲折的小路，看到了一片低矮杂乱的房屋，有些房子破败不堪，看样子已经没人住了。

丁潜东张西望，寻找着小男孩儿的踪影。

突然！他感觉脖颈上传来一阵微微的刺痛。

一个冷冰冰的声音从背后传来："你要是乱动，我就割断你的脖子。"

丁潜当然不敢乱动，因为一把冰冷的手术刀正压在他的颈动脉上。

"是柳菲吗？"他问。

"别说话。"那人另一只手拽着丁潜后心的衣服，慢慢退进旁边的一个院子里。

丁潜回头看了一眼身后，果然是柳菲。

一个月不见，她看上去跟平时没什么两样，依旧是那副骄傲冰冷的样子。

"你来这里干什么？"柳菲冷声问道。

4

“不是你让我来的吗？”丁潜反问。

“我？”

“你给我裤兜里塞了纸团，暗示我到这里找你。”

“你在说什么梦话呢？”柳菲的手术刀往丁潜脖子里压了压，“是不是警察来这里抓我了，你胡说八道想把我引出去……”

丁潜还想解释，可是看柳菲一脸杀机，很识时务地闭上了嘴。

“怎么不说话，是不是心虚？”柳菲质问。

丁潜忽然觉得天底下最难缠的动物就是女人，你跟她讲什么都行，就是不能讲道理，不然你就离死不远了。

“只有我一个人来的，你放心吧。”丁潜说。

柳菲将信将疑，掏出手铐把丁潜的双手铐上。丁潜忍不住问道：“到底是为什么？”

“什么为什么？”

“你要杀我，我可以理解，但你为什么还要杀其他人？”

“你说什么？”

“江海涛和李肃陵这两个人你应该不陌生吧？”

“……”

“这两个被害人身上被戳了上百刀，还吞下了上千根钢针，死状惨不忍睹。经过法医鉴定，凶手使用手术刀作案，具有高超的解剖技术。你去云梦会馆勾引江海涛，被人拍了照片，现在你的照片就在蓝京市刑警队手中，每个专案组里的警察都见过。你第二次作案，伪装车祸骗李肃陵的时候，也有目击者看到你了。种种线索全部都指向你，杜志勋想保你都做不到，你现在已经是名副其实的连环杀人犯了。你到底为什么要做这种事？我实在搞不懂。"

柳菲沉默了半晌，冷淡地说出几个字："这两个人该死。"

"我不知道你跟他们有什么恩怨，但即便他们真该死，你也不应该用这种极端的方式！毕竟你也是警察啊！"

柳菲讥嘲地看了看丁潜，说："真想不到，你这个连自己的未婚妻都能杀的人居然义正词严地跟我说这种话……"

她顿了顿，说："但我并没有杀那两个人。"

丁潜笑了："照你这么说，我也没杀温欣，咱俩彼此彼此。"

正说到这里，忽然不知从哪里传来一个小男孩儿的哭声，紧跟着那哭声就被掐断了，似乎被人捂住了嘴。

丁潜和柳菲都是一愣，片刻之间，两个人几乎同时听到一种金属撞击发出的脆响。

是手枪子弹上膛！

柳菲俏面陡变，凤眼含煞，手术刀一下又抵在了丁潜的脖子上，怒道："你骗我。你果然是带着警察来了。"

"我也不知道是怎么回事……"

"住口！"柳菲低声喝断，拽着丁潜绕到了房子后面。

丁潜低声问柳菲："你不会现在就想杀了我吧？"

"你说呢，上一次浪费了大好机会，我可是后悔了好几天。"

"原来你这么恨我。"丁潜叹口气，"可万一你杀错人了，将来说不定会后悔。"

"杀你这个伪君子，我一点儿都不会后悔。"柳菲银牙一咬，手术刀横着划过丁潜的脖子。

丁潜这个心理医生多少也懂些解剖学，柳菲这一刀可以直接切断他的气管，不但可以立刻阻止他呼救，还能让他在窒息中痛苦地死去。

这个女人还真是心狠手辣，表里如一。

丁潜闭眼等死，感觉呼吸不畅，脖子上的裂口正在血流如注。

“丁医生，你在干什么？”忽然一个声音把丁潜惊醒。

他睁开双眼瞅瞅，一个齐肩短发的年轻女人正站在不远处一脸困惑地看着他。这女人他见过，是顾宗泽手下的一名女警，叫唐英，也是专案组的人。

丁潜不耐烦地扬扬脖子，心想，没看到我要死了吗？

“你哪儿不舒服，怎么还被铐起来了？”唐英满不在乎地走过来，对丁潜的伤势熟视无睹。

“喂，你要是能救我就救，不能救我就让我安静地离开，哪那么多废话。”丁潜实在忍无可忍，不说话不行了。

“你让我救你什么？”唐英歪着头上下打量他，“你这不好好的吗？”

“什么？”

话说了这么多，丁潜也感觉自己好像还死不了。他深吸一口气，再吐出来，感觉没有漏气的地方。

他这才想到，柳菲那一刀有可能是用刀背划的。

“谁把你铐起来的，是不是柳菲，她现在在哪儿？”唐英手里还提着一把手枪呢，立功心切，迫不及待地问丁潜。

“柳菲，什么柳菲，我根本没见到她啊。”丁潜莫名其妙地看着唐英。

“那你怎么会被人铐住？”

“手铐是我自己的，我拿着玩儿，不小心把自己铐住了。你有钥匙没有，快给我打开。”

这个解释可够牵强的，唐英不信，但她左右看了看，没发现什么疑点，只好掏出钥匙把丁潜的手铐打开了，还有点儿不放心地问："丁医生，好端端的，你跑到这么偏僻的地方干什么？"

"我到哪里去是我的人身自由，还要向你汇报不成，难道我是嫌疑犯？"

"哦，那倒不是，只是……只是……"唐英有些结巴。

丁潜意味深长地看着她，说："昨天晚上按我家门铃的人就是你吧。你在监视我，看我房间关了灯，担心我晚上外出有什么秘密活动，就按门铃试探试探，看看家里有没有人。"

唐英脸上的表情很别扭，嘴巴倒闭得很严。

"是谁指使你的，顾宗泽对不对？"

用不着唐英承认，丁潜已然心知肚明。没想到这个刑警队长对自己的疑心如此重。

"呜呜……呜呜呜……"

说话间，丁潜隐约听到院子里传来断断续续地哭声。

唐英也听到了，展颜道："这次来也不是没有收获，我抓住了一个重要嫌疑人。"

两个人绕出房子，丁潜一眼就看见院门口的一棵小树前蹲着一个小男孩儿，双手被铐在树上，吓得在那儿掉眼泪呢。

丁潜已然认出这个小男孩儿就是自己刚刚追赶的那个孩子，虽然只看见了背影，但衣服是一样的。

"你怎么抓到他的？"丁潜问。

"我看见你追这个小孩儿，也跟着一起追了。抓住他之后才发现，他长得跟银行监控里拍到的那个小孩儿一模一样。赶得早不如赶得巧，没想到在这里被我们找到了。不过话说回来，丁医生怎么知道他躲在这里？"

丁潜也不知道，他只是误打误撞碰到的。又或许，这巧合背后隐藏着他还不知道的原因。

第五章　双面法医

1

蓝京市刑警队，专案组办公室。

所有人的目光都落在这个小男孩儿身上。

男孩儿抱紧双腿蜷缩在椅子上，瑟瑟发抖，小脸儿惨白，他不知道自己到底惹上了什么麻烦，被一群穿警服的叔叔和阿姨围着看，他本能地感到害怕。

“你叫什么名字？”顾宗泽问。

“东东。”

“大名呢？”

“东东。”

“你姓什么？”

小男孩儿露出傻傻的表情，不知道怎么回答。

“你没有名字吗？”

“东东。”

面对这么个似懂非懂的小嫌疑犯，顾宗泽还真不知道从哪儿下手，他耐着性子说：“好吧，那你知道自己犯了什么错吗？”

小男孩儿畏缩地望着他，摇摇头。

“你是不是去银行里拿了很多钱？那些钱都是别人的，你拿了别人的钱就是犯错。”

小男孩儿点点头，又摇摇头，显得更加困惑。

“我问你，你的银行卡是从哪里拿到的？你怎么会知道银行卡的密码，是不是有人告诉你的？”

小男孩儿依旧一言不发地望着顾宗泽，有点儿想哭。

顾宗泽伸手从桌上拿起柳菲的照片举到男孩儿眼前，“你不许哭，好好看照片，这个人你认不认识？”

小男孩儿瞅着照片，猛然放声大哭：“妈妈，妈妈……哇哇哇……”

这两个字在场所有人都听得真切，特案组几个人更是目瞪口呆。

顾宗泽双眼发亮，追问道：“是不是你妈妈这些天经常带你去银行，让你拿出很多钱？”

小男孩儿含着眼泪说：“妈妈说要给我买好多玩具，买好多好吃的……如果不听话……”

“不听话怎样？”

“妈妈就打我……”

顾宗泽望着小男孩儿惊恐的眼神，似乎意识到了什么了，对唐英说：“你把他上衣脱了。”

唐英疑惑不解，但还是照做了，小男孩儿还有些执拗，当唐英把小男孩儿的背心撩起时，不由得惊呼出声。

所有人的目光都集中在男孩儿身上，心都揪了一下。

男孩儿的前胸后背都布满了伤疤，有些伤疤是很久之前留下的，颜色已经变得跟皮肤相近，像一道道鼓起的肉檩子，还有些新伤疤是最近留下的，血痂还未脱落。

多么残忍的人才能对一个小孩子下这样的毒手啊？

没有人问，所有人都明白了。

只是谁都没有想到，这个小男孩儿竟然是柳菲的孩子。

顾宗泽问特案组的人："你们难道不知道柳菲有孩子？"

郭蓉蓉说："我们从来都没听说过。她还没结婚，谁知道会有孩子啊，可是话说回来，柳菲今年好像才二十七，她怎么会有这么大的孩子？"

"这个小男孩儿今年八岁，柳菲二十七的话，那么就是她十九岁生的孩子，虽然早了点儿，但完全可能。正是因为这个原因，她才不敢告诉任何人，这是一个黑户的孩子。至于这个孩子是怎么来的，那就只有她本人知道了。"顾宗泽望着小男孩儿的满身伤疤，嘴唇上的小胡子微微上挑，发出一声冷笑，"画龙画虎难画骨，知人知面不知心。柳菲表面上是一个正派严谨的法医，背地里却如此阴险狠毒。她连当一个母亲都不配，看看她是如何对待自己孩子的，我现在一点儿都不惊讶她会变成一个连环杀人犯。"

说到这里，他故意看了一眼钟开新和丁潜，说："我也希望个别警员放弃对柳菲抱有的幻想。不可否认，她曾经是一名很出色的法医，为我们蓝京公安界做出了很大贡献。但是，我们必须认识到，她现在已经不再是之前的柳法医了，她已经蜕变成了一个彻头彻尾的杀人狂，不，她扭曲压抑的性格早就具有反社会倾向，只是到现在才发作罢了。因为她身份特殊，曾经的特案组经历让她具备极强的反侦察能力，想抓住她并不容易。不出意外的话，她已经在策划下一次作案了。我坚决不能容忍蓝京的地盘上有这样逍遥法外、为所欲为的罪犯，这是对我这身警服的羞辱，也是对你们每一个人的羞辱。我要大家团结一致、精诚合作，尽早将凶手捉拿归案，才能不辱我们的职责！"

顾宗泽一番慷慨激昂的讲话让他手下的专案组警员们振奋不已，纷纷表态，发誓要将柳菲绳之以法。

特案组几个人显得异常沉默，而柳菲的私生子东东却憨憨傻傻地东张西望，不知道那些人为什么突然变得这么兴奋。

顾宗泽的办案手段直接干脆，他把突破口集中在小男孩儿身上，经过仔细盘问，获得了一条极有价值的线索——柳菲的藏身之地。

小男孩儿虽然说不出来地址，但是记得地方。顾宗泽立刻带上专案组人马，让小男孩儿带路。经过反复的查找确认，最后终于找到了柳菲的临时藏身处。

顾宗泽站在小区楼群中的一栋高层楼房前，沉着脸问："你和你妈妈这个月就住在这里？"

"嗯。"小男孩儿点点头。

"你们是不是住在七楼？"

"嗯。"

不等顾宗泽做出反应，一个火气大的男警官一把揪住了小男孩儿的衣服，差一点儿把他提起来了，"你这小屁孩是真傻还是假傻，这里不就是你妈一直租的公寓吗？你妈早就逃走了，这里根本没有人。我们亲自来这里检查过……她都把你虐待成这个样子了，你还包庇她！"

小男孩儿吓得哇哇大哭。

顾宗泽挥手制止，"罗刚，放开他，你怎么还跟小孩子一般见识？"

"顾队，这小孩儿也太气人了，找了一大圈把咱们带到了这里，这不是成心要咱们呢吗……"

"他说的未必是假话，咱们上去看看。"

顾宗泽说完走进楼门，其他警员在后面跟着，一行人乘电梯来到七楼。

柳菲在这里租了一间公寓，已经住了将近两年。这次准备作案之前，她就搬走了。可是她的私生子东东却说，他们一直住在这儿。

2

房门锁着。

顾宗泽让人叫来房东，把门打开。

尽管很多人都不太相信柳菲会躲在这里，可还是下意识地掏出手枪，严阵以待。

顾宗泽选进专案组的人都是训练有素的精英，几个人迅速排好队形，鱼贯而入，上膛的枪把所有角度全都封死，不给屋里的人任何反击机会。

他们逐屋排查，很快就向顾宗泽汇报："队长，没有发现嫌疑人。"

顾宗泽站在客厅里巡视了一圈，目光落在垃圾桶上，说："上次来，那里面还没有这些垃圾。沙发上的靠垫也动过。那孩子没撒谎，柳菲确实回来过。"

"她怎么还敢回来？"跟在他身边的唐英惊讶道。

"为什么不敢，就因为我们都觉得她不敢回来，才没有专门派人在这里蹲守，她就钻了这个空子，在这里逍遥自在地住了一个月，最危险的地方也是最安全的地方……既聪明，也有胆魄，我还真有点儿欣赏她。"

"顾队，这里有发现！"忽然，一名警员从一个房间里探出头说。

顾宗泽快步走进房间，顺着那个警员手指的方向看过去，只见墙脚处立着一块移动白板。白板上勾勾画画写着不少字，最醒目的是白板上吸压着的两排照片。照片上全部都是男性，从拍摄的角度看，绝大部分都是偷拍的。

顾宗泽一眼就认出了其中两个男人正是被害人江海涛和李肃陵，在这两个人的照片下面分别写着绑架计划，还列出了好几种假设，并做出推测。

“这怎么感觉像是我们平时在办公室里分析案子啊？”有人脱口道。

“她是把我们警察平时用的演绎推理运用在了犯罪中。”顾宗泽说，“知己知彼，这样的罪犯才最可怕。”

“呀，你看这里，顾队——”唐英惊呼一声，指着其中一张照片。

这张照片被胡乱涂鸦，但凑近了仔细看，就会发现男人的脖子上画着一条绳索紧紧勒着，所以他嘴巴下面画出了一条红色的舌头伸在外面，男人身上还画着很多像刀子一样的东西，刺得全身都是。细思极恐。

涂鸦的照片并不止这一张，旁边那张照片里的男人被红笔在肚子上画出了一条巨大的伤口，伤口里淌出一条血淋淋的肠子堆在脚下，照片上的帅哥还面带微笑，双手比心，似乎觉得被一位美女拍照是一件很荣幸的事情。

类似这样的涂鸦还有很多，全部都是各种血腥的虐杀，甚至连江海涛和李肃陵都不例外，在这两个人身上，只是用红笔点上了密密麻麻的红点。知道案情的人都明白，那些红点代表的是上百刀穿刺。

顾宗泽看得触目心惊，不由得感叹：“把男人当成虐杀的猎物，想尽办法折磨，如此病态的女人我还是第一次见到。她长得这么漂亮，心肠却如此狠毒，我真搞不明白，她到底经历过什么能变成这样？”

他说话的时候，看了一眼站在角落里的杜志勋，他几乎没说一句话，只是默默地望着那张白板。

作为柳菲的同事和上级，他应该比谁都了解她。但他真的了解吗？

这个世界上最难测的就是人心，有时候连同床共枕的夫妻都会暗藏杀机。

顾宗泽忽然有些理解杜志勋和特案组的那些人了，多年的并肩作战让他们彼此之间产生了战友般的信赖，柳菲如今的行为是对他们不可饶恕的背叛。

“顾队，我们接下来怎么办？”一个警察问。

顾宗泽从杜志勋身上收回目光，略加思索，说：“我们来得还不算太晚，柳菲还没有来得及销毁证据。说不定她还会回来。老贺，你带几个人在小区里监视，切记把自己隐藏好。”

贺炎“嗯”了一声，转身走了。

顾宗泽接着说：“这些照片对我们来说至关重要。柳菲的下一个目标一定会从照片上这些男人中选择。我们一开始对她的作案模式了解得还不够透彻，她不是随机选择作案目标，而是提前就物色好了，这些人都是她精挑细选的猎物。她通过跟踪，了解这些人的作息习惯，然后再制定相应的绑架方案。江海涛和李肃陵就是这样被绑架的，她还会用同样的手段对付其他人。她甚至把虐杀那些人的办法都想好了，对她来说，这就是一场游戏。我们现在就陪她玩玩这场游戏，她要杀这些人，我们就用这些人当圈套守株待兔……”

“可是我们都不认识这些人啊。”那名叫罗刚的警员说。

“不认识就找出来啊。”

“就靠一张照片？”罗刚显得很为难，其他警员的表情也都差不多。

“动动脑子嘛，”顾宗泽指着白板上的那些照片说，“你们好好看看这些男人，发现什么共同点没有？”

众人仔细看了半天，纷纷摇头。

唐英说：“这些人的年龄有的看着像五十多岁的，有的看着才二十出头。有的长得帅气,有的长得很普通。外表打扮上也没有什么共同的地方啊……”

“其实你们都已经看出来了，但就是没有用逆向思维去想。”顾宗泽说，“这些人的外表的确没有任何共同点，那么柳菲是根据什么选择的他们呢？只有一个原因——她注重的不是外表和年龄，而是其他方面。你们别忘了，柳菲可是从特案组出来的，特案组专门以办疑案著称。身为法医，柳菲亲身接触过太多诡异变态的杀人案了，连环杀人犯也并不陌生，尤其是在犯罪行为专家杜组长的熏陶下，必然有助于她形成极强的反侦察能力，她甚至会尽量隐藏容易被警方分析出来的作案模式，因此，她选择的目标肯定是不容易被我们找到规律的……”

“不容易被找到规律的作案模式？那能是什么？”有人问。

3

“对于柳菲来说，最大的可能性就是——是否便于下手，或者最好还能有点儿油水可捞。柳菲首先会利用自己的美貌与男人接近，在其中选定便于自己下手又出手阔绰的男性作为自己的目标，接着根据不同男性的特点制定相应的行动步骤，最后行动时做到出其不意，绑架、虐杀一气呵成，作案后从容离开。她针对警方的办案习惯设计出了隐蔽性很强的作案手段，才会有恃无恐。好在我们现在已经发现了她的作案模式。正因为她谨慎，每次作案之前都要跟踪观察，所以她选择的目标一定是在特定的公共场合频繁出现的人，这样她才有下手的机会。什么样的特定场合呢，你们想想。”

“会馆？饭店？”罗刚脱口而出，“江海涛经常去云梦会所，罗刚自己就是开火锅店的。柳菲有充足的机会观察他们。”

顾宗泽点点头，“还有呢？”

“夜总会？”

“酒吧？”

“KTV？”

警员们一下子打开了思路，各抒己见。

顾宗泽说：“这些地方都有可能，但前提一定得是高档场所。通过这两起作案我发现，柳菲这个人很挑剔，她不会随便找男人下手，她找的男人是有身份，能与自己相匹配的男人。因此，我要你们以柳菲这栋房子为原点，在她日常的生活区域中，由远至近地寻找那些高档的娱乐会所。要拿着白板上那些男人的照片暗中打听，把这些人都给我找出来，切记要隐蔽好自己，不要让柳菲觉察出来。我相信，很快就能有结果。”

顾宗泽的分析让警员们信心大增，纷纷摩拳擦掌，跃跃欲试。

顾宗泽回过头，很客气地对杜志勋说：“杜组长，我刚才说的只是我个人的一点儿意见。您是刑事方面的专家，有什么看法，敬请指导。”

他语气倒是谦虚，但是话里面却隐含着几分挑战之意。

杜志勋好像没听出来，平淡地回答：“顾队长说得很好了，我没有什么补充的。”

站在他身后的丁潜看在眼里，若有所思。

顾宗泽带着专案组警员们悄悄撤出了柳菲家，留下老刑警贺炎带着一个警员在楼下埋伏，以防柳菲偷偷回来。

顾宗泽的行事风格向来滴水不漏，任何可能性都在他计算之中，所有警员各就各位，一张大网悄然拉开，就等着精明的柳菲再次出现。

特案组这边反倒是显得有些多余。顾宗泽没有给他们安排任何指定任务，只是让他们随时准备策应。从表面上看，他似乎比较尊重特案组，拉不下脸像对待自己下属一样指挥他们，但细品品又让人觉得，他并不怎么信任这些人。

出了柳菲家，杜志勋和郭蓉蓉他们准备上车走，忽然身后有人喊他们：“等一等。”

杜志勋回身看见丁潜走过来。

“刚才在楼上，顾宗泽分析案子，你一句话都不说，是因为你完全赞同他吗？”丁潜问。

“他是蓝京市刑警队队长，有真本事，用不着我们帮忙。”杜志勋回答。

“我是问你个人的想法，你真的完全赞同他？”

“……”

“你跟柳菲不是第一天认识，她是什么样的人你最清楚。你觉得她会干出这么荒唐的事情吗？”

一旁的钟开新早就心怀不满了，急忙插嘴说：“是啊，我也觉得柳菲不是那样的人，她平时都拒人千里，多少男人想讨好她都没机会，怎么可能突然间就变成一个专门虐杀男人的杀人狂呢，这根本就不合逻辑啊。你说是不是，胖子？”他捅捅年小光。

“是呀，是呀。”年小光跟着附和。

杜志勋逐一看了他们一遍，冷声道：“你们以为自己真的了解柳菲吗？你们看到的她只是她希望你们看到的那一面，至于她另外一面是什么样，你们从来都不知道。她经历过什么，做过什么，如何长大的，你们统统都不知道，怎么能说了解这个人？”

丁潜心头微震，“听你这话的意思，你还知道柳菲一些事情，是什么？”

杜志勋沉默了许久，沉声道：“其实柳菲的父亲是一名在逃犯，直到现在都没有落网。他犯案时，柳菲刚刚七岁，到现在已经过去二十年了。你们能想象这二十年给她的心灵带来了多大的影响吗？从犯罪心理的角度说，扭曲压抑的家庭环境，完全可能在人的心灵深处根植原始的罪恶种子，那是一个潜在的隐患……”

钟开新、郭蓉蓉、年小光这些跟柳菲朝夕相处的特案组警员都完全傻在那里了，他们从来都没听杜志勋提过这件事。冰清玉洁的柳菲竟然会有这样的污点人生。

“她父亲因为什么犯罪？”丁潜刨根问底。

“强奸，而且是职务犯罪。听说他父亲是一名医生。”

“你能说得更详细一些吗？”

杜志勋摇头，“具体事件我也不清楚，二十年前网络还不发达，能查到的信息很有限。”

“那你就敢把她招进特案组？”

杜志勋动动嘴唇，欲言又止。

丁潜走进办公室，看见宋玉林正在打电话。

宋玉林朝他挥挥手，示意他找个地方坐着等一会儿，丁潜径直走到他办公桌前，一声不吭地望着他。

宋玉林被搞得很不舒服，匆匆挂了电话，笑呵呵地问：“你这是怎么了小丁，在特案组干得还习惯吗？不是又跟杜志勋闹矛盾了吧？”

“你的属下都成杀人犯了，你还能这么安稳地坐在这里，我真佩服。”

望着丁潜阴沉的脸色，宋玉林摇头叹息：“这事搞得我措手不及，可事已至此，我又能怎么办？”

“你怎么会措手不及，当初你明知道柳菲有污点，为什么还要招她进特案组？”

宋玉林一怔，“你听谁说的？是杜志勋告诉你的？”

“即便他不说，我也能看出来，你别忘了我是干什么的。连环杀人犯不是轻易就会出现的。若非人生中发生某种重大的变故，基本上来说，从童年开始，这类人就经历着常人无法想象的痛苦和扭曲的生活，为了适应生活，他们只能扭曲自己。当他们带着扭曲的人格长大成人后，一旦步入了正常人的社会，巨大的反差会让他们感到各种不适和沮丧，他们扭曲的心灵便会不自觉地开始释放出恐怖力量。所以，我要知道柳菲到底都经历过什么，她父亲的案子给她的影响有多大。”

4

宋玉林拿起桌上的烟盒，抽出一根烟叼上点着，深深地吸了两口，喷出缭绕的烟雾，他缓缓说起："柳菲的父亲曾经是蓝京市中心医院的一名外科大夫。二十年前的一天晚上，他在医院值班，医院接到一个男人打来的急救电话，说他女朋友在宾馆里突发急病昏倒了。柳菲的父亲就带着护士赶到那家宾馆了。当时的情况很混乱，偏巧有段时间，其他人都不在房间里，只有柳菲父亲和那个发病的女孩子在，可能是发现那个女孩儿穿着暴露，柳菲的父亲一时突起色心，趁机把那个昏迷不醒的女孩儿给强暴了。没承想，这一幕被跟他一起来的护士无意中撞见了，柳菲的父亲顿时恼羞成怒，把护士打昏过去，把女孩儿的男友也打伤了，之后畏罪潜逃。"

"后来给她父亲定的什么罪？"

"没定罪。"

"没定罪？"

"因为警察压根儿就没抓到柳菲的父亲，自然也就没办法给他定罪，就是说，他一直都是一个逃犯，至今都没有落网。"

丁潜似乎想到了什么，疑惑地看着宋玉林。

"我知道你在想什么。确实，有一个在逃犯身份的父亲，这种家庭背景的人政审都通不过，想进入警察部门几乎不可能，只是……"宋玉林停顿了一下，"柳菲是个难得的人才，如果就因为她父亲的缘故把她淘汰，那实在太可惜了。但是把她直接编入刑警队，我怕惹麻烦，就先推荐到特案组了，希望她能立些功劳，到时候也就没人说三道四了。”

“所以这件事只有杜志勋知道，他倒是守口如瓶。如果不是因为柳菲惹上了案子，她的身世恐怕也没别人知道。”

宋玉林不由得叹气，说：“我也没想到会出现这种局面，我本来以为柳菲是一个很有理智的人，想不到她能做出这种事……”

丁潜沉默许久，问宋玉林：“你还能不能找到当年柳菲父亲犯案的那份卷宗？”

顾宗泽率领专案组，拿着从柳菲家里发现的那些目标人物照片，开始了地毯式排查，柳菲住处方圆几公里的娱乐休闲场所全部都在排查范围内。功夫不负有心人，照片上的男人陆陆续续都被找到，因为发现及时，还没有人失踪。顾宗泽并不打搅他们，命令便衣们暗中埋伏在这些人附近，等待着柳菲现身……

“啪嗒——”

一份积满灰尘、边角都卷起来的卷宗丢在丁潜面前。

负责管理档案的那个老警察很不耐烦地看着丁潜和宋玉林，他还不知道这两个人的身份，“这都过去二十年了，不过就是一个性侵案，追诉期都快到了吧，找到也白费……”

此时，丁潜和宋玉林正在建业区档案库。受理柳菲父亲案子的办案单位就是建业区公安分局，当年负责案子的老警察们都已经退休了，很难找到当时的知情人。好在当年的卷宗还没有被销毁。

丁潜翻开卷宗扫了一眼首页，就发现有问题，对宋玉林说：“怎么原告医生叫曲浩民？你确定他是柳菲的父亲？”

“这个不会有假。柳菲原先姓曲，她妈妈姓柳。柳菲是后来改了姓，随她妈了。估计是觉得跟父亲一个姓羞耻吧。”宋玉林说。

丁潜忽然想起柳菲曾经跟他说过的一些话，说：“我听说柳菲好像在孤儿院待过一段时间，还以为她是孤儿呢，没想到还有妈妈。”

“其实，她跟孤儿也差不多。”

“怎么讲？”

“把她调进特案组之前，我曾对柳菲的背景进行过一番调查。她八九岁的时候，母亲就死了，大概就是在父亲曲浩民犯案之后的一两年里吧。”

“她母亲死了？”丁潜心头一颤，“你知道柳菲的老家住哪儿吗？”

“你是指曲浩民的家？这个我还不太清楚。卷宗上应该有记录吧。”宋玉林提醒。

丁潜快速浏览了一遍曲浩民的个人资料，里面果然有他的家庭住址，当他看见“潞县”两个字时，眼前忽然浮现出布满墙壁的抓痕和地面上暗沉的血迹……

“柳菲的母亲是怎么死的？”

丁潜突然一问，让宋玉林有些措手不及，“这个……我还真不知道。反正柳菲母亲去世之后，她就被送进了福利院，再后来好像是被她亲戚家收养了。我知道的就这么多。”

丁潜暗想，莫非自己被柳菲引去的那个地方就是她老家？

那地面上的大摊血迹是怎么回事？

满墙的挠痕又是怎么回事？

他隐隐感觉到，这个冷漠女人的身世里隐藏着一个不为人所知的秘密。或许她那种拒人千里之外的冷漠就是后天形成的自我防卫吧，这与他自己又是何其相似。有些秘密注定要背负一生，不能让任何人知道。

“咦，这个名字怎么这么眼熟？”宋玉林的声音把丁潜从分神中拽了回来。

宋玉林正拿着卷宗聚精会神地看，丁潜的目光不由自主地落在了卷宗上，报案人那一栏里赫然写着一个名字——江海涛。

丁潜着实吃了一惊，说："柳菲杀的第一个被害人也叫江海涛。"

"你说什么？"宋玉林的表情也变了。

他马上找来一台笔记本电脑，登录公安网，把卷宗上报案人江海涛的身份证号码输入进去，屏幕上随即出现了这个人的个人信息和身份证照片，丁潜仔细辨认，与被害人江海涛就是同一个人。

他隐隐嗅出了阴谋的味道。

他和宋玉林紧接着又查找了卷宗里出现的其他人。

报案人有两个，一个是江海涛，另外一个人叫杨欣，也就是当年案件的受害者，江海涛是她男朋友。

目击者有三个人——王悦、李肃陵和胡小雯。王悦、李肃陵是当年住在宾馆的房客，胡小雯就是被曲浩民打伤的女护士。

"又一个重名的。"丁潜说，"第二个被害人也叫李肃陵。"

宋玉林把卷宗上的李肃陵的身份证号输入公安网，经过确认，正是被害人李肃陵。

5

宋玉林也觉察出了一些问题，"我听说，顾宗泽在柳菲家里发现了十几张男人的照片，照片上还特意标记出了各种杀人手段，好像都是柳菲计划要猎杀的对象。听说他现在正在派人去找这些人，似乎已经找到不少人了。"

“他想用这些人作诱饵钓柳菲上钩，主意是好主意，只是……”丁潜望着手里的旧案卷宗，“恐怕他这次要被柳菲戏耍了。”

“你怀疑那些照片是柳菲故意用来迷惑顾宗泽的？”宋玉林也不笨，马上猜到了丁潜的想法，“不过，江海涛和李肃陵的照片不是也在柳菲家里吗？”

“问题就出在这儿。到目前为止，只发生了两起虐杀案，两名被害人的照片与其他男人的照片混合在一起，很容易让人觉得，这些人全部都是柳菲想要袭击的对象。但谁都没有想到，早在二十年前，江海涛和李肃陵这两个人就与柳菲家产生了瓜葛……”

宋玉林不由得倒吸凉气，“你是说，柳菲的真正目标其实当年举报他父亲的人？”

“这种假设听上去是不是更合理一些，顾宗泽把柳菲想象成一个虐待狂，在现实中，这样的女性罪犯也的确存在，不过柳菲……你觉得柳菲像是那种容易失去理智、为所欲为的人吗？”

丁潜忽然问了一个很主观的问题。他跟宋玉林都是老相识，谁也不避讳。

宋玉林想了想，说：“是啊，我们跟柳菲认识很长时间了。她性格是有些清冷，不过她的行为处事一向都很理智，这些年我从来都没见她有过任何失态。说句心里话，我从来都没想过她能杀人，太出乎我意料了……”

“从心理层面说，每个人的内心深处都有杀人的原始冲动，之所以绝大多数人没有真正付诸行动，只是因为代价不够。”

宋玉林咀嚼着丁潜的话，望着那双难以揣摩的眼睛，心头没来由地颤了颤。

他不经意地联想到温欣，丁潜那个惨遭肢解的未婚妻。也许，那是一个永远都没法解开的谜，留给人们的只是一个冰冷的猜想。

宋玉林意识到自己走神了，急忙从对视中移开目光，听丁潜继续往下说：“曲浩民的案子不只把自己毁了，也给家庭带来了巨大灾难，受伤最大的自然是年幼的柳菲。常年积压的怨愤在她心里就是一个定时炸弹，但她毕竟是曲浩民的女儿，她对父亲的恨终究无法割断亲情，所以她的恨就可能转嫁到当年那些举报她父亲的人身上。”

“可是那些人并没有做错，错在柳菲的父亲啊。柳菲怎么可能连这点道理都不懂？”宋玉林难以理解。

“人心本来就是自私的，心理问题永远不要用常理去解释。”丁潜拿起那份卷宗，面露忧色，“柳菲既然想到迷惑顾宗泽，就说明她还有下一步打算。”

宋玉林一惊：“当年案子的报案人和目击者一共有四个人，其中两个人已经遇害了，还剩下受害者杨欣和一个叫王悦的目击者。可是现在顾宗泽带着所有人在寻找照片上的那些人，柳菲就完全可以利用这个漏洞了……”

两个男人四目相对，同时生出一种不祥的预感。

宋玉林一把抓起卷宗：“走，我们得马上去找顾宗泽商量……”

“等一下。”丁潜拦住他，“我觉得这件事还是先通知咱们特案组的人吧。”

“你信不过顾宗泽？”

“我们现在也只是猜测，究竟实际情况如何，谁也不能打包票。况且，我还有一个担心，我始终想不透，柳菲为什么会突然之间作案，这背后是不是有什么隐情，我们还不得而知……”

随后两人赶回刑事调查局，宋玉林召集特案组，背着外人开了一次内部会议，把情况告诉了大家，大家十分震惊。

杜志勋思索了片刻，说：“能想出这种障眼法倒是符合柳菲的性格，她向来智谋过人，如果她犯案，绝对不会轻易落网的，顾宗泽还是太低估她了。”

郭蓉蓉问：“那我们怎么办，真的去抓她吗？”

“现在也只能这么做了，最好能赶在顾宗泽之前。”

杜志勋说到这里，发现所有人都默不作声，他已然看出了大家的心思，说道：“我知道你们跟柳菲做过多年的同事，心里对她仍然抱有几分同情，但不要忘了我们首先是警察，国法面前，没有私情。”

钟开新说：“我就是搞不懂，柳菲本来好好的，怎么可能突然之间就杀人呢，完全像变了一个人……”

“正因为这样，我们才更应该先找到她，弄清楚她犯案的真正原因，再作下一步打算……”杜志勋说到这里停住了，皱着眉头，似乎想到了什么。

“你在怀疑什么？”宋玉林问。

“我想到了一个可能改变柳菲的人。”

“是谁？”年小光冒冒失失冒出一句。

“曲浩民。”

“那不是柳菲的父亲吗？”

“他已经潜逃了二十年，这二十年里，他究竟是什么状况，躲在哪里，是不是跟柳菲有过接触，这是个谜。他现在是柳菲唯一的亲人，也是当年案件的亲历者，他能给柳菲带来什么影响，我们谁都不知道。要想弄清楚这一切，我们必须找到柳菲。”

“怎么找，组长？”年小光还没转过弯来。

“办法很简单，我们也学学顾宗泽，分成三路人，分别跟踪杨欣、王悦和胡小雯。既然柳菲给顾宗泽下了套，那她一定会趁着顾宗泽精力分散时，趁机对这三个人下手，我们将计就计埋伏在这些人身边，等着柳菲自己入瓮就好。”

办法倒是好办法，可是在座的人都高兴不起来。

谁能想到，有朝一日要与昔日的战友拔枪相向。

第六章　抓捕柳菲

1

深夜。

医院走廊里冷冷清清。

两个值夜班的女护士正在检查病房，快走到202病房门口时，一个女护士小声对身边的护士说："哎，小莉，你知不知道202病房里前两天住进来一个小男孩儿啊，穿了一身红衣服的那个？"

"好像是见过，他怎么了？"护士小莉问。

"那小孩儿特奇怪，好像中了邪似的。"

"你净危言耸听，哪会有这种事儿。"

"我说的是真的，首先说吧，他来这几天，从来没有人见过他父母。"

"那是谁把他送来的？"

"警察呀。就让他在这里养伤，究竟是什么原因，谁也不知道。这小孩儿的脾气特别古怪，不肯穿病号服，非要穿着自己那身红衣服，谁给他脱他都不让，说是怕他妈妈认不出来他。"

"我怎么感觉这孩子是脑子有点儿问题啊。"

"谁知道呢。前天我给他上药，好说歹说才把他衣服解开了，结果给我吓了一大跳，我看见他全身都是疤，密密麻麻地看着很吓人，有些伤疤还在往外渗血呢。”

“那是怎么弄的啊？”

“谁知道呢。而且这小家伙听着一点儿都不哭，就跟不知道疼一样，他还特别喜欢唱歌，没事儿就在那儿叽叽咕咕地自己哼唧，听着跟招魂儿似的，谁也听不懂他唱的到底是什么。你见过这样的小孩儿吗？正常孩子哪有这样的，他不是中了邪是什么……”

“哎呀，大刘，大半夜的你跟我说这个，烦不烦人啊……”胆小的小莉推了那个护士一把。

这个叫大刘的女护士像恶作剧得逞了一样呵呵笑了两声。

两个人一边说话，一边走进了202病房。

病房内有四张床，躺着三个病人，还有三个病人家属。

护士小莉扫了一圈，小声问刘护士：“也没有你说的那个红衣小男孩儿呀。”

刘护士指着靠门的那张空床，脸色有些异样，说道：“他就住在那张床上，怎么人不见了呢？”

她问病房里的其他人有没有看见那个红衣小男孩儿，有个病人说：“那小孩儿出去得有两三个小时了，一直就没回来。”

两个护士都有点儿慌张，担心小男孩儿出事，决定分头去找。

最先发现小男孩儿的是护士小莉，她顺着消防通道爬到五楼时，忽然听到头顶处传来喃喃自语的童声，听着有点儿像童谣，在寂静的楼道里格外清晰。

她顺着声音拐过楼梯，看见一个穿红衣服的小男孩儿蹲在窗台上，窗户大开，小男孩儿出神地往窗外张望，仿佛一点儿都不觉得害怕，嘴里还欢快地哼唱着歌谣，小莉却一个字都听不懂。

“小朋友，快下来，那里危险！”小莉焦急地呼唤男孩儿。

小男孩儿停止了歌唱，回头麻木地看了她一眼，又转回头，继续望着原先的方向。

小莉感觉这个孩子确实有点儿怪，但也不像大刘说得那么夸张，于是她走到小男孩儿身后，轻声轻语地问他：“小朋友，你叫什么名字？”

“东东。”

“你在干什么？”

“我在看妈妈。”

“看妈妈？”小莉往外看只能看见窗外空旷的夜空，楼下更是黑乎乎的一片，连树都看不清，更别说是人了。她又想起大刘刚才说的话，不禁有些发冷。

“你妈妈在哪儿？”小莉仗着胆子问。

东东不回答。

小莉尽量温柔地对他说：“来，姐姐带你回去，咱们在病房里等妈妈好不好？”

东东定定地看着她，眼神异常古怪，忽然大声道：“姐姐，你快跑！”

“你说什么？”小莉一下愣住了。

“你快跑，快跑，我妈妈要来了！”

小莉正有些不知所措，突然，她从男孩儿那双大大的眼睛里看到了惊骇的神情，她下意识地转回身……

下一刻，惊恐笼罩在她脸上。

一把锋利的手术刀映入她的眼中。

她的惊叫声刚从嗓子里传出，就被生生切断了。

鲜血喷溅，犹如散开的漫天花瓣，飞落到墙上、地上，还有雪白的护士服上。

自始至终，东东都一声不吭，仿佛吓呆了似的，睁着那双麻木的大眼睛望着漂亮的护士姐姐在疯狂挥舞的手术刀下绝望地挣扎，倒下……

他突然张开小嘴，重新哼唱起那首古怪的童谣：“yubi' kirigenman' yubi' kirigenman' uso 'tsuitara' hari' senbon' noma' su' yubi' kitta！”

杨欣，国宇融资租赁公司经理助理。

王悦，蓝京体育学院教师。

胡小雯，蓝京中心医院，外科大夫，已经病休。

三个可能成为柳菲下一个袭击目标的人都被找到了，简要信息就放在杜志勋桌上。

他把特案组成员分成三组，由他和年小光负责监视杨欣，郭蓉蓉和丁潜负责监视王悦，胡小雯则由钟开新和李达监视。行动之前，杜志勋再三提醒各位，绝对不能暴露身份，还给每个人配备了耳机型对讲机，要求大家随时保持联络。

一切部署就绪，特案组一行人悄悄出发了。

丁潜和郭蓉蓉开车来到了蓝京体育学院，他们负责监视的对象是二年级的体育老师王悦，也是当年曲浩民案子的目击者之一。

两个人在校园里打听了几个人，终于在竞技馆里找到了王悦。原来王悦是一名武术教师，此时正在给学生们上课。

郭蓉蓉和丁潜躲在窗外看了一会儿，那些学生正做着一对一演练，拳来脚往，招式惊艳，倒是很有观赏性。

王悦站在一旁，背手观看，时不时地指点一二，有时候还要叫停学生，亲自上手示范。

郭蓉蓉看王悦一副书生气，长得也不算魁梧，有几分轻视，问丁潜：“你说他这两下子能不能对付柳菲？”

“我哪知道，我又不会武术。不过看着他比比画画的感觉还挺厉害的。”

郭蓉蓉扑哧一乐，“那都是花架子，唬唬人行。我要是柳非，就先挑他下手。”

“真的吗？”丁潜望着昂首挺胸，一脸宗师样的王悦，心想，中国武术有这么不堪吗？

“走吧，大叔。”郭蓉蓉拍拍丁潜的肩膀，“先回车里打个盹，养好精神，没准儿等到晚上就有得忙了，搞不好咱俩就得给这家伙收尸呢。”

2

两个人回到车里，把轿车停在教学楼外比较隐蔽的地方，可以看到附近的停车场，只要王悦下班经过这里，他们就能看到。现在是下午3点多，天还没黑，柳非这么谨慎的人应该不会选在白天动手。

两个人坐在车里，谁都不吭声，连郭蓉蓉都变得很闷，丝毫没有以往破案时的那种兴奋劲儿。

丁潜靠在副驾驶座位上，把座位放得很低，眯着眼睛打盹儿，迷迷糊糊中听到郭蓉蓉问他：“大叔，你说小菲姐真的会杀人吗？”

“怎么这么问？”丁潜含糊地反问。

“我觉得很难接受，你说好好的一个人，怎么突然就变得完全和以前不一样了呢，是因为我们从来都没有看透她吗？”

丁潜微微震撼，郭蓉蓉的话仿佛是在说他。他又何尝不是在隐藏着自己的另一半，也许将来的某一天，他会突然变得让所有人都不认识。

朦朦胧胧之中，他隐隐看见柳非来到他身边，手里拿着温欣的DV，给他播放那段可怕的视频，强迫他观看自己是如何把温欣活活掐死的。

柳菲那双肃杀的眸子凝视着他，说道："别忘了我给你的那两个选择，你还没有真正回答我呢，要么去自首，要么由我亲自动手。你选哪一个？"

她一边说着，一边慢慢扬起手术刀……

忽然有人用力推丁潜，把他推醒了。

郭蓉蓉说："王悦出来了，正往停车场走。"

丁潜连忙直起身子，透过挡风玻璃往外看，只见王悦一个人正悠闲地走向停车场。他已经脱下练功服，换了一套休闲装，看上去文质彬彬的。

郭蓉蓉悄悄启动车子，滑行了一段，开到停车场出口，便于观察。

没过多久，王悦就开着一辆宝马 7 系离开了停车场。

"一个大学体育老师这么有钱啊？"郭蓉蓉惊叹。

"或许是家里有钱呢。"丁潜本身也是大学老师，当然有发言权。

郭蓉蓉不远不近地跟在王悦车后，现在比正常下班时间还早一个小时，马路上车辆不多，王悦开的宝马显得很扎眼。

郭蓉蓉边开车边和丁潜分析柳菲最有可能采取什么手段。柳菲最狡猾的地方就是随机应变，第一个被害人江海涛喜欢去洗浴中心，她投其所好，打扮成风尘女子去钓鱼。第二个被害人李肃陵生活规律，习惯开车出入，她便躲在路边，伪装车祸。正因为这样无法预测的作案手段，才给警方的侦破带来了很大困扰。

"他这是要去哪儿，不像是回家啊……"郭蓉蓉忽然冒出一句。

来之前他们对王悦的基本情况已经了解，现在王悦正开车朝着与公寓相反的方向驶去。

郭蓉蓉打过方向盘掉转车头，继续跟在王悦的车后面。他们一直开到了一个体育场，王悦把车停在了体育场边上，钻出驾驶室，头也不回地爬上了体育场长长的台阶。

“今天有体育比赛吗？”郭蓉蓉问丁潜。

丁潜耸耸肩，他只偶尔看看网球，NBA 什么的，对地方比赛不太关心。

两个人也跟着一起爬上了上百级台阶，台阶上有一圈环形柏油路，两个人好容易爬上来，远远望见王悦已经走进了一个看台入口。

两人随后跟过去，当他们走进入口时，发现体育场里根本没有比赛，也没有观众。

正在两人感到诧异时，身后就传来了低沉的声音：“在学校里，你们就鬼鬼祟祟地偷窥我，一路跟到这里来，你们想干什么？”

两人转回身，只见面沉似水的王悦挡住了去路。

原来他们早就被对方发觉了。

“我们是警察。”郭蓉蓉曝出身份。

“警察？”王悦狐疑地在她身上打量了两眼，又瞥瞥丁潜，根本不相信，“少胡扯了，我还从来没见过像你们这么偷偷摸摸的警察，你们一连跟踪我好几天了，到底有什么勾当，今天就给我说清楚！”

郭蓉蓉说：“我们今天是第一次行动，为的就是保护你，恐怕最近会有人会对你不利……”

“我觉得是你们要对我不利吧。”王悦生硬地打断她，“被我抓了现行，就跟我耍诈，这点小把戏就别在我面前演了。”

“我们确实是警察。”郭蓉蓉伸手掏警官证。

没想到王悦误解了，他身形暴起，迅猛无比地向郭蓉蓉扑来，劈手就是一拳。

郭蓉蓉大吃一惊。没想到这个人看着弱不禁风，身手这么狠辣，她急忙闪身躲开，顺势摆起一脚扫踢王悦膝弯。

哐——

一脚正中。

可是郭蓉蓉感觉自己仿佛踢在了硬邦邦的木桩上一样，把她震得脚腕生疼，王悦却没什么反应。

“小丫头还挺有两下子。”他冷笑一声，拳脚齐施，朝郭蓉蓉身上招呼。

郭蓉蓉哪见过这样的招式，连连后退，身上挨了好几下，疼得龇牙咧嘴。

丁潜躲在远处看着两人打，插嘴问郭蓉蓉：“你没事吧，你不是说中国武术都是花架子吗？”

郭蓉蓉装作不以为然，说：“我没事，都是花拳绣腿毛毛雨，我是不跟他一般见识，我怕我一个高鞭腿闹出人命，哎哟——”

她话还没说完，就被对方使个绊子，扬手扔了出去，幸亏落在了丁潜身上。

“我刚才是没准备好，歇一会儿肯定能把他打趴下。”郭蓉蓉气喘吁吁，斗志犹盛。

“我觉得你最大的问题是赶紧从我身上起来。”丁潜痛苦不已地看着坐在他小肚子上的郭蓉蓉，呻吟道。

郭蓉蓉也学乖了，赶在王悦扑上来之前急忙掏出警官证，说：“好好看看这是什么。”

王悦这才知道闹了误会，十分尴尬地说：“原来你们真是警察，可是你们为什么要偷偷跟踪我呢？”

事到如今，郭蓉蓉也没必要再继续隐瞒了，把有人想要暗害他的事情简单说了说。

王悦听完后吃惊不已，说 :“你说有人要杀我？可我并没有得罪什么人啊，会不会是你们搞错了？”

“江海涛和李肃陵这两个人你认识吧？”

3

王悦露出满脸困惑 :“从来没听说过这两个人。”

“也难怪，二十年前的事情你未必记得了。”

“二十年前？”

“还记得二十年前，你给一起性侵案做过目击证人吗？”

王悦努力想了想，说 :“好像是有吧，我记得我当时是在一家宾馆住宿来着……”

“不错，当时江海涛和他女朋友也在那家宾馆住宿，他女朋友叫杨欣。有一天晚上，杨欣突发急病，江海涛情急之下打了急救电话。没想到赶来的医生曲浩民趁着杨欣昏迷，江海涛不在房间的时候，强暴了杨欣……这件事你还有印象吧？”

王悦皱着眉，一边回忆一边说 :“我记得……我当时住在隔壁，那天晚上我出去吃了点儿东西，回来的时候看见有个男的站在走廊里，很焦急的样子。我问他是不是出什么事了，他说他女朋友昏过去了，不知道得的什么病。我问他要不要我帮忙送医院，他说已经给急救中心打过电话医生已经过来了，正在房间里急救，已经过去半小时了，不知道里面什么情况……就在我们说话的时候，还有一个房客路过，得知了原因，也挺热心的，陪我们一起等着，看看能不能帮上忙。就在这时，有个男医生从房间里出来了，对打急救电话的那个男的说，他女朋友是突发心脏病，现在刚刚苏醒过来，他要到楼下去拿药，有护士在里面照看，让他先不要进去，怕刺激到患者，然后那个男医生就走了。”

“那个打急救电话的男的就是江海涛，另外一个路过的房客应该就是李肃陵。”郭蓉蓉一一对上号，又问，“那个男医生后来回来了吗？”

“我们等了将近半小时，那个男医生也不见回来，房间里一点儿动静都没有。那个男的也就是江海涛，他实在等不及了，问我和另一个房客李肃陵是不是应该进屋看看。我俩当时作为外人，也不好说什么，其实我早就觉得奇怪了，心脏病是急病，哪有像男医生那样慢吞吞的。我说，感觉有点儿不对，应该进去看看。李肃陵胆子小，说要不还是再等等看。我们三个人正商量呢，忽然听见有人在屋里发出呻吟，好像很痛苦。江海涛急忙用房卡打开房门，等我们进去一看，大家都傻眼了。就在门口靠墙处瘫坐着一个女护士，就是她在呻吟，她头上还在淌血，明显是受伤了。江海涛吓坏了，担心他女朋友有危险，匆忙跑到里屋，随即我和李肃陵就听到他发出了一声哀号。我俩随后也进了里屋，只见床上一片凌乱，有个没穿衣服的女人撅着屁股趴在床上，看着十分虚弱，正趴在那里有气无力地哭，一看那姿势不用问就知道发生了什么……实在是太畜生了，怎么会有这么无耻的医生，如果是我女朋友遇到这样的事，我非把那个浑蛋杀了不可。”王悦紧攥拳头，义愤填膺。

这还是郭蓉蓉和丁潜第一次听到当年的经历者亲自讲述那个案子，郭蓉蓉气得咬牙切齿：“真是个该死的家伙，就应该把他捉拿归案！”

王悦闻听脸色微变，说：“郭警官，你什么意思，难道说那个医生到现在还没有抓住？”

“那个男医生很狡猾，自从当年逃走之后，警方就一直都没有发现他的下落，这一藏竟然藏了二十年……”郭蓉蓉不无遗憾地说。

王悦唏嘘不已，但还是有很多困惑，问道：“郭警官，那你们这次找我，突然提到当年的案子，又说我有危险，这到底是怎么回事？”

郭蓉蓉犹豫了一下，决定据实相告：“王先生，如果不是事情很严重，我们也不会找你。不瞒你说，江海涛，也就是你当年见到的被害人的男朋友，在两个星期前遇害了。不久之后，另外一个叫李肃陵的人也被杀了。他当年和你一样，是那起案件的另一个目击者……”

尽管王悦强作镇定，也不难看出他脸上已经失去了血色：“是……是谁杀了他们？”

“这个是内部机密，我不能告诉你，我只能说，我们可以肯定，这两个人是同一个凶手杀害的，手段非常残忍。而江海涛和李肃陵平时素无往来，唯一一次接触就是在二十年前发生那起案件的时候。我们担心凶手接下来的目标有可能放在你身上。”

王悦呆愣了半晌，脸皮抽动不止，很不自然地笑起来：“哈哈……哈哈哈……你的意思是，有人为了当年的案子想要报复我们是吗？真是可笑，我就在这儿，看看他敢不敢来找我麻烦！”

“虽然王先生功夫不错，但你要知道明枪易躲，暗箭难防。你刚才不是还说头些天被人跟踪吗，不排除那个人就是凶手。他肯定不会明目张胆地找你，我们更担心他突放冷箭，王先生还是要多多提防，最好是能跟我们警方合作。”

王悦思索了片刻说：“合作是没问题，但我还是想知道，究竟是什么人想要杀我。如果你们不确定，也可以给我提供一些信息，说不定我能帮你们抓住他呢。”

郭蓉蓉有点儿拿不定主意，或许这个人真能提供必要的线索也说不定。

她瞅瞅丁潜，想征求一下他的意见。自始至终，丁潜都没插一句话呢。

王悦早就注意到了丁潜，感觉他比郭蓉蓉的年纪大不少，猜测他可能是郭蓉蓉的上级，便客客气气地对丁潜说：“您是领导吧，其实我就是想知道究竟是谁想要杀我，也好有个防备。您放心，我一定不会说出去的。毕竟这关系到我的身家性命，我不想我像江海涛那样稀里糊涂地被人弄死。”

丁潜意味深长地看着他，不置可否，谁也不知道他心里在想什么。

王悦有些焦急，还想说什么，忽然神色变得有些异样，他转身跑到入口处，微微把头探出墙外，好像发现了什么似的。

4

郭蓉蓉问：“你在看什么？”

“跟踪我的警察只有你们两个吗？”王悦忽然问。

“是啊，只有我们两个。”

“可为什么还有一个鬼鬼祟祟的人？”

“还有一个？”郭蓉蓉很惊讶。

“他躲在台阶旁的雕像后面，我感觉他已经发现我们了。”王悦说。

“是男的还是女的？”

“好像是个女的。”

郭蓉蓉看向丁潜，丁潜也在看她，两个人的心都悬起来了。

难道柳菲真的来了吗？

王悦满腹猜疑地打量着他们，已然猜到了什么，“你们说那个要杀我的人不会就是这个女人吧？这个人究竟是谁，跟当年的案子有什么关系？”

“……”

郭蓉蓉和丁潜都不搭话，王悦急了，“都到危急关头了，你们还有必要瞒着我吗？难道就让我躲在这里等死？”

郭蓉蓉略带轻蔑地瞥了一眼王悦，这男的虽有一身好功夫，可胆量着实不算大，“放心吧，有两个警察保护你呢，保你万无一失。”

郭蓉蓉掏出小型望远镜来到墙边，小心翼翼地往外观察，忽然她“咦”了一声，似乎发现哪里不太对劲。

“怎么了？”丁潜问。

“柳菲不是长发吗，这个女的看着怎么是短发呢？”

“短发？”丁潜稍微迟疑，忽一闪念，“也许不是柳菲，我倒是想到一个人……”

“谁？”

“唐英。她不就是短发吗。”

“唐英？那不是顾宗泽手下的女警吗？”

“就是她。”

“她来这里干什么？”

丁潜暗自琢磨，唐英之前也曾跟踪过他，难道这一次又是故技重施？

看来事情变得更复杂了。

“如果真是唐英，我们怎么办？”郭蓉蓉问丁潜，“要是把情况如实告诉她，那顾宗泽岂不是也就知道了？”

两个人正在犹豫，挂在耳朵上的微型对讲机响了，里面传来杜志勋的声音：“各小组注意了，柳菲出现了。”

声音仿佛带着电流，所有戴耳机的组员心头都是一震。

柳菲出现了。

该来的终于还是来了。

“我现在在西马特休闲广场，杨欣和一个男人，好像是她丈夫，正在这里购物，现在他们在三楼 B 区。柳菲穿着一身白色风衣，戴着墨镜，正在尾随他们。你们马上过来汇合，时时保持联络……”杜志勋下达了指令，特案组准备收网了。

郭蓉蓉对丁潜说：“咱们怎么办，总在这僵持着也不是办法，要不我们去跟唐英解释清楚吧，这件事瞒也瞒不住，顾宗泽那些人很快就会知道了。”

“还是我自己去吧。”丁潜说，“你拖住唐英就好。顾宗泽是个很麻烦的人，这件事他知道得越晚越好，免得节外生枝。”

既然丁潜都这么说了，郭蓉蓉也不再多说什么。

丁潜瞅准机会绕出体育场，打了一辆出租车，赶去西马特休闲广场。

他不让郭蓉蓉跟来，是他还有另一个打算——他想与柳菲单独见面。

两个人同是嫌疑犯，或许彼此之间能产生共鸣。

19:05。

西马特休闲广场。

杨欣下周要陪总经理去香港谈业务，今天特意让丈夫陪她来挑件上档次的衣服。

两个人转了两家商场，十几家店，终于看中了一款新上市的职业装。两人逛累了，便乘电梯到商场顶楼的西餐厅去吃饭，之后打算去做一个 SPA。

他们早已习惯了这种小资情调的生活方式，只是谁都没有觉察到，危险正在悄悄逼近……

“我去一趟洗手间。”点完菜，丈夫起身离开座位。

杨欣一个人悠闲地靠在椅子上，喝着开胃酒，想象着香港一程她该是如何光彩照人。尽管她已经将近四十了，但平日里她十分注重保养，所以看上去要年轻很多，依然有着少女般的鲜活靓丽。她真希望自己能永远保持年轻，尽情享受这美好的时光。

“这位女士。”一个女服务生把她从幻想中喊醒。

服务生神色慌张，满脸焦急。

杨欣有些心惊：“怎么了？”

“您先生……您先生他……”

杨欣呼啦一下站起来，“我先生怎么了？”

“他在卫生间里昏倒了。”

“你快带我过去……”杨欣的好心情完全被打乱了，丝毫没有怀疑是真是假。

她匆匆忙忙跟着女服务生走出西餐厅，女服务生带着她左转右拐，一直往前走。

杨欣渐渐心生疑惑，感觉女服务生带的路不对。她对这个商场并不陌生，平时也经常来，“我先生到底去了哪个卫生间？最近的卫生间咱们都走过了啊。”

女服务生停下脚步，慢慢转回身，清丽秀美的脸上浮现出了意味深长的笑意。

杨欣莫名地感觉到一股寒意从脚下升起，她这才注意到，自己走到了一条僻静的走廊里，两边是正在翻修，还未开张的店铺。

“你带我来这个地方干什么？我先生呢？”

女服务生指指她身后，杨欣急忙回头，却什么也没看到。

还未等她回过神，脖子上突然感到一丝冰冷的刺痛。

女服务生伏在她身后，细长的胳膊蛇一样缠住她，贴着她耳边说：“千万不要乱动，杨欣女士，手术刀是很锋利的。如果你呼救，我会切断你的声带，如果你反抗，我会切断你的颈动脉，不想死的话，就乖乖听话，听懂了吗？”

“我……我懂了，我丈夫呢？”

女服务生笑了，“没想到你还是一个重感情的女人。放心吧，他很好，也许已经回到餐厅了吧，去一次洗手间要不了多久。”

“你是故意把我骗到这里来的吗？我从来没得罪过你啊，我根本都不认识你！”

“我也不认识你，初次见面，这里说话不方便，跟我走吧。”

女服务生押着杨欣走进旁边一家店铺里，店铺外面挡着广告布，刚好把里面全都遮住了，从外面完全看不到里面的情景。

杨欣忽然有种不祥的预感，双腿发软：“你……你到底要干什么？”

5

女服务生并不搭话，用一根早已经准备好的塑料绑扎带把杨欣的双手反手勒住，然后把她推坐在一把椅子上。

杨欣战战兢兢地打量着面前这个女服务生，那张冰冷的脸上看不出丝毫表情，对方像看一具尸体一样俯视着她，她手中那把手术刀散发着微弱的寒光。

杨欣惊恐至极，脑子一片空白。

越爱惜自己的人越不想死。

“我只问你一件事。一件二十年前发生的事情，希望你能想起来。”女服务生沉声道。

“二……二十年前的事情？”

“你记不记得一个叫曲浩民的人？”

“不记得，二十年前的人，时间太久了。”

“呵呵呵……”女服务生笑了，脸上却看不到一丝笑容，“是啊，你什么都不记得了。因为你现在过得很滋润，怎么会想到其他人的死活呢。再给你一点提示，他是一个医生。二十年前的一天晚上，你昏倒在岐山宾馆的客房里，曲浩民医生接到急救电话，赶过来救你。那时候，你还是一个漂亮可爱的美少女，让这个急救医生见到你居然都控制不住自己，还把你强暴了。事后你把他告上了法庭，而这位医生却畏罪潜逃了……”

杨欣脸色惨变，吃惊地望着面前这位也不过二十几岁的女人：“你怎么知道这件事的？”

“你不妨自己猜猜。”

“……”

“我猜你肯定不会把这段经历告诉你现在的丈夫。这个世界上很少有人是真的干净，但每个人都在努力把自己活得很清白。”

“你是在威胁我吗？”杨欣稍微镇定了一些，感觉自己有机会掌握主动权，“不如你谈个条件吧。”

女服务生微微冷笑道：“你真够蠢的，你觉得我用这种方式把你弄来，就是为了敲诈你点儿钱吗？”

她把手术刀在杨欣脸上轻轻刮过，杨欣激灵灵地打了个寒战，再次陷入绝望：“那你到底想要什么？”

“我想要的你一定给得了。”

“杜组长，这么晚了，你怎么有兴致来这里喝咖啡？”

杜志勋听到这声音就知道是谁来了，他拿起桌上的杯子喝了一口咖啡，才扭头看了顾宗泽一眼，说：“顾队长不也是一样吗？”

顾宗泽摸了摸下巴，嘴唇上的小胡子微微上翘，他“嘿嘿”地笑着坐到杜志勋对面的空座上，说：“我方便坐在这里吗，要是你女朋友一会儿来了……”

“我没有女朋友。”

“哦，是吗。没打搅你就好，我这人最不喜欢讨人嫌。”顾宗泽拉过杜志勋对面的椅子坐下，看了看杜志勋，又四下打量了打量，最后把目光落在了花格窗上。

透过花格窗，刚好能看见对面的西餐厅。

“一会儿喝完咖啡咱俩去吃西餐怎么样？”顾宗泽提议。

“我对西餐没兴趣。”

“如果有美女作陪呢？说不准咱俩去得及时，还能遇到一位大美女。”

杜志勋浓眉一皱：“你什么意思？”

“应该是我问你才对。”顾宗泽皮笑肉不笑，“杜组长连招呼也不打，就带着人跑到这里来又该怎么解释呢，我好歹也是专案组组长吧？”

“我只是你的顾问，不是你的属下。”杜志勋冷冷回道。

“好吧。”顾宗泽往椅子上一靠，索性摊牌，“我承认，你杜组长确实有一套，总能把案子看得很透，难怪你们能破得了那么多悬案。这一次我兜了一个大圈子，回过头，咱哥俩儿还得并肩作战。”

“其实你一直在监视我们，是吗？”

“话也不能那么说，都是警察，互相学习，取长补短嘛。不过话说回来，你们特案组出来的人果然都够狡猾的，居然给我使一招调虎离山，把我手下的人折腾得着实不轻，差点儿就让这小妞得逞了。说句掏心窝子的话，我还真有点儿佩服这个柳菲。”

“……”

“不过杜组长，我不得不再次提醒你，她已经不再是你当初的属下了，她现在是一个疯狂的连环杀人犯。千万不要用惯性思维看人，那样只会出现更多的受害者。”

“你话里有话，想说什么就直说。”

“柳菲又杀人了。”

杜志勋神色一僵，“什么时候的事情？”

“昨天晚上。我本来想告诉你一声，可是发现你们的人都不见了……”

“谁死了？”

“人民医院的一个女护士。”

“女护士？”

“我猜她应该不是柳菲计划中的目标，估计是柳菲要把她儿子从医院里悄悄带走，结果被这个倒霉的女护士意外发现了……”顾宗泽用手指在脖子上横着划过。

“你确定是柳菲做的？”

“等你有空去看看尸体就知道这是怎么一回事了，她与江海涛和李肃陵的尸体一样惨不忍睹。唯一的区别，不是吞针死的，而是被乱刀刺死的。凶器是手术刀，刀法娴熟，伤口全部都是要害。那个叫东东的小男孩儿也失踪了。真不知道一个心理扭曲的杀人狂妈妈，带着一个私生子要干什么。”

杜志勋默然无语，事情越来越超乎想象了。

柳菲真的疯了吗？

她到底要干什么？

6

顾宗泽看着杜志勋，觉得自己的话产生了效果，便说："杜组长，我能问问你现在跟踪的人是什么情况吗？"

"她叫杨欣，是当年案件的女被害人。"

"原来是她。"顾宗泽意味深长地点点头，"二十年前的案子啊，真是想不到居然为了这么久的案子大开杀戒。唉，仔细想想也难怪，柳菲的父亲犯案时，她只不过是个六七岁的小女孩儿，听说她后来成了孤儿，估计也是当年那个案子造成的。要说她的童年也真是够惨的，家破人亡啊。在一个小女孩儿眼中，那些破坏她家庭的人无疑就是罪魁祸首了，即便她后来长大了，扭曲的心灵也已经根深蒂固，在内心深处，她不认为那些人比他父亲更无辜……"

"其实我一直都觉得这件事有蹊跷。"杜志勋说。

顾宗泽正透过花格窗朝对面的西餐厅观察，寻找着疑似柳菲的人，"哦？"

"她怎么会突然之间想到杀人的？"

"是啊，我每抓一个罪犯也在想相同的问题，有些人为财，有些人一时失控，还有很多人连他们自己都不知道什么原因，因为想杀，于是就杀了。"

"有些是外在原因，有些是心理原因。如果柳菲早就有杀人的念头了，那她应该早有显露，演变成连环杀人犯需要一个循序渐进的过程，最早可以追溯到青少年时期……”

“你不用再对我说那些犯罪心理知识了。”顾宗泽打断，“如果辩论，没人能比得过你杜组长，但我有的是经验，我见过的罪犯不比杜组长你少，也知道现在遇到的是什么人。我不管她因为什么杀人，我只知道一件事，她是一个阴险狡猾的杀人犯，只有阻止她才能避免更多无辜的人遇害……”

杜志勋知道自己不能说服顾宗泽，索性闭口不谈了。不管怎么说，他有一点想法跟顾宗泽是相同的，那就是抓住柳菲。

他透过花格窗，望向对面的西餐厅，杨欣和她丈夫所坐的位置刚好在他的视野范围内。

“嗯？”他发出一声疑惑。

“怎么了？”顾宗泽问。

“杨欣去哪儿了？”

“你不是一直在监视她吗？”顾宗泽并不认识杨欣。

杜志勋的确是在监视她，唯独跟顾宗泽交谈时疏忽了几分钟。

西餐厅里，一个男人正在跟两个服务生说什么，看上去他有些焦急，还拿着手机拨电话，这个人就是杨欣的丈夫。

杜志勋脱口而出：“不好。”

他急忙用耳机联系年小光：“我问你，杨欣去哪儿了？你看见没有？”

“她刚才出去了，可能是上厕所了。”

“她现在在哪儿？”

“现在……应该还在厕所吧。”

“你不是跟着她呢吗？”

“我跟了一段，看见她跟着一个女服务员往卫生间方向走了。我就没跟着，不是有服务员陪着吗，柳菲应该不会动手。”

“女服务员？你看清那个服务员长什么样了吗？”

“看清楚了，不是柳菲，长得完全不一样。”

“你现在马上去卫生间看看。”

“女……女卫生间也去吗？”

“赶紧去，别废话。”

过了一会儿，年小光气喘吁吁的声音传过来，“组长，不好了，杨欣不在厕所，不知道她去哪儿了。”

杜志勋腾地一下从座位上站起来，急道：“那个女服务员就是柳菲装扮的，赶快行动。”

顾宗泽也跟着站起身，笑道：“看来我这次来不算多余，还能给杜组长帮上忙。”

紧急关头，杜志勋也顾不上别的，他和顾宗泽出了咖啡厅，先与年小光会合，然后根据他最后看见杨欣的地方，一路寻找下去。

西马特休闲广场是晚上 10 点关门，现在商场里还有不少人。

“你觉得柳菲能去哪儿？”顾宗泽问杜志勋。

“她不会明目张胆地把杨欣绑架走，这样肯定会被人看见，所以她只能把杨欣带到人迹罕至的地方，应该就是这个商场里的某个地方。假如她真想离开这里，那就必须准备一个大箱子把杨欣运出去。”

“放心吧，第二种可能不存在。”顾宗泽胸有成竹地说。

杜志勋略带疑惑地看了他一眼。

“我的人已经把商场所有的出口全都封锁了，包括货运通道。只要发现有两个人一起离开的，或者是带着能装人的这种大箱子离开的人，全部都要检查。除非柳菲有直升机，否则她别想带着人质离开。”

“你想得还真够周到。”

“彼此彼此，专家有专家的计谋，我们基层民警也有我们的笨办法。”

“看那里。”

杜志勋忽然停下脚步，指着前方一处正在施工的无人区域。那片店铺全都关门歇业了，外面围挡着广告布，上面写着“coming soon”或者“内部装修，近期开业”此类的话。

带着人质往那里去确实不容易被人看到。

顾宗泽抽出手枪，推弹上膛，“我来过这里，好像有两个出口，你们从这里进，我去堵另外一个出口。”临走之前，他特意提醒了杜志勋一句，“杜组长，我劝你还是用枪吧。这可不是动之以情，晓之以理的时候。”

杜志勋没说话，带着年小光走进了那片无人区。

“组长……”年小光满心疑惑地问，“你说柳医生不会真跟咱们撕破脸火拼吧？”

“谁知道。”杜志勋掀起其中一家店的广告布，探头瞅了瞅，“不管怎样，还是先保护好自己吧。虽然柳菲不擅长格斗，但是她智谋过人，心理素质过硬，尤其是精通人体解剖，如果她真想杀人，眨眼之间就能完成。”

年小光费力地吞了口唾沫，摸了摸自己肉乎乎的短脖子，把手枪也掏出来了。

突然杜志勋停下脚步，抬手示意安静。

他的目光落在拐角店铺的墙壁纸上，在比他肩头低十厘米的位置，有几道浅浅的抓痕。

他抬头望去，发现其中两家店铺之间有一条通道，如果有个身材矮小的人从这里被人拖进去，那么挣扎的时候，完全有可能在墙上留下这样的抓痕。

7

杜志勋注意到，右侧那家店铺的侧门虚掩着，露出了一道狭缝。

他轻手轻脚地走过去，用手指轻轻拨开店铺门，里面光线黯淡，装修基本完成了，看着像是一家玩具店。

杜志勋的目光在店铺里扫视了一圈，没看到人，却有一把椅子吸引了他的注意。

椅子旁边扔着一个手机，看着还蛮新的，手机旁边有一卷塑料绑扎带。

“就是这里。”杜志勋话音刚落，人就闪身进了店铺。

他贴着墙壁，掏出手枪仔细搜索每一个阴暗的角落，忽然，他听到一丝细不可闻的声响。

他辨别着声音传来的方向，慢慢靠近。

“组长，小心身后！”

猛然听到后面传来年小光大喊，杜志勋浑身一激灵，顺势转身，赫然看见墙角处不声不响地站着一个人。

他整个人几乎完全隐藏在暗影里，恰好是在杜志勋的盲区，又一声不出，杜志勋完全没有发现他。幸亏年小光站在另外一个方向，刚好能看见这个人。

“举起手！”年小光双手端枪，直指那人。

那人却充耳不闻。他隐藏着双手，也不知道拿着什么武器。

“咱俩是好同事，小菲姐，你可别逼我啊。”年小光握枪的手紧张得直哆嗦。

杜志勋忽然一把压下他的手枪：“别开枪，她不是柳菲。”

“不……不是？”

杜志勋走过去，把那个人的假发拽掉，风衣扯开，露出了藏在里面的女人。

那人的确不是柳菲，而是他们要保护的杨欣。

杨欣的手脚被绑在身后的铁架子上，保持着站立的姿势，嘴巴上封着透明胶带，几乎已经吓昏过去了。经过一番打扮，从远处看，确实像一个躲在角落里不怀好意的人。

又是一招金蝉脱壳。

杜志勋心念电闪，马上转身朝相反方向飞奔，绕过一扇隔断，那里还有一个侧门！

一个人影忽然推门冲出。

杜志勋随后追出。

看那个人奔跑的背影，他就已经认出了柳菲。

他举枪瞄准，大喝一声：“站住，我要开枪了！”

柳菲的脚步停顿了一下，但紧跟着又向前飞奔，转过长廊，消失了。

杜志勋慢慢放下枪，叹了口气。

年小光紧跟着撵了出来：“组长，柳菲她……”

他望着杜志勋伫立在那里一动不动，把后半截话咽回了肚子里。

砰——

附近骤然响起刺耳的枪声。

杜志勋和年小光从沉默中惊醒。

两人急忙朝枪声传来的方向奔去。

追到另外一个出口时，他看见顾宗泽提着手枪站在电梯前。

空气中弥漫着一股火药的味道。

“发生什么了？”杜志勋问。

“我开枪击中柳菲了。”顾宗泽说。

“她人呢，在哪里？”

顾宗泽朝电梯扬扬下巴，电梯正在逐层上升，“她跑得还挺快，不过挨了我一枪，应该跑不远。”

电梯上升到顶楼停住了。

顾宗泽马上用对讲机给潜伏在商场里的警员们下达命令：“疑犯已经跑到顶楼了，每个小组抽调一个人往楼上推进，楼梯、电梯、消防通道都要有人看着，疑犯现在已经受了枪伤，基本丧失了反抗能力，马上行动，行动要快！”

顾宗泽下完命令，回过头来对杜志勋说：“真希望我那一枪没打中她的要害，我现在是最不希望她死的人。我的职责是把罪犯完整地送到法官手里，判他们什么罪是法官的事情。”

电梯门开了。

等电梯的小男孩儿拉着妈妈的手刚要往里跑，迎面就看见了一个脸色苍白的女人扶着电梯门走出来。

女人的脸极美，极冷。

女人的身上正在流血。

小男孩儿傻在那里，不知所措地望着女人。

柳菲就像一台损坏的机器人一样，只是行动受限，在她脸上看不出丝毫痛苦的表情。

她冷冰冰地看了小男孩儿一眼，不知为什么，忽然露出一丝微笑，蹒跚着从他面前走过。

也许从一开始，她就已经预料到自己会有这样的结局。

可是她一旦决定，就不会后悔。

每个人都有各自的宿命，她经历过太多磨难，对人生并没有那么多奢求，上天虽给了她一副优雅动人的躯壳，却也给了她一颗易碎的心。

她走出电梯不久，感觉到一种钻心的剧痛，大量失血让她眼前有些晕眩。

她靠在中庭的栏杆上休息，清楚地看见楼下两座扶梯上都有警察在往楼上跑。至于其他下楼的通道，不用问，肯定也被堵死了。

她现在已经是穷途末路了。

要不要跳下去呢，她有些犹豫。

忽然，一只手搭在她肩上，身后传来冰冷的声音：“这位小姐，你被捕了。”

柳菲只是愣怔了片刻，便束手就擒了。

事已至此，她没必要再做无意义的反抗，何况，她现在已经虚弱得没有反抗能力了。

可让她有点儿意外的是，这名警察并没有把她带到楼下，而是把她推进了公共哺乳室里。

柳菲感觉对方图谋不轨，一下清醒过来，用力推开那个警察，没想到警察居然开始脱衣服。

“你要干什么？”柳菲怎么也没想到会遇到一个乘人之危的色狼，她忍着伤痛，摸索着身边的东西想要自卫。

那人依然不慌不忙地脱警服，里面居然还穿着一套休闲装。等他把压得很低的警帽摘掉后，柳菲这才看清楚面前这个人，不由得愣住了。

竟然是丁潜。

这个神叨叨的家伙，居然在这种时候，以这种出人意料的方式出现在她面前。

“你来这里干什么？”柳菲万分惊讶。

“你看不出来？”丁潜边说边伸手去解柳菲的衣服。

柳菲想推开他，丁潜说：“如果你不想在去医院之前把身上的血流光，就别乱动。”

实际上他只是把柳菲的衣袖褪了下来，打量着她胳膊上的伤口。

“你懂外伤吗？”柳菲怀疑地看着丁潜。

“不太懂。所以我帮你解开衣服，让你自己看。”

“……”

第七章　骨灯夜话

1

柳菲忍着痛，勉强看了看胳膊上的伤口，微微活动了一下手指，说：“我中了枪，好像骨头还没断，你帮我把伤口两边用绷带包扎起来，暂时就能止住流血。”

丁潜打量了打量柳菲，眼神怪异地瞅着她服务生的短裙，开始动手扯她的裙子。

“你干什么！”不管柳菲多淡定，此时也开始慌了。

她急忙往回缩身子，跟丁潜两个方向用力，“嘶啦”一声，短裙被撕下去了一圈，变成了迷你裙。

“你……”柳菲目透凶光，长这么大她还从来没露过这么多肉。

“我身上又没有绷带，只好就地取材了。你总不能等我去药房买吧。”丁潜理由充分，理直气壮。

柳菲还真无言以对。

丁潜把扯下来的那圈布条撕成两截，按照柳菲说的把她的伤口包扎好。

流血是暂时止住了，但接下来还有最大的难题如何从这里脱身。

丁潜倒是早有准备，把脱下来的那套警服扔给柳菲：“把它穿上。”

也不知道这套警服是丁潜从哪里找来的，柳菲穿上有点儿肥大，不过也只能将就了。

丁潜没忘记把她的长发盘起来，给她戴上警帽，又从口袋里掏出一副黑框眼镜给她戴上。

“行了，咱们走吧。”

“这就行了？”柳菲表示怀疑。

“不行也得行。说不定顾宗泽现在已经带着人上来了，你难道还等着他瓮中捉鳖？”

事到如今，柳菲也想不出更好的办法了，只好硬着头皮跟丁潜闯一闯了。

丁潜把门推开一道缝，观察了一下外面的情况，朝她摆摆手。

两个人出了哺乳室，快步往楼下走去，可是刚到楼梯口，就看到有不少警察往楼上冲来，人群中依稀还有顾宗泽和杜志勋，两个人急忙闪避，差点儿被发现。

丁潜拽着柳菲紧走几步，拐个弯，来到电梯口，正好有电梯停着。他急忙把柳菲拉进电梯，按了 1 楼键。

柳菲叹口气：“躲得了初一，躲不过十五。电梯口肯定有人把守。”

“是啊。”丁潜承认，“关键时刻，只有靠演技了。”

都到这种时候了，他还能朝柳菲挤出一丝笑容，柳菲紧绷着脸，想笑都笑不出来。

电梯逐层下降，感觉出奇的缓慢，7、6、5、4、3、2、1。

电梯停下了。

随着电梯门缓缓向两边滑开，柳菲的心都提到了嗓子眼儿。

果不其然，第一眼就看见了五个黑洞洞的枪口。

五名刑警的目光齐刷刷地落在两人身上。

丁潜这时候突然对那几名刑警高声喊道："你们几个快点儿上楼支援，柳菲挟持了一名人质！"

几个警察的注意力顿时被吸引到了丁潜身上，有人认出他是特案组的人。

"这里由我们守着就行，你们赶快上去，千万不能让人质有危险！"丁潜催促道。

几个刑警来不及多想，急忙进电梯上楼了。

"这也行。"柳菲还真是无语。

丁潜这家伙就像有股怪力，能把正常人变傻。

"其实人是一个主观意识的生物。"丁潜顺便解释，"要想让他们相信你说的话，只要你能吸引他们的注意力，不给他们思考的时间，就能让他们的智商暂时下降到平均值以下。如果你碰巧知道这些人心里正在担心什么，想要什么，随便一个谎话就能让他们上钩。我解释得虽然高大上，其实这种手段并不稀奇，很多江湖骗子用的招数都大同小异。"

"看出来了。"

两个人说话的工夫，脚不停步，他们飞快走出了西马特广场。

一番惊险，绝处逢生。柳菲没想到自己还能重归自由，望着夜空下璀璨的城市，迎面拂来的凉爽夜风，她浑身都松懈下来，扑通一下摔倒在地。

丁潜拦住一辆出租车，把她抱到车上，消失在了绚烂迷离的夜色中……

柳菲昏昏沉沉地做了一个梦。

梦境古怪又抽象，在梦中她被揉捏成各种形状，时而狂欢无比，时而痛苦绝望，犹如一场漫长煎熬的酷刑。

她的人生又何尝不是如此，她早已忘记了欢乐的滋味，屈辱和压抑伴随着她慢慢成长，对她影响最深的人就是父亲，他带给她的却只有恨，恨久了，就变成了冷酷和麻木。这是她的人生，她没法选择，只能习惯，只能让自己比别人更出色。

“嗯……”柳菲发出微弱的呻吟，从昏睡中悠悠转醒，蒙眬中她感觉自己躺在一间灯光昏暗的屋子里。

“高烧已经退了。两天换一次药，只是皮肉伤，两个月就能康复。”巫云飞一边收拾着用过的纱布和针线，一边对丁潜说。

“好的，麻烦你了。”

巫云飞好奇地打量着丁潜：“我还真有点儿不明白，你怎么会想到把这个女的带到我这里来，我又不是开诊所的。”

“能把人骨雕刻成艺术品，如果能评职称的话，你肯定能评上三甲医院的主任外科医师。再说，你干这种灰色职业，平时要跟各式各样的人打交道，怎么会不做些提防。”

“你就不怕我报警？”巫云飞冲他翻了一个白眼。

丁潜笑笑：“我最放心的就是你不会报警。”

“倒也是。”巫云飞那些骨雕作品都是他的宝贝，他最怕的就是被警察抄家。经济损失是小，那些委托人说不定会杀了他。

巫云飞看了一眼柳菲，问：“她是你女朋友？”

“不是。”

“但我感觉你挺中意她的，要不然也不会为了她把自己都豁出去。”

“我这是办案需要。”丁潜脸色一沉，“信不信我现在报警？”

“好吧，好吧，你这人太不懂幽默。”巫云飞无奈地摊开双手，“那我就不打搅你了，给你足够时间好好拷问你的女犯人。她还有伤，你掂量着来……”巫云飞说着起身拎着药品箱离开了房间。

柳菲其实早就醒了，男人的话实在没法插嘴，只好装睡，等房间里只剩下了她和丁潜后，她才开口问道：“这里是哪儿？”

“我一个朋友家。”

“朋友？”

“我不能有朋友吗？”

“敢收留我的人也不是什么正经人吧。”

“我交的朋友未必都是正人君子，但肯定都是靠得住的人。”丁潜露出一丝阴森的表情，“不过，我还是有必要提醒你，在这里养伤，你最好还是收敛一下，我这位朋友的性格比较古怪。你要是把他惹怒了，当心拿你的骨头作雕刻。”

柳菲脸上闪过一丝惊骇。

倒不是被丁潜的话吓得，而是她看见桌上那个亮着柔和光晕的台灯分明是一截倾斜的臂骨，而灯罩就是五指展开的掌骨。

2

这似曾相识的骨雕艺术品令柳菲心头微震，她忽然想起几年前遇到的一桩奇案，有个嫌疑人就以雕刻人骨为职业。这个念头也只是在脑海中一闪念，毕竟跟她眼下的遭遇无关。丁潜结交什么样的朋友也与她无关。

她摸了摸受伤的左臂，伤口已经被包扎好了，还上了药，疼痛也减轻了不少。

她没有看丁潜，依然声音冷淡：“如果我死了，对你来说不是更好吗？”

丁潜似乎恍然大悟，懊恼地说：“是啊，我还真笨，刚才就应该把你扔在荒郊野外，让你自生自灭。这样我就不用整天提心吊胆，担心你把那段录像交出去了。”

柳菲沉默了一会儿，说：“虽然你救了我，但我不会感激你。温欣的事我不会忘。”

“我知道，因为你从来不在乎自己的命。我就当是在道边捡回来一只让车撞伤的小猫小狗。”

柳菲眉梢微蹙，隐现出难以觉察的痛苦。

她忽然说：“我不太明白。”

“嗯？”

“你并不像是那么狠毒的人，为什么要对你的未婚妻下那样的死手，为什么？”柳菲突然扬起那双通透的眸子，直视丁潜。

可是丁潜的脸上平静如常，看不出丝毫内容。

他狡黠地反问柳菲：“这个问题我也想问你，你这么有原则的人怎么会变成连环杀人犯？”

柳菲闭上双眼，似乎不想回答这个问题。

“那么好吧，我换一个问题，你身上的伤是怎么回事？你背上和肚子上有好些伤痕，看样子时间也不短了，你长得这么漂亮，谁忍心对你下这种毒手？”

柳菲呼啦一下从躺椅上坐起，怒视丁潜：“你看我身子！”

“我又不是故意的。”丁潜表示无奈，“不脱衣服怎么给你消毒包扎啊。再说你那内衣跟运动服似的，穿外边都行了，有什么可露的？”

柳菲顿时松懈下来，颓然靠在椅背上，过了几秒后才说：“这些伤是我妈打的。”说这话时，她的声音又恢复了冷漠，仿佛是在聊别人的事情。

“你妈妈？”丁潜微感诧异，“为什么……”

“我妈本来就是急性子，小时候，我跟我爸感情最好，每次我调皮，我妈训我，都是我爸护着我。可是后来发生了那件事，整个家一下子垮了。所有人对我们都指指点点的，好像我们是妖怪一样，我妈受不了打击，开始变得疯疯癫癫的，脾气越来越暴躁。她整天拿着我爸爸的照片骂，那些话要多难听有多难听，把他的照片撕得粉碎，闹够了，她就放声大哭，把撕碎的照片一点点重新拼好，就这样反反复复地做这些事情……到后来，她病得越来越严重，一发起疯来就拼命打我。有时候邻居实在看不过眼了，就把她关在她自己房间里，不让她出来，吃饭的时候还会给我送来一份。我每次都剩下一些给我妈，而且我每次都是小心翼翼地打开她的房门，生怕她逃出来。她当时就像动物一样，狠命地在墙上抓挠，还隔着门玻璃狠歹歹地望着我，就像要吃我一样。我当时吓得每天都不敢睡觉……”

丁潜想起柳菲把他带去的那个老房子，地面上有暗沉的血迹，房间墙壁上布满抓痕：“你带我去的潞县那栋老房子就是你老家，对吧？”

“是。”

“当时为什么不把你妈送医院呢？”

“邻居帮忙送过两次，精神病你最清楚，很难根治，关键的病根在我爸。他犯案逃走是不争的事实，这个根本没法改变。何况那时候亲戚朋友们都躲我们远远的，生怕沾边受我们连累。”

“有一件事我一直很想问你，我在你家走廊里看到了一大摊血迹，那些血量足够致命了，那是怎么来的？”

“我妈自杀了。”

柳菲突如其来的一句话让丁潜愣住了，一时不知该如何接话。

“二十年前的一天晚上，我妈突然发病，把门锁弄断，从房间里跑了出来。她从厨房里拿了一把刀，对我说要带我去见我爸。我当时怕极了，就跑进自己房间里，把门锁上不让她进屋。我听见她在外面又哭又叫，一直折腾到后半夜才安静下来。我一直躲到天快亮了，才小心翼翼地打开屋门，当时的情景我永远都忘不掉——走廊里到处都是血，我妈她蜷缩在血泊之中一动不动。我喊她，她也不理我。当我走到她身边才看清楚，她用那把刀刺进了自己的肚子……”

柳菲停顿了一下，深深地吸了口气，“后来我开始大声尖叫，一声比一声刺耳，直到所有邻居都跑出来看到底发生了什么……再后来，来了几个医生把我妈的尸体拖走了，我也被送进了孤儿院。我在孤儿院待了半年，我家一个远房的舅舅把我接到了外地生活，他有一个大我两岁的女儿，我叫她表姐，也就是温欣。我对他们一家人的感情比对我父母还要深，我从心底感激他们给了我活下去的尊严和勇气……”

说到这里，一行清泪悄然从柳菲的眼角处滑落，在灯光中宛如闪闪发亮的珍珠，一闪而逝。

丁潜惋惜道：“既然这样，你就更应该好好珍惜得之不易的生活，不能再让你父亲的悲剧重演，就算你想报复，也不能把自己的孩子牵扯上，难道你希望东东也经历你童年的遭遇吗？”

柳菲神色陡变：“你在胡说什么，谁有孩子？”

“你没有孩子？”丁潜狐疑地望着她，“在江海涛和李肃陵遇害后，有一个七八岁的小男孩儿在自己妈妈的指使下，把他们银行卡里的钱全部取走了。警方找到了那个小男孩儿，他只有一个小名叫东东。他看到你的照片后，口口声声管你叫妈妈。”

“胡扯！”柳菲气得粉面涨红，她再也淡定不下去了，“我……我连男朋友都没交往过，哪里来的孩子？”

3

“难不成那个小男孩儿在撒谎……”这倒是丁潜从未曾想过的，他问，“可是那个小男孩儿为什么要管你叫妈妈呢？他还认得你的老家，难道你平时接触过这样的孩子？对了，他穿着一身红色的花衣服，身上还有很多伤疤……”

柳菲愤怒地瞪着丁潜：“我对你说的这个孩子完全没有印象。怎么？难道你以为我年纪轻轻的会带着一个私生子，时不时还要虐待一下他吗？”

丁潜想说，其实我们大家都是这么以为的，不过想了想他还是把这话咽在了肚子里。

关于这个案子他还有很多问题想问柳菲，暂时把红衣男孩儿的事先放一放。

“我还有一个问题一直都搞不明白，你父亲早在二十年前就畏罪潜逃了，你为什么突然现在才想要报复那些告发他的人，这不合道理啊，是不是发生了什么事情，促使你产生了作案动机？”

柳菲带着耐人寻味的表情说道：“你是在审问我吗？该不会是你跟顾宗泽他们做了一个套，他扮白脸，你扮红脸，在我面前演一出戏诱我口供吧，想知道我接下来的犯罪计划是不是？”

丁潜使劲揉揉脸，面对这么高智商的分析，他还真不知道该如何解释。

“好吧，我知道我怎么解释你都未必相信，谁让我本身也是嫌疑人呢。所以，我想到了一个公平交谈的办法。”丁潜说，“咱俩交换秘密好不好？”

“交换秘密？”

“你不是也一直都想知道温欣的真正死因吗，而我想知道你为什么突然想要作案。咱俩就当作私下里的互相交流，你看怎么样？”

“温欣的死因我已经知道了。”

“你不过才看了一段录像。她为什么被杀，又为什么被分尸，这些你都知道吗？不知道吧。难道你就不想弄清楚？”丁潜充满诱惑地注视着柳菲。

两人四目相对，柳菲犹豫了片刻，说：“好，我答应你。”

“那么你先说吧。”丁潜洗耳恭听。

“大概在两个月之前，我收到了一份电子邮件，是一份 MP3 格式的音频文件。我打开文件之后，里面有一个男人说话，还提到了我爸……”

丁潜眼睛微眯：“那个男人说了什么？”

柳菲把手伸进内衣里面，掏出了一个小巧的录音笔。

丁潜没想到她居然把这东西随身带着，早知道趁她昏迷的时候，随便翻翻就好了。

柳菲点开播放，先是出现了一段类似老式录音机的杂音，之后突然传出一个男人的声音：“曲浩民你就不用担心了。只要你不说出去，就永远不会有人知道真相……”

这段音频只有短短一句话，却很值得玩味。

“你知道是谁发的电子邮件吗？”丁潜问柳菲。

“我让钟开新帮我查过发件人的信息，对方用的是一张被盗的身份证，IP 地址是一家黑网吧，根本找不到发件人。所以我就从录音本身入手，我怀疑这份录音可能是用过去那种微型录音机偷录的，录音的人或许是出于某种目的，但他肯定知道当年我父亲那起案子的一些内幕……”

“那你有没有想过，这份录音有可能是伪造的？知道你父亲那个案子的人虽然不多，可也不止一两个，万一是有人故意伪造了一份录音诱你上钩呢？”

柳菲看了看丁潜，说：“我想过这种可能。干我们警察这一行，难免不会被什么人算计，但我反复权衡，如果真有人想利用我，用这个来历不明的录音算不上一个好办法，我肯定不会轻易相信。而反过来想想，这个人至少是知道我父亲当年那件案子的，也清楚我的处境，所以这就说明，他很可能是案子的知情者。所以，我觉得我应该查一查。”

“你怎么查？”

“如果这份录音是真的，那么说话双方肯定就是当年那起案件的涉案人员，不管他是办案警察也好，还是报案人也罢，他肯定知道全部真相。我把调查对象暂定在案件卷宗所涉及的人身上。我私下里找到了案子的卷宗，看到报案人有两个——江海涛和杨欣，当年他们是男女朋友关系。还有三个目击证人——王悦、李肃陵和胡小雯。这五个人之中，杨欣和胡小雯是女人，我把她俩排除在外，就从那三个男人头上查起，我要从他们中间找到录音里那个说话的人。我弄到了他们的手机号，装成电话推销的人，用公共电话给他们打电话，把他们的声音都录了下来……”

“够聪明的办法。”丁潜想起顾宗泽在会上谈到柳菲，认为她这种高级探员一旦犯罪，肯定是个难缠的角色，这一点倒是没说错。

“我把 MP3 录音截取了一部分，和三份电话录音放在一起，找懂技术的人帮我分析比对，最终断定 MP3 里说话的人是江海涛。只是 MP3 里的江海涛声音更清亮、有力，说明他的肺和声带都比现在年轻，从中可以断定，这份录音是许多年前录制的。”

“所以你第一个目标就选择了江海涛。”

“嗯。我跟踪了他几天，摸清了他的生活规律和喜好后，便投其所好，打扮成一个风流女人去他常去的云梦会馆，假装不经意地跟他碰面。他看见我都挪不动步了，恨不能一口把我吃了，哪里会想到我是曲浩民的女儿。我们喝了几杯酒，彼此熟识之后，我把他引出了会馆，一路来到事前选好的废弃仓库……”说到这里，柳菲微微一怔，不往下说了，神色若有所思。

“怎么了？”丁潜问。

“你刚才提到一个穿红衣服的小男孩儿，我忽然想起来我好像见过他……”

“你见过？在哪里？”

“就在我绑架江海涛的那天晚上，我本来先进了胡同等他，没想到他喝多了，站在胡同外发蒙，还一个人站在那嘀咕着什么。我当时也挺紧张的，担心他发觉不妙想要逃走，就急忙来到他身后，用电击棒把他电晕了。等他倒下之后我才看见，原来地上蹲着一个小男孩儿，他是在跟那个小男孩儿说话。我当时也吓了一跳，急忙向小男孩儿解释，说叔叔喝醉了，我要送他回家。那个小男孩儿看起来呆呆的，似乎也没听懂我在说什么，转身就跑了。我当时也没放在心上。听你刚才那么一说，我想了想，那个小男孩儿好像是穿着一身红衣裳，而且还一直在唱歌……”

4

“你说他唱歌？他唱的什么歌？”丁潜略感好奇。

“我当时也没太注意，听着有点儿像歌谣，但歌词不是汉语。”

“不是汉语？”

“嗯，反正我是一个字都没听懂。”

听柳菲这么一说，这个小男孩儿确实有点儿邪性，似乎浑身上下都透着一股说不出来的诡谲。

丁潜一时也想不明白究竟哪里有问题，只好继续问柳菲：“你把江海涛电晕之后呢？”

“我找来一个小推车把他拖进胡同，带到了一个废弃的库房里。”

“然后呢？”

“我把他绑在了一个旧沙发上，扒光了他衣服，然后把他弄醒了，逼问他当年我父亲案件的真相。”

“扒光衣服逼问……你还真够重口的……”

“我本来就是法医，处理尸体的时候都是没有穿衣服的尸体，早就见惯不怪了。不过对于普通人来说，屈辱感往往就是他最坚固的心灵防线，把它摧毁了，这个人差不多就软下来一半。”

“别告诉我，你仅仅脱了他衣服，没干别的。”

“我还用手术刀吓唬他了。他其实就是个胆小如鼠的人，逼他说实话，并没有费多少力气。”

丁潜皱皱眉：“之后呢，难道你没有惩罚他？”

“对他最好的惩罚就是把当年的真相公之于众，当然，我也不会轻易放过他，我把他一丝不挂地扔在那里就走了，反正三四天没人管他也死不了，囚禁他的地方在小区里，我估计肯定会有人发现……”

柳菲讲述的经过已经开始跟警方掌握的证据出现分歧了。

见丁潜默然无语地看着她，柳菲已然明白原因：“上次咱们见面，我记得你提到过，说江海涛和李肃陵都是被虐杀致死的，方便的话，你可不可以告诉我到底是怎么回事？”

“警方接到报案，赶到现场时，江海涛的尸体已经发臭了，经过尸检推测，死亡时间在一周左右，也就是说，江海涛就是在你把他诱骗到仓库不久后被杀害的。他全身上下被手术刀刺了一百七十四刀，刀刀都特意避开了要害部位，但这只是单纯的施虐行为。真正致命的手段，是凶手强迫江海涛吞下上千枚钢针。当时江海涛还活着，随着胃部蠕动，钢针刺穿胃壁和内脏器官，导致体内失血过多和感染而死亡。第二位被害人李肃陵与他的死因如出一辙……”

“如何能逼一个人吞上千根针，你们确定没有搞错？”

“的确是不可思议的杀人方式，正常来说，即使吞一根针都很难做到，何况是上千根。但这是法医反复确认的结果，至于凶手究竟是如何让江海涛吞下这些针的，暂时还没有查清楚。”

柳菲思索了一下，说：“我倒是想到了一个办法。”

“哦？”

“用冰。”

丁潜随即恍然大悟，道：“这确实是个好办法。把许多钢针冻进冰块里的确是方便吞咽，等冰块在胃里融化后，剩下的钢针就成了最致命的凶器。”

没想到困扰专案组这么久的难题居然让柳菲轻描淡写地就给解决了。

柳菲自嘲道：“我现在是不是看起来更像凶手了？”

丁潜点点头，说：“是啊，手术刀行凶，狂刺被害人上百刀，刀刀避开要害。这么精准的刀法普通人肯定做不到。而你，精通解剖，擅长使用手术刀，与被害人有父辈的矛盾，而且还有充分的证据表明，你是最后与被害人接触的人。如果你是警察，遇到符合这些标准的嫌疑人，你抓不抓他？”

柳菲冷嘁一声：“看来我还真是一个冷酷又变态的连环杀人犯呢，可是，我不明白……”

她顿了顿，问：“你为什么要帮我这样一个证据确凿的杀人犯呢？”

丁潜怔了怔，然后说：“或许因为你是温欣的表妹吧，我这个做姐夫的总不能见死不救。”

“这是我听到过的最烂的理由。”

“那你就当它是一个烂理由吧。”丁潜打个哈哈，“接着说江海涛吧。你绑架他之后，问出了你要的真相吗？”

“是的，要不然，我也不会再对李肃陵动手。”

“现在你又要对杨欣下手。照这么说，当年你父亲那起案件的被害人和目击证人全部都是你的目标吗？我不明白，究竟是什么样的理由值得你破釜沉舟这么做，你不应该是这么蠢的人，到底是为什么？”

“因为我爸是被陷害的。”

“你说什么？”

“因为我爸是被陷害的！你听明白了吗！”那双冷漠的眼睛突然变得无比凌厉、炽烈，柳菲凝视着丁潜，一字一句地说，“一伙卑鄙无耻的人，伪装成被害人和目击者，用一套天衣无缝的谎言编造了一起让人义愤填膺的案子，骗过法官，骗过所有不明真相的人们，把一个无辜的医生踩进地狱，让他家破人亡，永世不得翻身。而那些浑蛋却只把它当成一个聪明人的游戏，早就已经忘得一干二净了，逍遥自在地活了这么多年。就凭这一点，就算我真的杀死他们都不为过！”

柳菲那凄美痛苦的眼神深深刺进丁潜心中，让他有种同病相怜的感动。他们都有着一样坚硬的外壳和一样脆弱的心灵，他们坚强又孤独地生活着，只因为他们更懂得珍惜他们所深爱的一切。

“你有证据吗？”丁潜冷静地问柳菲。

“有，但还不够充分，”柳菲说，“毕竟是二十年前的案子，仅仅靠江海涛、李肃陵他们的口供，以及一段录音还不够。我还要更多。”

“如果你相信我的话，可以把你知道的全部告诉我，也许我……”

“不必了。”柳菲打断，“我能说的只有这么多，我自己知道该怎么做。”

“现在警察到处都在抓你，你又受了伤，你确定自己有能力拿到你想要的证据？”

柳菲凝视着丁潜，眼神复杂而纠结：“老实说，我现在根本不知道能不能相信你。我看不透你，越来越看不透你……”

“是因为温欣的事情吗？”

“你不要再提她了，我现在不想听，等我的事情解决完再说吧。”柳菲挣扎着从躺椅上站起身，逃似的往屋外走。

丁潜伸手拦住她：“你不要走，我走。这些天你就在这里养伤吧，没有比这里更安全的地方了。”

第八章　巧舌如簧

1

蓝京市刑警队。

专案组办公室里充满了火药味。顾宗泽和杜志勋都在，其他警员屏住呼吸，连大气都不敢喘。

一向颇有涵养的顾宗泽罕见地大发雷霆，那双细小的眼睛仿佛变成了两把锥子，从警员们身上逐一刮过，看向谁谁像被扎到似的哆嗦一下。

“你们能被调到蓝京市刑警队和特案组，证明你们都是警界的精英，可就是你们这群精英，都已经布下了天罗地网，竟然还能让嫌疑人逃走，而且还是一个受伤的女嫌疑人，你们觉得惭愧不惭愧，我这个专案组长向领导汇报工作时都抬不起头！直到现在我都想不通，我让你们守住了每一个出口，柳菲这个大活人究竟是如何从你们眼皮子底下溜走的，你们谁来告诉我？”

众人鸦雀无声，特案组的几个人还好说，顾宗泽的部下一个个都紧张得不行。

“怎么，谁都不知道吗，要我一个一个地去查，是不是？”

终于，年纪较大的贺炎率先开口了，他和顾宗泽私交不错，这时候也只有他敢说话：“顾队，我们那天行动时还是很谨慎的，没有出现过什么漏洞。就是有一件事有点儿奇怪，特案组的同志们也在这儿，我不知道合不合适说……”

“哦？”顾宗泽面露猜疑。杜志勋就坐在他身旁，而他只是微微侧脸，却没有正眼看杜志勋。

杜志勋如何看不出来，对贺炎说：“贺警官，你有什么话就直说吧，这里都不是外人。”

贺炎点下头，说道：“王锴他们队在那天晚上负责看守电梯。当时，顾队下令让所有分队派人上顶楼围堵疑犯柳菲。就在那之后不久，王锴他们看见特案组的丁潜和一名警察乘电梯下来，对他们说，抓捕人手不够，顾队让他们马上上楼，由丁潜和那名警察看守电梯。于是王锴他们就上楼去跟你会合了，但是没抓到柳菲。事后他们发现，丁潜和那个警察也不见了。”

杜志勋微微一怔，不置可否。

“有这样的事情？”顾宗泽左右看看，“王锴呢，你们几个出来说话！”

自知大事不妙的王锴和其他几个人低着头从角落里走出来。

“老贺说的是事实吗，丁潜真的说过那样的话？”顾宗泽问。

“是。”王锴回答。

“但我并没有下这个命令。”

“啊？”

“丁潜只是特案组的临时顾问，并不是在编警察。你们当时为什么不跟我联络，核实一下情况呢？”

“我们也不知道实际情况，就知道他也是专案组的。当时情况紧急，他一个劲儿地催我们上去，我们也来不及多想，就……”

顾宗泽强压着火，继续问：“跟丁潜一起下来的那个警察你们认识吗？”

“我们……”王锴看了看身边其他人。几个人你看看我，我看看你，一时都回答不上来。

“那个警察是男是女？”

“有点儿……有点儿像女的。”其中有个姓马的警察说道。

“你们就没仔细看看那个女警察是不是柳菲假扮的？”

“当时我们光顾着听丁潜说话了，没来得及细看。”

“是啊顾队。”另一个警察跟着帮腔，“再说柳菲已经被顾队开枪打伤了，那个女警并没有受伤，她应该不是柳菲。”

“如果她不是柳菲，那你告诉我柳菲是怎么逃走的？你告诉我，丁潜这几天去了哪里？你再告诉我，那个女警到底是谁，你们认识吗？”

几个警察顿时哑口了。

“我们当时把西马特广场的七楼整个都封锁了，所有地方都反复搜索了好几遍，只在哺乳室里发现了嫌疑犯的血迹，但是嫌疑犯已经不见了。想来想去，柳菲能逃走的路径也只有升降梯。而你们却玩忽职守，连一点儿做刑警的警觉性都没有，让疑犯大摇大摆地从眼皮子底下溜走了！”顾宗泽气得直拍桌子。

几个警员被骂得噤若寒蝉，满头大汗。

贺炎出来打圆场：“顾队，这件事小王他们固然有责任，但也情有可原，那个丁潜据说是一位很厉害的心理医生，听说还是国内首屈一指的催眠师。或许他当时算计了小王他们也说不定，而且当时情况特殊，他们也防不胜防。再加上柳菲本身也是特案组出身，具有极强的反侦察能力。他们两个合作，我们稍不留神就会中招。”

顾宗泽脸上阴晴不定，转头看向杜志勋，问道：“杜队长，这件事你看该怎么办？我们抓的本来是柳菲，现在丁潜又出来帮柳菲逃走，我实在搞不明白这到底是怎么回事，丁潜也算咱们专案组的人，他应该知道柳菲犯的是什么罪，帮助一个连环杀人犯逃走，莫非他是帮凶不成？”

顾宗泽给杜志勋出了一个大难题。

柳菲还没落网，现在又多了个嫌疑人，两个人又全都是特案组的。

杜志勋面沉似水，面对这样棘手的情况，稍有差错，不但特案组得解散，连他们这些组员都得扒皮。让他六亲不认，马上与柳菲和丁潜划清界限容易，但那毕竟都是多年并肩作战，出生入死的战友，如果对他们都没有信任，那也太让人寒心了。

到底何去何从，杜志勋进退维谷。

办公室里黑压压的一群人，谁都不吭声，都静静等待着杜志勋的回答。

就在这个时候，有人推门走进了办公室。

众人的目光唰地一下全都落在了此人身上，不看倒好，一看来人，所有人都愣住了。

说曹操曹操到，来的这个人正是丁潜。

他仿佛还不知道发生了什么事，笑呵呵地问："你们这是开会吗，都瞅我干什么？"

顾宗泽冷笑一声："丁潜，你来得正好，我跟你组长正在商量如何抓你呢？"

"抓我？"丁潜莫名其妙地看着他，"顾队长，你没事吧，我是你们的咨询顾问。"

"我知道你是谁，丁潜。你告诉我，你这几天去什么地方了？"

"哦，我医院有点儿事，回去处理一下。"

2

“是吗？那我问你，前天晚上你去了什么地方？”

“西马特休闲广场。”

“干什么去了？”

“抓柳菲去了。我们特案组这几天正在摸排线索，顾队长不是也带着人马在全市范围内撒网抓人吗。我们目标一致，只是方法略有不同。”

顾宗泽能感觉出丁潜话里夹枪带棒，似乎在暗讽他中了柳菲的圈套。

他装作没听出来，继续问：“那么你抓到柳菲了吗？”

“没有。”丁潜一本正经地摇摇头，“我还以为顾队长抓到她了呢，难道不是？”

顾宗泽眼角扬了扬，两道犀利的目光盯住了丁潜，问道：“可是我的人却看到你带着柳菲一起离开了商场，难倒说你是柳菲的帮凶不成？”

所有人的目光瞬间集中在了丁潜身上，办公室仿佛是压缩的火药桶，即将燃爆……

丁潜笑了笑，好像听到了多么滑稽的笑话一样。

“你在笑什么？”顾宗泽问。

“我忽然觉得顾队长你很幽默。”

“你什么意思？”顾宗泽眼角抽动，恐怖的眼神像是要把丁潜吞掉似的。

“前天晚上你带着一帮刑警把西马特广场堵得滴水不漏。如果我真带着柳菲离开，你手下那些人为什么不把柳菲就地拿下，却眼睁睁地看着她离开，到底谁才是帮凶？”

顾宗泽本来以为丁潜不过就是一个心理医生，吓一吓他就能就范，没想到一不小心被这家伙抓住了话里的漏洞，反倒将了他一军。

他指了指王锴几个人，说：“现在丁潜就在你们眼前，你们跟他对峙吧。”

王锴毫不犹豫地大声道：“我们那天晚上，眼看着你和一个穿警服的女人一起走出电梯。当时你还谎称是顾队长让我们上楼去抓柳菲。事实上，那个女警察就是柳菲假扮的，你把我们骗上楼，趁机把柳菲带走了！”

其他几个当时在场的警员也跟着附和。

丁潜依然显得不慌不忙，反问王锴那几个人：“你们能肯定当时跟我在一起的人是柳菲吗？”

“能。”王锴斩钉截铁地回答。

“既然能肯定，你们当时为什么不抓她呢？”

“她当时穿了一身警服，还化了妆……”

“哦，那也就是说，其实你当时并不认为那个人是柳菲，对吗？”

“我……我当时没太注意。”

“你没太注意？难道其他几个人也没太注意吗？你们身为训练有素的刑警，却在执行任务时对嫌疑人不太注意，这种说辞实在说不过去吧？其实事实只有一个——你们根本就不认为那个人是柳菲。你们是事后听说柳菲没抓住，被队长责问起来，随便找了一个借口而已。”

王锴几个人顿时一个脑袋三个大，他们忽然发现自己被绕进了一个进退两难的难题中，无论他们回答能肯定那个女警是柳菲，或者回答不能肯定那个女警是柳菲，结果全都是错误！

房间里出现了一些骚动，除了丁潜之外，所有人都没料到会出现这种局面。

顾宗泽这才意识到，自己遇到了一个超级麻烦的家伙，他之前还真是低估了丁潜。

顾宗泽冷笑一声：“但是那天晚上，丁医生确实是假借我的命令骗过守卫的警员，带着一个女人离开了西马特广场，这是不争的事实。广场有监控，这个可以轻易查到。”

“……”

“那天晚上，我们的行动天衣无缝，柳菲根本就没有逃脱的可能，唯一的漏洞就在你这里。这个你没法解释吧，丁医生。”

顾宗泽到底心思机敏，刚才他已经看出来，是丁潜利用诡辩把王锴他们困在了自相矛盾的境地中，不管是因为自己部下当时真犯了蠢，还是其他什么原因，在这个问题上争执下去，根本奈何不了丁潜。倒不如干脆揪住问题本质，逼丁潜露出马脚。

“我是跟那个女警官离开了西马特广场不假，”丁潜承认，随即又话锋一转，“不过是她告诉我，你要警员们上楼去抓捕柳菲，我只是随口传达她的话。毕竟我只是一个心理医生，对抓犯人这一套是外行，当然一切只听警察的，她让我干什么，我就干什么。离开了西马特广场之后，她又说柳菲肯定逃不掉了，让我先回去休息。我那两天也很累，就回家了，毕竟我的本职工作是心理医生。事后我以为案子破了，所以这两天也没有跟你们主动联系。情况就是这么简单，是你搞复杂了，顾队长。”

顾宗泽简直要发飙了。此时证据确凿，捉贼都按住手了，这家伙居然还敢巧言诡辩。

他马上点中要害：“那我问你，那个女警你认识吗？”

丁潜想了想，说：“算是认识吧，不过不太熟。”

“她现在在这里吗？你给我指出来！”

丁潜原地转了一圈，把屋子里的人打量了一遍，然后伸手一指："是她。"

众人顺着他手指的方向闪目望去，一个个都瞠目结舌。

丁潜指的正是顾宗泽的心腹，女警员唐英。

唐英纤瘦高挑，乍一看倒是和柳菲有那么一点儿相像。

唐英心知肚明，顾宗泽暗中派她专门监视丁潜，丁潜这分明是想趁机陷害她，想把她拖下水。

她怒道："丁潜，你不要血口喷人！我那天根本就没跟你在一起！"

"哦？谁能为你证明呢？"

"我……"唐英突然哑口了，仿佛被什么东西一下塞住了嘴巴。

因为那天晚上她根本就没去西马特广场，而是去跟踪丁潜了。从大学校园一直跟到了体育场，她眼看着丁潜和郭蓉蓉跟着一个男人进了体育场看台入口，后来一直待到很晚才看到郭蓉蓉跟那个男人离开，而丁潜不知道什么时候溜走了。等唐英赶到西马特广场时，丁潜和柳菲早就逃走了。这样一来，唐英之前的行踪无人证明，反倒被丁潜拖下水，成了他的垫背。

丁潜略带一点儿为难地对顾宗泽说："其实还有一件小事，本来我不想说，可是没想到闹出了这么大的误会，我索性还是不隐瞒了。"

3

"什么事？"顾宗泽狐疑地看着丁潜。

"其实那天晚上，我跟唐警官一起离开西马特广场之后，并没有马上回家。她让我……跟她一起散了会儿步。”

“散步？”

“嗯，散步，当然还说了一些，一些闲话而已。”丁潜有点儿难于启齿似的。

顾宗泽先是一愣，随即就明白了。不只是他明白，很多人也都明白了。有个人脱口而出：“该不会唐警官喜欢丁潜吧。”一句话让气氛变得更诡异了。

大嘴巴的人正是郭蓉蓉。

唐英简直要抓狂了，急忙辩解：“纯属胡说八道，我怎么可能喜欢丁潜！我从来没跟丁潜散过步，都是他胡说的！”

丁潜一脸歉意地对唐英说：“对不起啊，唐小姐。我知道这种事当着大家的面说出来不太好，可我都要被当成柳菲的帮凶了，实在是迫不得已，只能实话实说了。”

唐英恨不得上去咬他一口，却偏偏拿丁潜无可奈何。

不管这事听上去有多夸张，唐英就是有口难辩。她是单身，模样不丑，也算警花一朵，丁潜风流倜傥，两个人凑在一起倒也般配。八卦新闻本来就是最容易引起共鸣的，被丁潜这么煞有介事地一讲，真真假假已经没人能分辨清了。

顾宗泽在一旁冷眼观瞧，心知肚明是怎么一回事，却也只能暗气暗憋。

他什么场面没见过，想不到被这么一个心理医生摆了一道，还把他耍得团团转。

丁潜倒也没有抓住这件事不放，他话锋一转，对顾宗泽说：“说了半天差点儿把正事忘了，顾队长，我听说你们又发现了一个重要线索，所以才过来看看。”

“重要线索？”顾宗泽不知道丁潜是不是又想玩儿什么花样，沉着脸说，“不过是又发生了一起命案，想必你已经知道了，柳菲的私生子从医院里失踪了，一位女护士遇害。经过法医尸检推测，凶手的行凶手段与杀害江海涛和李肃陵的手段十分相似，极有可能又是柳菲作案，还顺便带走了她的孩子。这个女人现在越来越危险了，她的作案对象已经不仅仅局限在当年告发他父亲的那些人身上了，任何只要接近她的人都可能成为她的杀戮对象。”

“怎么，原来你还不知道？”丁潜一本正经地说。

“不知道什么？”顾宗泽也纳闷了。

“看样子，郭蓉蓉没有告诉你们……”丁潜故意回头问郭蓉蓉，“你是不是还没来得及说？”

郭蓉蓉一脸蒙地问：“我说什么？”

“你忘了吗，你跟我说过，你在走访调查柳菲的时候，并没有发现她有生过孩子的根据，那个小男孩儿有可能不是她的孩子……”

“啊……是有这么回事，我还没来得及说呢。”郭蓉蓉只好装作突然想起来的样子，偷偷剜了丁潜一眼，竟然把她也牵扯进来了。

顾宗泽半信半疑地问郭蓉蓉：“难道你能确定那个小男孩儿不是柳菲的孩子？那他为什么要管柳菲叫妈妈？”

“我倒是也不能百分之百确定，不过我确实没有查出任何她生过孩子的依据。再说，这个小男孩儿出现得莫名其妙，不能不让人怀疑。”郭蓉蓉小脑袋里的处理器高速运转，尽量把话说得合情合理，“至于那个小男孩儿为什么管她叫妈妈，我也很不理解。他只是一个小男孩儿，感觉好像还受过什么刺激，他的话我们也不能太过相信。总之，我觉得，我们还是要多想想各种可能。”

“我赞同郭蓉蓉的意见。”丁潜接过话，不给顾宗泽质疑的机会，“这个小男孩儿确实很古怪。他能拿着被害人的银行卡去取钱，肯定是有大人在背后指使，这一点从银行监控里我们已经看出来了。不能就因为他对着柳菲的照片喊妈妈，我们就想当然地把杀人、抢劫的罪名都加在柳菲头上，这种推断其实有个很大的漏洞，到目前为止，我们并没有确信的证据证明，柳菲是这个小男孩儿的母亲。”

这时马上有人提出了质疑：“如果柳菲不是他母亲，为什么这个小男孩儿会哭着喊着叫她妈妈，这不合常理。”

丁潜露出一丝坏笑：“我也可以哭着喊着叫柳菲妈妈，你也可以。当然，咱俩的年纪好像比柳菲还大，那就叫干妈也说得过去……”

提问的男警官听到这话表情十分扭曲。

丁潜接着说：“但即便我们这么做了，估计也不会有人相信。因为我们是成年人，大家都会先想想我们是不是在撒谎。可是同样的问题放在一个小孩子身上，我们往往就会信以为真，何况他还有一身的伤痕。同情加上对孩子天然的善意，让我们不假思索地相信他说的一定是真话。可是谁又告诉你们，孩子就不会说谎呢？”

唐英趁机反驳：“就算孩子会撒谎，也不可能这么逼真，我们这么多大人不可能都没看出破绽。”

丁潜不假思索地反问：“你看电视电影的时候，难道就没见过演技精湛的小童星？你难不成还会相信电视里演的都是真人真事？”

唐英哑口无言。

“撒谎和欺骗是生物为了适应自然界所掌握的一种高级技能，不只是人，连动物和植物都有这种能力。我们现在需要考虑的不是这个小男孩儿到底撒没撒谎，而是假如他撒了谎，原因到底是什么？一旦这个假设成立，真实的案情恐怕就与我们之前的推断有所不同了。”

“看你这么说，似乎你已经考虑过了。”顾宗泽说。

“是，我的确想过。如果那个红衣小男孩儿是故意撒谎的，那就意味着，他需要用柳菲来掩盖真正指使他的那个人。也可能这些谎话本身就是那个人事前教他说的。我现在还想不出这个人的动机何在，但至少可以确定三件事。”

“哪三件事？”

“第一，这个人绝对是案子的知情人；第二，指使男孩儿去银行取钱的一定就是这个人；第三，去医院杀死护士，带走男孩儿的也是这个人。”

顾宗泽带着玩味的表情看着丁潜，说道：“让你这么一说，符合这些条件的人就是真正的凶手了。那柳菲怎么算，难不成你想说她是被人无辜嫁祸的？要知道，我们刚刚救下的幸存者杨欣已经指认柳菲就是绑架她的人了……”

第九章　表

1

“我并没有说柳菲是无辜的。我也不知道她绑架杨欣究竟是为了杀她，还是做什么。我只是发现那个红衣小男孩儿有问题，或许是我们之前忽略掉的一个线索，我这个心理顾问能做的只是尽量弥补漏洞，真正的调查取证还是要靠顾队长这样能力出众的公安精英。”

丁潜搅和一通之后，又把顾宗泽高高捧起，自己却甩甩袖子一点儿腥不沾，这让顾宗泽听着受用，但心里依旧不是滋味。

他斟酌良久，当场拍板决定，让老贺专门带一组人去寻找那个小男孩儿的下落，务必要把他找到。他要让小男孩儿和柳菲当面对峙。

他又安排了两组人，专门搜索柳菲的踪迹。

之后顾宗泽宣布散会，单独留下了杜志勋。

等所有人都走光后，顾宗泽对杜志勋说：“当年牵涉柳菲父亲案件的人一共有五个，现在两人遇害，只剩下三个人。我们暗中跟踪杨欣抓捕柳菲的动静闹得挺大。不管凶手是不是她，她现在或许已经觉察出我们的意图了。你说她下一步，还敢不敢对剩下这三个人动手？”

杜志勋明白顾宗泽的意思，他是想问那套守株待兔的手段还能不能用。

杜志勋说："这三个人是凶手的终极目标，动手是早晚的事。但这个人不是那种欲望型的连环杀人犯，她不需要依靠连续作案来满足心理欲望，她没有间隔期。因此，她会格外冷静，见机行事。如果我们把这三个人密不透风地保护起来，她可能会暂时搁浅计划，耐心等待时机。等一个星期不行，就一个月，一个月不行就一年。她有的是时间跟我们耗，而我们却不行。不过我最担心的不是这个，万一凶手足够聪明，不排除她会随意挑选无辜的人下手，给我们施加压力，让我们顾此失彼……"

"可我们也不能对那三个人置之不理，等着凶手对他们下手啊。"顾宗泽说到这里，那抹小胡子微微翘起，露出狡黠的神情，"假如她真的蜷伏起来，不敢出来，那我们就推她一把。凶手不是有三个目标人物吗？我们重点保护其中两个人，有意忽略一个。凶手不可能完全摸清我们的虚实，说不定他会以为这是我们调查里出现的漏洞，转而攻击那个被忽略的对象。我们就暗中设伏，再演一次守株待兔。考虑到凶手的警觉性可能更高了，我们这次戏要演得绝对逼真。对那个做诱饵的目标人物，采取开放式的监视和跟踪……"

"怎么讲？"

"就是允许嫌疑人靠近诱饵，我们的便衣在远处策应，这样可以保证最大限度的隐蔽性。"

"办法倒是好办法，只是……"杜志勋犹豫了一下，"这样是不是太冒险了，万一凶手对诱饵采取什么突然手段，我们的人根本没有机会制止。"

"以凶手的作案习惯，他肯定还是会先把被害人引诱到事前选择好的地点再动手，到时候，我们的人有充分时间出动。以防万一，我还会专门抽调两个枪法好的人，提防凶手劫持诱饵，把意外降到最低，这个杜组长就不用担心了。"

看着顾宗泽胸有成竹的样子，杜志勋知道他决心已定，劝也没用。

顾宗泽说完自己的妙计，口气忽然变得十分和气，“我也只是抓人在行，最关键的第一步还需要杜组长指点。杜组长对嫌疑人和被害人摸得可比我透彻得多，你能不能给我大致介绍一下剩下的这三个目标人物的基本信息，我也好有所衡量，挑选一个合适的诱饵。”

顾宗泽这次算是虚心请教，也足以看出，他是一个相当细心的人。

杜志勋说：“剩下的这三个人，有两个是当年案子的目击者，还有一个是报案人。前天晚上，凶手要袭击的那个女人就是当年的报案人，也是被害人。她叫杨欣，二十年前被曲浩民侵犯时，她还是一名女大学生。法庭宣判之后，她逐渐恢复了正常生活，现在她在一家融资租赁公司任总经理助理，算是一个干练的女白领。她丈夫是高级软件工程师，他们有一个女儿，家境美满，她当年那段遭遇从来没跟任何人提起过，连她的丈夫和朋友都不知道。直到现在，她丈夫可能还完全不了解真相。另外两个当年的目击者，一个是男的，体育大学的武术老师，叫王悦。郭蓉蓉跟他打过交道，说他有真功夫，头脑也很机敏。他结过一次婚，现在离了，孩子跟妻子在一起生活，他现在是单身一人。还有一个目击者是个女的，叫胡小雯，她就是当年案发时给曲浩民做助手的那个女护士。因为无意中撞见曲浩民强暴杨欣，还被曲浩民打伤了。她现在过得也不太如意，因为交通事故留下了残疾，丈夫早年也跟她离婚了，有一个儿子不在她身边，现在她一个人靠退休金维持生计。”

杜志勋一口气说完，顾宗泽一边思索一边分析，“王悦这个人是个难啃的骨头，我想凶手对他肯定也忌惮三分，若非有十足的把握，不会轻易对他下手。杨欣，做总经理助理，工作时间不固定，应该会经常早出晚归，照理说，她是一个很容易被选中的目标。不过，前天晚上的遇险肯定让她产生了警觉，凶手暂时很难有机会再靠近她……”

2

“这样说来，那个有残疾的独居女护士反倒成了最容易对付的目标，凶手肯定也能看到这一点。索性我顺水推舟，卖她这个机会，不信她不入套。”

顾宗泽计策已定，拿起桌上的电话报了一个号码，“唐英，你把马洪涛、王健、罗涛给我叫进来，我有任务给他们……”

杜志勋在一旁动了动嘴唇，话到嘴边还是咽了回去。顾宗泽这个人领导欲很强，即使是与特案组联合成立专案组，也并不想受制于杜志勋。反倒让杜志勋现在成了名副其实的顾问。

他对顾宗泽说：“既然没有别的事，那我就先走了。我去重新整理整理卷宗，看看还能发现什么线索。”

“稍等，杜组长。”顾宗泽喊住杜志勋，放下电话，“刚才咱俩商量的事情十分重要，千万不能让更多人知道。毕竟人多嘴杂，我们尽量还是谨慎一些的好。我之所以能跟杜组长掏心窝子说这些话，是因为我相信杜组长是个值得信赖的人。”

杜志勋心中了然，顾宗泽性格多疑，他根本就不相信丁潜，也不完全相信特案组的其他人，这是故意在拿话敲打他，也是在提醒他管住自己的人。

出了办公室，杜志勋刚走出来没几步，一眼就看见了站在楼梯口的丁潜。

丁潜看了他一眼，没说话，转身下楼。随后杜志勋跟着他一起走出刑警队，两个人走到无人的地方停下。

丁潜转回身问杜志勋：“顾宗泽都跟你说什么了？”

“这是机密，我不能说。”

丁潜似乎早已料到，点了点头说：“我知道，顾宗泽还是坚信柳菲就是杀人犯，他甚至觉得我在暗中帮柳菲。”

“难道你不是？”杜志勋目光闪烁，“前天晚上，柳菲被顾宗泽开枪打伤，身陷重围。如果没有人帮她，她不可能逃走。你的那套说辞顾宗泽并不相信，只是没办法反驳你而已，一旦让他抓住你的把柄，你倒霉的时候还在后头。”

“这我知道。”

杜志勋意味深长地看了丁潜一会儿：“说实话，我没想到你会做这种事情。”

“……”

“温欣这个锅你还背着呢，这种时候，你本该小心翼翼寻求自保，居然还给自己找了这么大一个麻烦。我一直以为你是个精明到冷酷的人，你走的每一步都像下棋一样精准无误。没想到你却走了一步最臭的棋，帮一个憎恨自己的女嫌犯。这件事无论结果怎样，你都捞不到任何好处。”

“她恨不恨我，我不知道。”丁潜扯动一下嘴角，“不过，也没你想得那么夸张，我只是希望给柳菲一个公平的对待。”

“顾宗泽已经找到那么多证据了，难道还不够？”

“就因为他太迷信那些证据了，我才担心他反而会出错。”

“要我看，其实是你从一开始就不相信柳菲会犯罪，你对她有着超乎寻常的信任。我很好奇你这种信任是从哪里来的，通常来说，只有感情会影响一个人的理性判断，甚至会导致盲目的行为……”

“你太啰唆了。”丁潜不耐烦地打断他，“什么时候，你变得这么婆婆妈妈了？”

“丁潜，其实我并不关心你跟柳菲之间到底发生了什么，我真正关心的是温欣。”杜志勋的目光深处闪动着炙热的东西。

丁潜心口微震。

“这些年，我一直在寻找你杀人的证据，也可以说是在寻找能证明你清白的证据……而你，却突然之间给了我这样一个意想不到的暗示……”

“……”

“如果你真是无辜的，我应该能感受到埋藏在你心里的悲痛。如果你是凶手，我看到的就是一个提心吊胆、谨小慎微的阴谋家。可我现在看到的却是，你把全部心思放在了温欣的表妹身上。你让我怎么理解你这种行为，温欣在你心中到底算什么？”

“……”

“丁潜！”杜志勋声色俱厉，咄咄逼人地注视着丁潜。他罕见地失控了，“当年到底发生了什么事情，你到底在隐瞒什么？”

丁潜并没有逃避杜志勋的目光，也没有针锋相对，他的反应出奇的平静，与杜志勋形成了鲜明的反差。

“你跑题了，老兄。”他提醒杜志勋，“咱俩还是少聊温欣吧，继续保持革命友谊。”

杜志勋也意识到自己失态了，丁潜的秘密是打算永远烂在肚子里的，怎么可能告诉他。他叹了口气，伸手从口袋里掏出一块手表递给丁潜。

“这是什么？”

“这是在潞县，柳菲老家发现的。”

丁潜去过柳菲老家几次，还真没注意到什么手表：“这是什么时候的事？”

“昨天晚上。”

“你们昨天晚上去那儿做什么？”

“你曾经被柳菲绑架到那里，又是在那里碰见的那个神秘小男孩儿。这本来就有点儿蹊跷，后来我听说柳菲的母亲也曾死在那个屋子里，昨天抽空就和李达去了一趟，结果在门口发现了这块手表，其实是一块破表，表带断了，表针也不走了。我不知道是咱们警察还是什么人掉在那里的。李达检查了一下，表上没有发现任何指纹。”

丁潜接过手表，仔细看看，是老式的机械手表，牌子还是上海梅花的。表盘微微发黄，看样子有十年八年了：“你怎么没交给顾宗泽呢，说不定他会感兴趣。”

“我还没告诉他，交给你或许你能用到……”

杜志勋似乎话里有话，但点到为止。

丁潜看了看他，两个人的目光相碰，谁都没说什么。丁潜朝他点点头，把手表揣进衣兜，转身走了。

告别了杜志勋，丁潜招手拦下一辆出租车，告诉司机一个地方，等司机开到后，他下了车，在街上兜了一个圈，又打了一辆出租车。如此反复多次，确定没有便衣跟踪了他才让司机把他拉到巫云飞的住处附近。一路上，他连手机电池都卸了，就是为了避免顾宗泽派人跟踪。

经历过之前的那起案子，巫云飞把平江的小店关了，现在在蓝京市郊区新开了一家店，还是打着卖古玩的名义。这个人不杀人不放火，全靠自己手艺赚钱生活，价钱合理，童叟无欺，但就是有股瘆人的阴气。也就是丁潜愿意交这样的朋友，戏称他古墓派。

巫云飞确实是名副其实的古墓派。

此刻他正坐在一堆骨头中间埋头工作，丁潜都走进地下室了，他都没抬头看一眼。

3

丁潜走到他身后端详了一会儿，看见他正在把几根骨头拼凑成团状，样子有点儿像灯笼，也有点儿像花盆。

在他周围还摆放着一些半成品的骨雕作品，看情形他最近的生意还挺兴隆。

其中一件骨雕引起了丁潜的好奇，外形是一根普普通通的骨管，外表特意用金属外壳加固了一圈。与其他骨雕不同，这件作品实在没有任何出奇的地方。

他伸手拿起来，感觉像是萧，可是只看见一端有个小孔，估计这东西不太容易吹响。

“别摆弄它，很危险。你一不小心死我这儿了，我这生意又做不成了。”巫云飞头也不抬地说，好像脑瓜顶上长了眼睛似的。

丁潜吓了一跳，赶紧把那根管子放回原处：“这是什么，难不成还有毒？”

“毒倒是没有，不过是一件危险的暗器。”

“暗器？”

“袖箭你知道吧，就是那个。”

“我只在电影和小说里见过。没想到还有人找你做这种东西？这个死者家属的纪念方式脑洞还挺大的。”

“他人还没死呢，是一个民间收藏家，特别热衷收集古代的兵器。

他最近得了骨癌，右臂截肢了。他就请我用他那截没有用的胳膊做个袖箭，还给了我一张清朝初年的设计图纸，我照着原样复制了一个。当初的实物是铜的，我这个骨制的威力虽然没那么大，但近距离伤人还是绰绰有余。”

“哦。”丁潜收回了心思，问起柳菲，“她今天怎么样？”

“精神状态好些了，正在屋里呢。”

“没有出去吧？”

“没有。”

丁潜走进房间，看见柳菲正坐在椅子上，一动不动地望着那盏别致的台灯，像是在走神，不知道心里在想些什么。

“你还好吧？”丁潜问。

“还行，反正已经不能再差了。你怎么样，我还以为你回不来了。”

“顾宗泽倒是想留下我，但这可不是那么容易的事。不过他现在一心想抓你，你那套声东击西的办法他已经识破了，你的作案目标他也很清楚，肯定会派警力严防死守，你再贸然行动的话，还会重蹈覆辙，所以你根本没有机会。我劝你还是放弃吧。”

“开弓没有回头箭。我当初既然决定这么做，那么一切后果我都想过。”柳菲的语气平静而坚决。

她的脾气丁潜了解，也不再劝了，于是他从衣兜里拿出那块手表，递给柳菲，“你看看这个……”

柳菲接过来细细端详，疑惑地问：“这是什么？”

“这是杜志勋昨天在你潞县的老家中无意发现的。”

“那不应该是证物吗，怎么到你手里的？”

“杜志勋给我的，我想他是想通过我的手转交给你吧。其实他这个人只是外表看着挺讨厌的。”

柳菲默然无语。

丁潜回到了刚才的话题，说："不知道是什么人把表掉在了门口。你之前回去的时候见过这块表吗？"

柳菲摇头，说："会不会是专案组警察搜查的时候不小心掉的？"

"可能性不大。这款表样式太老了，还是一块坏表。哪个警察会戴这么一块表？"

"……"

"不过，我倒是忽然想起你昨天跟我说过的一件事。"

"什么事？"

"你忘了，你说当初是有人给你发了一封带音频的电子邮件，因为上面的录音引起你的怀疑，你才开始着手调查你父亲那起案子的。可你只顾着调查真相了，却不知道你有没有想过，究竟是什么人给你发来这样一封邮件的？"

"我想过，但是想不出来。"

"首先，他肯定是当年案子的知情人，其次，他有可能跟江海涛认识，所以才有机会给他录音。"

"江海涛既然要诬陷我父亲，那不可能把这种事轻易告诉别人，倒是当年那几个跟他一起作伪证的人最有可能做这种事。"

"如果真是他们当中的某个人，那为什么要把录音给你，让你去调查真相？这听上去不合逻辑啊，而且现在又有人莫名其妙地在你老家门口丢下这块表，你有没有想过，这或许是一个人干的呢？也许，他从一开始就有自己的打算……"

柳菲有些苦恼地揉着太阳穴，说："我现在已经没有多余精力想其他事情了。眼下我能做的就是揭露当年的真相，还我父亲清白……你这里有酒吗，陪我喝两杯吧。我今天累了，不想想太多……"

柳菲提出这个要求，丁潜当然会满足，巫云飞家里也有不少酒。

他拿来两瓶红酒，柳菲摇摇头说：“我要喝白的。”

白酒拿上来，柳菲跟丁潜对饮，丁潜很惊讶：“没想到你酒量这么好。”

“当法医的没有酒量不好的。”柳菲说着半杯酒已经下肚。

丁潜当然也不能示弱，两个人推杯换盏。现在不比当初在西餐厅吃饭时那样故作姿态，此时此地，剥去了伪装的两个嫌疑人惺惺相惜，柳菲那千年不化的冷面居然也借着酒意有了几分媚态，凤眸樱唇间不知不觉飘上了片片桃红，明媚不可方物。

丁潜眼波迷离地看着她，很快不胜酒力，醉态横生了。

柳菲搀扶着他回到他的房间，把他放在床上，看着丁潜沉沉睡去，她脸上的醉态也在慢慢消失。那双明亮剔透的眼睛表现出了出奇的冷静、深邃……

柳菲回到自己房间，简单收拾了一下，悄悄离开了巫云飞的住处。

此时已经深夜，她借着满天星光大致辨别了一下方向，走了一段路后来到一个十字路口，她打到一辆的士。

“潞县。”她上了后座对司机说。

司机有点儿怀疑地回头看了看她，只看见一副几乎遮住了半张脸的墨镜，感觉有点儿像夫妻吵架，半夜离家出走的小媳妇，“潞县可很远的，两个多小时的路程呢。”

柳菲掏出刚才从丁潜怀里摸出的钱包，掏出四张百元钞票扔在前座，“够不够？不够再加。”

司机没再说话，拉着她一口气开到了目的地。

4

柳菲下了车，摸黑走过一段路，那栋破败漆黑的老楼映入眼帘。

这里埋藏着她所有童年的记忆，她怀念它，又憎恨它。这么多年过去了，每次她回到这里，它始终孤零零地伫立在那儿，仿佛时间在它身上行走得很慢。

她掏出那块旧手表看了一眼，揣回衣兜，走进幽暗的楼洞里。

来到顶楼，她看见老房子的铁门关着，她伸手在门边抠了抠，铁门露出了一道缝。

缝隙中透出了微弱的光亮，好像是烛光。

柳菲心口狂跳，她慢慢拉开铁门，就在她开门的瞬间，一个白色的身影逃似的钻进了当初父母住的卧室。

她隐约看见那个人穿着一件医生常穿的白大褂。

她急忙追过去，卧室门已经关上了。她推门，发现门从里面反锁了。

“开门，快开门！”她用力拍打房门。

可是卧室里鸦雀无声，门玻璃也一片漆黑，似乎屋里根本没有人。

“我知道你在，你为什么不肯见我？”柳菲失声喊道。

声音刚落，她忽然听到门口传来脚步声，悚然回头，看见一个高大的身影堵在门口。

她的心瞬间缩紧，借着昏黄的烛光仔细辨认，她看出来人竟是丁潜。

她吃惊地望着丁潜，他不是已经酩酊大醉，躺在床上睡着了吗？可是此时的丁潜却神采奕奕，丝毫看不出醉酒的样子。

“你骗我，其实你根本没醉。”柳菲说。

“彼此彼此，你不也是故意想把我灌醉吗？只不过我的酒量比你想象中还要大一些，警惕性也高一点儿。”

柳菲冷笑：“是啊。你从来就没有相信过任何人，连我姐都不例外，何况是我。”

她的话犹如刀子一样戳在丁潜的心口，他却没有任何反应，只是脸色略显深沉。

他看了一眼桌上的蜡烛，缓缓滴下的烛泪在桌上凝结了一摊红色蜡渍。

他问柳菲：“我走到门口的时候，好像听见你说，‘为什么不肯见我’？这话说得很奇怪，怎么，难道你家里还有别人？”

“当然没有。我那话是对你说的，我早就发现你了。”柳菲随机应变，看起来倒很自然。

“那你把我灌醉，脱身来到这里，不可能什么原因都没有吧。你是不是还隐藏着什么秘密没说？”

柳菲很随意地向旁边侧下身子，暗中避开卧室门。此时，卧室里依然一片死寂。躲在里面的那个人没有一丝动静。

“你想多了。我自己的家，我想什么时候过来，就什么时候过来。你现在不会连我的人身自由都要干涉吧？”

丁潜望着柳菲，脸上带着玩味的表情。他慢慢走过来，目光有意无意地瞟向那间关着门的卧室。

“你想干什么？”柳菲挡住他。

“我只是有点儿好奇。你今天晚上突然来这里，是不是跟我给你那块手表有关？”

柳菲注视了丁潜几秒钟，爽快地承认了："不错，是有点儿关系。既然杜志勋是在这里发现的这块不知来历的手表，我当然忍不住想过来看看了，希望能发现更多线索，说不定跟我父亲当年的案子有关呢。"

"那你找到了吗？"

"一无所获，我打算明天再过来瞧瞧。咱们回去吧，你应该开车过来了吧，正好省得我打车了。"柳菲有意无意地拉了一下丁潜的手。

她虽然拿惯了手术刀，但纤纤素手依然滑腻温润，柔若凝脂，似乎能勾走人的心魄一般。可此刻却没有拉动丁潜。

"想不到区区一块旧表有这么大魔力，居然能让你放下骄傲勾引我。"丁潜说。

柳菲浑身僵硬。

"现在那块表就在你的口袋里吧？"

"……"

"我猜你第一眼看见那块表就已经认出它了。你表面装作毫不知情，心里却想着如何摆脱我，神不知鬼不觉地回到老家。这块表其实并不是什么线索，而是某个人故意给你留下的信号。这个人是否就是给你那段录音的人呢？你们之前接触过吗？这个人到底是谁？他跟这个案子又有什么关系？"

柳菲并不答话，就像封住了嘴一样，只是微微咬了一下嘴唇。

"其实我早在拿到这块手表时，就感觉到了这块表有问题。尽管是一块坏表，表针也不走了，但是表针所指的时间却是10:30，上面显示的日期也是6月13日。也许常人看不懂这些数字是什么意思，但是我刚好看过你父亲那起案子的卷宗。十年前出事那天正好是6月13日，你父亲出勤的时间恰好是10:30。这不是巧合，这是有人故意调好时间放在你家门外留作信号的。这个人既然知道精确的时间，说明他很可能就是当年那起案子的亲历者，可这人能是谁呢？”

“……”

“就在咱俩刚才喝酒的时候，我还在想这个人……想来想去，我发现其实有一个人我们一直都忽视了他的存在，主要的原因是在这起系列杀人案中，你表现得太抢眼，把警方的注意力全部吸引在了你身上，所以，这个本来最值得怀疑的人反而没有得到应有的重视。这个人就是至今依然逍遥法外的逃犯，你的父亲，曲浩民。”

柳菲肩头震颤了一下，眼眸也不像之前那样镇定了。

“凶手对江海涛和李肃陵的折磨手段显示出了高超的外科手术技巧，具备这种能力的人肯定接受过专业的外科医生训练，这也是警方推测你是杀人凶手的重要依据。再加上你和被害人的关系，以及现场监控和目击者证词，你的罪名就板上钉钉了。但事实上，这些证据也只是间接推导，还是存在一些变数的，虽然可能性很小，但偏偏就发生在了你身上。你设计勾引被害人不假，但不代表你就是杀人凶手。具备外科手术能力，同时又与江海涛、李肃陵他们有仇的，除了你，还有你父亲。换句话说，这个案子其实是两个人做的。你勾引被害人入套，你父亲是虐杀他们的真凶，我没说错吧？”

柳菲浮现出几分讥嘲：“丁潜，你最大的毛病就是太自以为是。你以为所有案子都像你想象得那么出人意料？你错了，这起案子没有那么复杂，根本就不存在合谋作案，从头至尾只有我一个人。我能力不高被警方发现了，我认栽，没必要想方设法为自己狡辩脱罪。我唯一的目的，就是让当年那几个作伪证陷害我父亲的人受到应有的惩罚。”

5

丁潜摇摇头：“我不是说合谋作案，虽然我没有根据，但我相信你只是想诈出那些人的口供，搜集证据，将他们送上法庭，而不是杀了他们。”

“你凭什么相信我？”柳菲不屑一顾。

“因为你原本有好几次机会是可以杀我替温欣报仇的，可是你最后都放弃了。你不是心肠狠毒的人。”

柳菲纠结地看着丁潜，说：“也许我现在就该杀了你。”

“你应该想想如何阻止你父亲。以暴制暴，并不是解决问题的办法。如果他当年真是遭人陷害的，那如今更应该想尽办法还自己清白，杀死那些陷害他的人只会让他的污名坐实，永难翻身。我想这个问题，你应该早就考虑过吧？”

“……”

“当你得知江海涛和李肃陵遇害时，恐怕就已经开始怀疑凶手是你父亲了，所以你才选择了隐忍，把杀人的罪名背在自己身上。但这解决不了任何问题，他还是会继续杀人。我不知道这二十年里他都经历过什么，或者说他的心理状态是否还像正常人一样。我只想问你一个问题，希望你能坦诚地告诉我……这二十年里，你父亲有跟你联系过吗？”

柳菲弯眉皱起，神色中闪过片刻的痛苦，最终缓缓摇头。

“也就是说，你对他的印象还停留在二十年前，你还是一个七岁小女孩儿的时候。尽管他是犯人，可能你也怨过他，恨过他，但他毕竟是你父亲，血浓于水，你从心底依然保留着对他的感情，这就有可能误导你对他的判断。作为旁观者，我比你看得更清楚，恕我直言，从已经发生的案情来看，我感觉他在利用你……”

柳菲脸色陡变，愤怒地瞪着丁潜，似乎想说什么。

“你先听我说，最初他不告诉你他自己的身份，也不与你相见，只给你发了一份当年的录音，就说明他并不信任你，只是在试探你的反应。之后你开始调查当年的案件，他始终没有露面，而是选择在暗中监视，等到你绑架了当年的涉案者，问出了口供，你离开之后，他便悄悄进入现场把涉案者残忍地虐杀了，还小心翼翼没有留下任何证据，无形中这就是把罪名推在你身上。你这么聪明的人不可能想不到，只是因为他是你父亲，你不愿意相信……”

“够了！”柳菲忍无可忍，打断丁潜。她脸色苍白，气得浑身都在哆嗦，“我爸爸不是那种人，就算过去二十年，他也还是我爸爸。他不可能害我，他肯定有他的苦衷……”

“我没别的意思，有时候对于有些人来说，亲情也是可以背叛的。”

“你不要再说了，不是所有人都像你一样，你可以背叛我姐，不代表别人也会。请你马上离开这里，我不想再看见你！”

丁潜叹了口气，面对倔强的柳菲，他忽然之间不知道该说什么了。

哐——

就在两个人僵持不下时，门口的大铁门猛然关上，发出了震耳欲聋的响声。

丁潜和柳菲待在原地，你看看我，我看看你。随即他们马上就意识到了，这么大声响根本不可能是风吹的，是有人用力把门关上了。

丁潜急忙跑过去推门，根本推不开。

他猛然发现，不知道什么时候门锁居然换成了新的，而且已经从外面锁死了。

一时间他还没搞明白状况，忽然听到身后的柳菲惊呼：“快躲开！”

丁潜下意识地往后一躲，他先前站的地方突然腾起一团火焰。

紧接着，火势迅速蔓延，地上纵横交错地窜起数条火舌，连同墙上的壁纸也一同被点着了，眨眼之间就形成了熊熊烈焰。

丁潜拽起柳菲往身旁的卧室里躲，柳菲却挣脱他，用力拍打那扇紧闭的屋门：“爸，快开门，着火啦，快开门——”

丁潜推开她，抬脚用力踹门，老旧的插销应声而断。

等两人冲进屋内，都有些吃惊，屋里空无一人。

“你确定你爸躲在屋里？”丁潜问。

“我眼看着他跑进屋的，正在叫门，你就来了。”柳菲看了一眼身后的火势，大惊失色，回过身去把门关上，她被刺鼻的气体呛得剧烈咳嗽，“咱们，咱们得快点儿想办法出去，有人在地上撒了硫黄粉，燃烧产生的二氧化硫会让我们窒息的，咳咳咳……”

唯一能出去的地方只有窗户了，丁潜把头探出窗外看了一眼，窗外固定着一个矮护栏，支撑一两个人应该没问题，但护栏下面就什么都没有了，距离地面五层楼高，他和柳菲只能用绳子坠下去，可是手头根本没有那么长的绳子。

他又扒着窗台看了一眼两侧，发现左侧正好是隔壁住户的阳台。

他灵机一动，回身跑向铁床，掀起褥垫，露出了架床的床板，是几块长条板子拼在一起的。

6

他撬起一块板子，托着跑到窗台，从窗户伸出去。窗台距离阳台差不多两米远，木板也有两米多长，刚好一头搭在矮护栏上，一头搭在阳台的水泥垛上。

“帮我再拿几块板子，快。”丁潜一边招呼柳菲，一边折回身再去取床板。

两个人一起行动，很快就把三条床板架在了窗台与隔壁阳台之间，形成了一条空中走廊。矮护栏的宽度仅仅能并排放下三块木板，虽然既狭窄又十分危险，但眼下却是唯一的逃命通道。

此时，卧室外已经变成了一片火海，刺鼻的毒气正顺着门缝往屋里灌。

“赶快上来！”丁潜催促柳菲，不容分说，直接把她拽上窗台，“你小心一点儿扶着墙过去，不用担心，我会按住木板的。”

生死关头，丁潜毫不犹豫地把求生的机会先让给了柳菲。

柳菲吃惊地看了他一眼，这个让人无法看透的男人无论做什么都出人意料。

柳菲扶着墙，踏上木板，身体悬在了离地五层楼的高空。前面区区两米的距离仿佛是荆棘密布的漫长征途一般。好在她很沉稳，两步就跨到了木板中央，眼看着就要够到阳台了。

突然！

一个白色的人影如幽灵一般出现在阳台上。

丁潜和柳菲都愣住了。

那个人穿着一身老式的白大褂，头上戴着白帽子，整张脸都遮在口罩里，只露出了一双模糊的双眼。

柳菲认出这就是当年父亲在医院时的装扮，她激动地喊了一声："爸。"

曲浩民抬起双手，像是要拉她过去，柳菲刚要把手递过去，曲浩民就猛地扳住柳菲脚下的木板，用力掀翻，柳菲失足栽落……

那一刻，柳菲感受到的不是恐惧，而是冰冷彻骨的绝望。

她怎么也不能相信，她的父亲竟会如此绝情。

长发在空中凌乱，身体慢慢下落，柳菲听说，坠楼的人会感觉时间变得很慢，甚至能回忆起一生的经历。

可是她没有这个机会了。

就在她跌落的一刹那，丁潜奋力抻长身子，抓住了她的衣领，巨大的惯性差点儿把丁潜也一起拽下楼。不堪重负的护栏发生倾斜，固定在墙上的铆钉发出咯吱咯吱的声响。

"抓紧我胳膊！"丁潜朝柳菲大喊。

柳菲的双手死死抓住丁潜的臂弯，身体悬空。

曲浩民站在对面阳台上，冷眼瞧着这一幕，无动于衷。

柳菲满目绝望地看着丁潜，泪水夺眶而出："我爸他不要我了！"

丁潜说："我还在这里，我不会让你死的！上来！"

他用尽全力把柳菲拽上窗台，紧紧抱在怀中，犹如抱着一件失而复得的无价珍宝一般。

柳菲没有挣脱，这还是她第一次接受男人的拥抱。熊熊大火已经烧进卧室了，眼看着就要扑到窗口，她和丁潜终究是难逃一死。但在最后的时刻到来之前，她宁愿抛弃背负的所有仇恨和伪装，用真正的自己好好享受这个男人的爱，为自己活一次，哪怕只有短暂的片刻。

丁潜抬起头，望着对面阳台，两米的距离，如今却成了生与死之间遥不可及的鸿沟。

曲浩民站在那儿依然没有离开，没有人知道过去的二十年里他究竟经历过什么，不可否认的是，如今这个人已经变成了一个彻头彻尾的魔鬼。他居然可以眼睁睁地看着自己的女儿葬身火海。至于那些伤害过他的人，只不过是他大开杀戒之前的试练。

隔着口罩，丁潜看不见曲浩民的表情，但他能感觉出来他在笑，他就像在望着两只走投无路的流浪猫和流浪狗一样。

丁潜慢慢抬起手，手里不知何时多出了一根造型古朴的短管。

曲浩民不禁愣怔了一下，端详着丁潜手里拿的东西。

丁潜轻轻按动短管上方的一个龙头形状的机栝。

一道白光从袖箭端口射出。

没想到巫云飞的袖箭还真派上了用场。

曲浩民反应也很快，惊觉到不妙，急忙向旁边躲闪。丁潜的袖箭瞄准的是他前胸，他躲过了胸膛却没躲过胳膊，只感觉肩头一痛，一根白色细长的东西已经钻进皮肉大半。

曲浩民咬牙忍痛，用手攥住暗器露出的一半，用力把那东西拔出，发现竟然是一枚五寸长短的骨钉。随后，他便感觉到伤口发麻，不禁惊骇地望着丁潜。

“你得意得太早了，骨钉上有毒，看看究竟是我们先死，还是你先死。”丁潜冷笑着说。

曲浩民一句话都没有多说，转身逃跑了。

这个魔鬼对自己的命还是很在意的。

大火越烧越旺，不仅是丁潜和柳菲所在的地方，其他住户的房间也陆陆续续地着起火。看来曲浩民是想把整栋楼都烧光。

蔓延过来的火舌已经开始燎衣服了，迫在眉睫，丁潜对柳菲说："这里是顶楼，我把你举上去，你爬到楼顶，或许还有生机。"

事到如今，也只有这个办法了。

丁潜拼尽全力把柳菲托高，柳菲伸手扒住楼沿，手脚并用，好容易才爬上楼顶。她回过头，朝丁潜伸出手："你快上来！"

丁潜抓住柳菲的手，试了两下，柳菲根本拉不动他，他自己早已精疲力竭了，哪里还上得去，索性道："别试了，没用的。"

柳菲忽然明白了什么，痛苦地望着丁潜，说："你是不是明知道……"

"明知道什么？"丁潜拍了拍烧着的裤脚，露出了满不在乎的笑容。

"你这个浑蛋……"柳菲流着眼泪，嘶声喊道，"你知不知道，你就是个浑蛋！"

她倒宁愿丁潜是一个阴险狡诈的伪君子，哪怕他丢下自己独自逃命，她都觉得那是理所当然的。

从她七岁时父亲抛弃这个家，母亲犯病发疯开始，她就不再相信任何人了，身上的伤疤一直在提醒她，连父母的爱都能转瞬即逝，何况是其他人。避免受到伤害的最好办法就是将自己层层包裹起来。

然而命运再次跟她开了一个残酷的玩笑，它把一个肯为她牺牲一切的男人送给了她，却让他俩成为仇人，直到她幡然醒悟，上天却要把他永远带走。

她泪如雨下，心如刀割。

她已经很久都没有这样痛哭过了，上一次还是她看见母亲的尸体倒在血泊中，如今她要眼看着丁潜被烈焰吞噬……

第十章　疯狂报复

1

“你说得没错，他本来就是一个浑蛋！”一个声音忽然从楼下传来，“带着一帮警察把人家的店毁了，分文不赔不说，还好意思过来白吃白住。这样的人不是浑蛋是什么？”

柳菲一下愣住了，低头往楼下一瞧，不知道什么时候，楼下停了一辆微型小货车，说话的人正站在车斗里，仰脖瞧着被大火围困的两人。

这人不是别人，正是巫云飞。

丁潜一看见他就急了，喊道：“我这裤子都快成烧成裤衩了，你还在那儿说风凉话，快想办法救我！”

巫云飞很为难地说：“我要是叫消防队来吧，人家事后调查起来，你俩这身份肯定会连累到我。我这小店才开张，实在折腾不起呀。”

“哎呀，不就是钱吗，我赔你，这总行了吧！”

巫云飞那张僵尸脸终于绽放了，“我就喜欢爽快人。”

他拿出早已经准备好的十字弓，瞄准丁潜站立的窗台：“躲开一点儿，把你射穿了可不怨我……”

“嗖”的一声，一支尾端拴着细绳的箭矢射上五楼，箭矢头上的一圈倒钩正好挂在护栏上。

“把绳头的挂钩锁在固定的地方，你跟柳菲就能下来。”巫云飞一边告诉丁潜，一边麻利地把绳子的另一端绑在车架上。

丁潜急忙锁住绳子，帮柳菲从楼顶上下来，随后两个人依次抓着绳子滑了下来。这是标准的登山绳，看似不粗，抗拉力极强。等两人安全落在车斗了，再回头望着熊熊大火中的旧楼，长吁一口气。

柳菲更是百感交集。

这是她童年开始的地方，是她噩梦存在的地方，也是让她怀念、恐惧，又憎恨的地方，现如今全都消失了，全都化为了灰烬。

巫云飞催促两个人赶紧上车，着了这么大火，附近的警察和消防队肯定会赶过来，他可不想惹上无谓的麻烦。

当车回到巫云飞的小店时，已经快清晨了。

丁潜的双腿有几处烧伤，好在不算很严重，柳菲告诉巫云飞几种专业药品的名称，让他买回来。她亲自给丁潜的伤处做了处理，事后她告诉丁潜，两个星期后就能康复，然后就冷冰冰地离开了，又恢复了以往不苟言笑的模样。

就连坐在一旁沙发上装模作样喝茶实则看热闹的巫云飞都感觉很奇怪，问丁潜："你昨晚上得罪她了？像是对你有股气呢？"

丁潜耸耸肩，表示不知。

"我还以为你俩生死与共，能擦出一点儿革命的火花呢。"

"别跟我提火了，还火花呢，差点儿烧成炭。"丁潜想要闭目养神一会儿，感觉眼皮刺痒，结果一睁眼就看见巫云飞那张僵尸脸擎在眼前，正在观察研究他，"拜托，能不能不要吓人，该不会是你又瞧上我骨头了吧？"

巫云飞摇摇头，说："你只是外表长得好，华而不实，其实骨头不咋地，属于次品，没有收藏价值！"

"……"

过了一会儿，巫云飞坐回沙发，若有所思地说："我觉得你俩昨天晚上肯定是有事，要不然也不能这么反常……”

“我哪里反常了？”丁潜问。

“我不是说你，我说她。”

“她怎么了？”

“她正在厨房煲汤呢。”

“……”

认识柳菲这么久，丁潜还是第一次见柳菲煲汤，想想平时拿惯手术刀的手煲汤，还是蛮值得期待的。

汤煲好了，一大锅放在餐桌上，柳菲给丁潜盛了满满一碗，还是肉汤，也给巫云飞盛了一碗，然后又去厨房准备别的菜。

巫云飞的职业是骨雕师，业余爱好是烹饪，对各路美食很感兴趣。

他迫不及待地拿起汤匙盛了一勺肉汤放进嘴里，神情随即出现了片刻僵硬。

丁潜也尝了一口，似有所悟地解释：“她是做法医的，经常解剖尸体、研究腐肉什么的，可能是习惯了。”

巫云飞恍然点头，“我明白了，她这明显是要给你灭口。”

“……”

好容易喝完一锅汤，还吃了柳菲亲手做的菜，丁潜拖着受伤的双腿，虚弱地躺在床上。

这时手机响了。

丁潜拿起手机，看了眼来电显示，是杜志勋打来的。

他的手机现在已经安装了反跟踪软件，不用担心被警方锁定位置。他倒不是担心杜志勋，而是防备那个狡猾的顾宗泽。这个小胡子既然能派人跟踪他，说不定什么手段都能使出来。

他按了接听，杜志勋并没有问他在哪儿，而是直截了当地说：“凶手又作案了。"

丁潜"呼"地一下从床上坐起，腿上的伤口被牵动得隐隐作痛。

"他对谁动手了？"

"杨欣和王悦。"

蓝京市人民医院。

医院会议室此时坐满了警察，专案组成员几乎到齐了。

顾宗泽正在听两个警员汇报工作，看见丁潜进来，没说什么，让那两名警员继续讲。

那两个警员分别是王健和罗涛，顾宗泽派给他俩的任务是分别保护杨欣和王悦。顾宗泽要求他俩各带五名警员，身穿警服，大张旗鼓地保护。

顾宗泽这样做就是为了给凶手看的，逼他知难而退。相反，负责保护胡小雯的马洪涛则以便衣装扮暗中设下圈套，静等凶手上钩。

结果顾宗泽失算了，凶手非但没有中计，倒像要故意羞辱他似的，专挑重兵守护的杨欣和王悦动手，而且几乎是同时对两个人下手，可见凶手已经狂妄到了何种程度。

负责保护杨欣和王悦的两名警员知道自己闯了大祸，说起话来都吞吞吐吐的，没有底气。

顾宗泽看了看两人："知道我为什么叫你们两个一起说吗？"

"……"

"因为我给你们的是完全一样的简单任务，而你们两个给我的结果是一样的没收获！"顾宗泽气得胡子都跟着哆嗦，吼声连连，"一群荷枪实弹的刑警居然看不住一个拿手术刀的女人，这话传出去你们不嫌丢人，我都替你们丢人！"

罗涛一脸羞愧地说："都怪我们大意，我们以为凶手肯定不敢对我们保护的人下手，谁知道这家伙反其道而行……"

2

“什么叫反其道而行！我不止一次地提醒过你们，凶手可是特案组出身，她的办案能力都超过你们呢，你以为她就那么容易中计吗？我虽然是设下圈套，但不代表你们可以散漫偷懒，说不定她就是暗中发现了你们漏洞百出，才专挑你俩下手的。”

罗涛和王健被骂得狗血淋头，恨不能一头撞死，他俩不怨顾宗泽发火，确实是因为他们的粗心大意才捅了大娄子。

顾宗泽怒气不消地看着他俩，努力把火压下来，扭头问道：“丁医生，你腿怎么了，走路好像很不方便？”

丁潜走到角落正要坐下，没想到顾宗泽会突然问他话，不由得站住了：“没什么大碍，不小心把脚扭了。”

“哦，是吗……”顾宗泽的语气有些耐人寻味。

丁潜暗自吃惊，没想到这家伙如此心细。自己刚刚进屋，不可能露出什么马脚。这时顾宗泽又问了一句：“不知是怎么弄伤的？”

丁潜疑心顿起，脸上却带着开玩笑的表情，“顾队长什么时候这么关心我了？”

“因为找不到你，所以有些担心。”

“找不到我？”

坐在顾宗泽身边的唐英忽然插嘴：“最近这几天晚上你都很反常，前天晚上你的位置在乌鲁木齐，昨天晚上你又去了阿尔巴尼亚，难道你每天晚上都坐飞机满世界乱跑吗？”

“你怎么这么关心我的行踪？难道唐小姐还想找我散步吗？”丁潜笑嘻嘻地问。

唐英闹了个大红脸，愤愤道：“丁潜，你少在这里装傻。我问你，平白无故地你为什么要在手机里安装反定位软件，除非你心里有鬼。”

丁潜嗅出了一点儿鸿门宴的味道，索性扮猪吃老虎，朝唐英翻了一个白眼，“我的手机我想装什么是我个人自由，这个不犯法吧？再说了，我为什么要防止被定位？当然是怕骚扰啊，我最近实在很担心某位情窦初开的大姐深更半夜去找我，想想就觉得可怕。”

“丁潜你……”唐英的脸色已经不是发红，是发青了。

顾宗泽眼看着丁潜又在搅局，终于出头说话了：“就在昨天晚上，蓝京潞县一处居民楼发生了一场火灾，大火把整栋居民楼都烧毁了。幸亏是一栋弃楼，否则后果不堪设想。但是这场大火来得十分奇怪。你来之前，我刚刚跟潞县那边的消防队和县公安局联系过，他们说那栋楼很多年前就无人居住了，楼里除了一些没带走的旧家具也没剩下什么东西，按常理来说，不可能发生这么大火灾。经专业人员调查，在失火现场发现大量的二氧化硫，初步认定是人为纵火。应该是有人把大量硫黄粉撒满了各个房间，点火后把整栋楼都烧毁了。但是他们想不出纵火的动机。不过对于我们来说，这个消息的意义就不一样了。被烧毁的那栋楼恰好就是重要嫌疑人柳菲的老家所在地。在案子调查的紧要关头，突然莫名其妙烧了这么一把大火，把一切都烧得一干二净，这背后一定有原因。”

丁潜没想到这消息这么快就传到了顾宗泽的耳朵里。

他装作很赞成地点点头：“顾队长说得有道理，那就拜托顾队长好好调查，早日查清真相了，千万要把凶手缉拿归案。”

顾宗泽沉默地审视了他一会儿：“你都说完了？”

“是啊。”

“难道你就没有其他想要对我说的话？”

“如果我真有线索，一定第一时间告诉顾队长，这么复杂的案子，也只有顾队长你破得了。”

顾宗泽怎么能听不出丁潜话里带刺呢，他从座位上站起身，对丁潜说：“你跟我过来。”

丁潜没问去哪儿，在其他人疑惑的目光中，他跟着顾宗泽走出会议室。

顾宗泽一路无话，带着丁潜上了两层楼，推开一间病房门走进去。丁潜随后跟进。

这是一间单人病房。病床上躺着一位双腿打着石膏的女人，她面容憔悴，犹如一个死物一样瘫在那里，一动不动。

病床边坐着的人应该是她丈夫，神情木然，似乎还难以接受眼前发生的事。

丁潜一眼就认出来了，断了双腿的女人正是杨欣。

前几天，她在西马特休闲广场遇袭，好在被警方成功解救，只受了一些惊吓。之后，顾宗泽又派了五名警员对她进行贴身保护。顾宗泽虽有自己的打算，夫妻俩也以为这样就能万无一失，哪想到这一次几乎连命都搭上了。

杨欣的丈夫认出了顾宗泽，只是瞄了他一眼就把脸别开了，显然还有些埋怨他。

“关先生，麻烦你出去一下，我们有重要的事情说。”顾宗泽也不客气，张嘴就撵人。

杨欣的丈夫很不情愿，犹豫了一下，还是慢慢站起身，走出了病房。

病房里只剩下顾宗泽和丁潜两个人了，顾宗泽指着杨欣，对丁潜说：“她是昨天晚上在公司加班的时候遇袭的。当时办公室里只有她一个人，凶手十分狡猾，避开了守卫的警员，突然闯入，想挟持她。她奋力挣扎，结果被连捅数刀。慌乱之中她从窗户跳下，摔断了双腿。凶手以为她摔死了，紧跟着又去袭击王悦，好在王悦会功夫，保住了一条命，但也身中数刀，现在也躺在医院里……”

丁潜有些惊讶：“王悦的功夫相当不错，凶手连他都能打败？”

“凶手是先偷袭了他，把他打晕之后，挥刀乱捅。王悦仗着身体素质不错，这才逃出来的。”

“原来是这样……”丁潜若有所思，脑海中回想起昨天晚上遭遇曲浩民的一幕。

顾宗泽却在观察他，见自己说完这番话，丁潜依旧无动于衷，于是愤怒不已，猛地一把将丁潜推到墙上，那双眼睛仿佛要杀人一样瞪着他，“是不是你们搞心理研究的都是冷血动物，所有人在你眼中都只是用于研究的机器？你根本就不在乎他们死活！”

3

“我不明白你在说什么，顾队长。”丁潜低头俯视着个头不算太高的顾宗泽。

“少在这跟我装蒜，我知道你干了什么，我甚至知道柳菲就是被你藏起来的！”

“没有证据可不能乱说，顾队。”

“要是有证据，我早就把你抓起来了！”顾宗泽双眼喷火，上前一步攥紧了丁潜胸前的衣服，“我只是等不下去，没时间陪你玩儿了。你以为你现在在干什么，英雄救美吗？你这个自作聪明的蠢货！你看看躺在床上的被害人，那是柳菲一手造成的。你只不过是在帮一个冷酷变态的疯子。她现在用到你，或许对你百依百顺，甚至还会取悦你。等到她不需要你了，你的下场会比这些被害人还惨！”

丁潜微微扯动了一下嘴角：“真正没搞清状况的是顾队长你……”

“你说什么？”

“你抓错人了，不可能是柳菲！”

“你凭什么肯定？”

“因为昨天晚上我见过柳菲。”

“在哪里？”

“就在柳菲老家那栋楼里，着火时我们都在。你不是问我腿怎么了吗？我昨天晚上差点儿被烧死。不，是我跟柳菲差点儿被烧死。我俩好容易才逃出来，一整晚都待在一起，她根本就没有作案时间。”

顾宗泽眯起眼睛，将信将疑地看着丁潜，似乎还没有把丁潜话里的逻辑串联起来：“既然柳菲不是凶手，那她绑架那些人怎么算？死者身上的刀伤又怎么算？”

“她只是想要从那些人嘴里问出当年他父亲那起案子的真相。她并没有伤害他们，那些人身上的刀伤也不是她留下的。”

“呵……呵呵呵呵……”顾宗泽冷不防地笑起来，透着十足的嘲讽，“你是被柳菲洗脑了吗，这种话你也能信？除非你把证据给我拿出来！”

“我看见凶手了。”

顾宗泽神色一凝：“你说什么？”

“我说，我看见凶手了。就是他放的大火，差点儿把我和柳菲烧死。火起之后，他就离开了，估算一下时间，如果他开车的话，足够赶回市里作案。”

“你怎么肯定那个纵火的人就是凶手。”

“因为那个人是柳菲的父亲曲浩民，你说他有没有理由杀死那些人，有没有能力作案？”

顾宗泽愣住了。

他千算万算，竟然漏掉了曲浩民，在这起连环虐杀案中，的确没有人比曲浩民更想杀死江海涛他们了。曾经作为一名外科医生，他同样具备高超的解剖技术。

丁潜告诉顾宗泽：“你现在最该做的不是如何抓捕柳菲，而是如何制止曲浩民继续作案。他连自己的女儿都可以嫁祸，都可以杀死，这个人已经丧心病狂了，而且极其狡猾。当年那起案件中仍然幸存的三个报案人随时都有生命危险……”

两人正说着，猛然听到一声凄厉的尖叫。

他们急忙扭头去看，不由得被眼前的情景惊呆了。

之前躺在床上昏睡的杨欣不知什么时候坐了起来，那张原本姣好的鹅蛋脸现在已经完全变形了，两颗布满血丝的眼珠夸张地凸瞪着，呆呆地看着门口的方向，仿佛有什么恐怖的东西在那里。

“你怎么了，杨女士？”顾宗泽问她。

杨欣伸手指着门口，战战兢兢地说：“来了……来了……来了……”

顾宗泽开门往外瞅，发现门口除了杨欣的丈夫，再没有其他人。

他问杨欣：“你说谁来了？”

“快关门！他进来了……他进来了……”

顾宗泽诧异地看向丁潜，丁潜却紧锁眉头，一动不动地望着杨欣。

杨欣的丈夫听见房间里传来妻子的叫声，急忙跑进来看，没承想杨欣一看见她就彻底癫狂了，她吓得不住往后躲，嘶声大叫：“饶了我曲浩民，饶了我曲浩民！”

此时，江陵区协和医院的病房里寂静安宁。

一无所知的王悦正光着膀子躺在病床上闭目养神，他身上被凶手戳了十几刀，缠满了绷带，觉得穿衣服费事，索性他就不穿了。今天清晨他跑进医院求救时，整个人就像一个血葫芦一样。好在手术刀长度有限，没有造成很严重的伤害，倒是头上挨的那一下，让他缝了好几针。不过他身体健壮，多休息几天就能康复。

打点滴的女护士推着药品车走进病房，不用问也是为他来的，这个病房虽是三人间，但眼下只住了他一位患者。

女护士走到王悦身边，把药液袋挂在支架上，熟练地拿起王悦的手，用胶皮管勒住手腕，找到静脉，涂抹药水，插入输液针，整套动作行云流水，轻柔舒适，王悦十分享受。再加上女护士身上传来的阵阵香味，让他心旷神怡，不禁有点儿想入非非。他这个人本来就很色，离婚后更是无拘无束，隔三差五就得花钱叫点儿特殊服务。此刻他心痒难耐，小腹膨胀，实在忍不住了，抓了一下小护士的手。

护士急忙把手撤开，王悦再想抓，却发现自己的手动不了了，他这才睁开双眼，惊愕地看见自己两只手被一根皮带绑在一起，皮带另一端拴在了病床上。

他刚想问，你这是要干什么？女护士就扯出橡皮膏胶带，绕着他的嘴巴缠了好几圈，确保他只能用鼻子出声之后才肯罢休。然后她转身去把病房门关严，反锁上。

女护士再次走到病床前，凝视着脸皮歪扭，满脸惊恐的王悦，拽下脸上的一次性口罩，低声对王悦："如果我现在把输液打开，会有大量的空气注入你的血管中，造成空气栓塞。简单点儿解释，就是随着心脏的搏动，会将空气和心腔内的血液搅拌，从而形成大量泡沫，当心脏收缩时空气排出，肺动脉就会阻塞，结果就是导致猝死。你听明白了吗？"

"呜……呜……"王悦吓得全身战栗，拼命甩头。

4

“我问你什么你说什么，如果你敢呼救，我就马上打开输液管。你可以赌一把，看看医生们来抢救你时，你的心脏病会不会发作。”

王悦连连摇头，满眼乞求之色。

女护士把他嘴上的胶带撕开两条，王悦勉强能张嘴说话，他含混不清地说道：“你饶了我吧，只要你饶了我，让我干什么都行。”

如今他已经完全没有了练武之人的那股傲气，生死存亡时刻，活下去比什么都重要。

顾宗泽好容易才把发疯的杨欣控制住，她从病床上滚到地上，把病号服都撕烂了，衣不遮体地挥舞着两只手臂，仿佛要拼命阻挡什么似的。

杨欣的丈夫像傻子一样站在门口不敢进来。只要他一靠近，杨欣就会发狂，还喊他“曲浩民”。

面对精神崩溃的杨欣，顾宗泽束手无策。丁潜找来医生，给杨欣注射了一针镇静剂，她才慢慢安静下来。

“她这样还能恢复正常吗？”顾宗泽问丁潜。

“不好说。她现在正处于创伤后应激反应障碍阶段，而且有精神分裂的迹象。”

顾宗泽了然：“看来昨天晚上曲浩民的袭击把她吓坏了。恰好这个家伙又是二十年前侵犯过她的人。这么大的伤害，一般人扛不住，难怪她会变成这样。”

事到如今，被害人就在眼前，她口口声声地喊着“曲浩民”，顾宗泽不得不承认这个魔鬼的存在了。这样的情形令他更加犯难，一个嫌疑人柳菲还没有抓住，现在突然间又冒出了一个失踪已久的恐怖人物。

他叹了口气说：“就算我现在知道凶手是谁了，让我到哪里去找曲浩民呢，他已经失踪了二十年。所有关于他的线索早就断了。”

“你不是最擅长排查找人吗。”丁潜说，“你觉得这些年曲浩民会躲藏在哪里不被人发现？”

“他的藏身处肯定不止一个，但我现在感觉那栋弃楼肯定就是其中之一，也是唯一我们能找到的地方。现在他把那栋楼一把大火烧了，唯一的线索也就断了。眼下我们能做的也只有保护住幸存的三位涉案人……”

“倒也未必。”丁潜说，“也许我能帮你抓到曲浩民。”

“你？”

丁潜从口袋里掏出一张纸条，递给顾宗泽：“第一件事就是得麻烦你的法医，化验一下这上面的成分。”

顾宗泽接过来一看，纸条上写着什么“C类动物凝集素、5’-核苷酸酶……”等一些医学方面的专有名词。他看不出来是什么意思，不过看样子也不像是丁潜随意编造的。

“这是什么东西？”他问。

“我也不知道，所以才让你的法医过来辨认一下。”

顾宗泽刚才召集专案组在医院里开会，这会儿法医谭正明还没走呢。顾宗泽把丁潜那张纸交给谭法医，他仔细看了一遍，面色凝重地想了一会儿，对顾宗泽说：“这好像是蛇毒的成分，不过具体是什么蛇毒，我还得查一查。”

正好医院里有现成的资料库，谭法医把蛇毒的成分输入资料库，很快有了结果，没想到纸上写的化学成分居然是竹叶青蛇的蛇毒。

顾宗泽这才意识到，丁潜似乎知道什么重要线索，急忙又去找丁潜，问他缘由。

丁潜不想把巫云飞也牵扯进来，只是说："我在跟曲浩民搏斗时，用毒箭把他射伤了。我只知道曲浩民中了这种毒，但具体是什么毒我并不清楚。现在既然知道是竹叶青的蛇毒了，我想我们就能找到线索了。"

谭法医也说："是呀，竹叶青是一种血循毒的毒蛇，毒性虽然不强，但是毒发迅速，会带来剧烈疼痛。中毒者在不知情的情况下，肯定会马上赶去医院救治的。"

丁潜接过话："而且，我猜曲浩民并不知道自己中的是什么毒。他当时感觉到不妙，马上就逃走了。慌乱之下，保命要紧，他只能第一时间跑去附近的大医院求救。治疗蛇毒应该需要抗蛇毒血清。这个只有大医院才有，而且平时的使用次数应该很低。只要去查一查昨天晚上市里几家大医院的接诊记录，应该就能找出线索，临近失火地点的大医院应该优先排查。"

顾宗泽眼睛发亮，那抹小胡子也有了光彩，直到此刻他才对丁潜有些刮目相看："我马上派人去查……"

话还没有说完，唐英就急急忙忙跑过来："顾队，出事了！"

三个男人顿时一愣。

顾宗泽看唐英焦急的神色，就预感到情况不妙，没等问，唐英就继续往下说："王悦失踪了。"

"你说什么？"顾宗泽的脸都青了。

"是江陵区协和医院那边报的案，医生去查房的时候，看见王悦的病房里一片狼藉，好像经历过打斗似的，王悦也不见了。他们这才报案。"

"我不是派了两个人去保护他吗，他们人呢？"

"他们还在路上，没等赶到医院呢，王悦就被劫持了。谁能想到大白天会发生这种事。要不要我带人去核实绑架者的身份，顾队？"

"嘿！"顾宗泽气得用力跺脚，"还用核实吗，肯定是曲浩民！"

“曲……曲浩民？他……他不是……”

顾宗泽没工夫给唐英解释，马上问丁潜，“你不是说曲浩民中了蛇毒吗，他怎么还能作案？”

不用丁潜开口，谭法医就解释了：“只要治疗及时，蛇毒很快就能解除。”

“然后他就又出来作案，是向我们示威吗？这个狂妄的疯子！”顾宗泽怒不可遏，吩咐唐英，“你马上告诉所有人，立刻给我联系各大医院，从临近失火地点的医院开始查，务必给我问出来昨天晚上哪家医院使用过抗蛇毒血清！”

唐英似乎也听明白了一些情况：“只要曲浩民去医院救治，肯定要用到身份证，我们一定会查到的。”

“不能只关注身份证，他有可能也会用假身份证。总之，凡是发现使用过抗蛇毒血清的治疗记录，不管身份证上是什么人，统统给我找到。”

“明白，顾队！”

5

顾宗泽又把贺炎找来，商量要联系交通队请求援助，让他们帮忙调取江陵区协和医院周围的路况监控，看看能不能找出曲浩民劫持王悦后的逃跑路线。

本来贺炎现在的主要任务是寻找那个跟凶手有联系的红衣小男孩儿，想通过他找到凶手。办法倒是可行，可惜线索实在太少，警方除了知道小男孩儿叫东东，怀疑他是柳菲的私生子，其他方面一无所知，所以调查一开始就进展缓慢。眼下顾宗泽需要帮手，临时又把稳重的贺炎找来了。

两个人正说话呢，罗涛急匆匆跑过来，直接打断了他们谈话，“顾队，我有件重要的事情……”

顾宗泽刚刚在会上训过他，没想到这小子一点儿都不长记性，连点儿眼色都没有，他瞪了罗涛一眼，问：“你要说什么？”

罗涛吞了口唾沫，说：“有消息了……王悦……”

顾宗泽顿时热血沸腾，顾不上别的，急忙问：“他现在人在哪儿？”

“还不知道。”

“那你的消息从哪儿来的？”

“我负责保护他，把我的手机号给过他。没想到刚才他突然给我打电话，说他被人绑架了，绑架他的人把他塞进了他自己车的后备箱里，现在王悦也不知道自己在什么地方，只知道车一直在走。”

“这小子还带着手机？”这倒是顾宗泽没想到的。按他的理解，曲浩民这么狡猾的凶手不至于犯这种低级错误，肯定把王悦能与外界联系的东西全都卸了。

“幸亏这小子机智，他趁着曲浩民不注意，把手机塞进了鞋里，他是穿着鞋被绑走的。”

“呵，练过武术的就是不一样，这下倒好办了。”顾宗泽的小胡子微微上翘，脑子里已经有了对策，“王悦是开自己车去医院的，罪犯正好把他的车当成了作案工具。老贺，你马上让交通队动用全市的道路监控，把王悦的车给我找到。罗涛，你通知技术组去跟踪王悦的手机信号。其余的人由我带着随时准备行动。”

“顾队……”罗涛小声插了一句，“王悦认出罪犯了。”

“哦，是谁？”这也是顾宗泽迫切想知道的。

“是个女护士。”

“女护士？”顾宗泽一愣，看了一眼丁潜。

“听王悦描述这个女护士的长相，应该就是柳菲。我想是她假扮成护士把王悦劫持了。”

罗涛说话的声音并不大，但却清晰地传入了每个人耳中。

顾宗泽怒不可遏地质问丁潜：“你刚才不是信誓旦旦地向我保证凶手就是曲浩民吗？现在你又怎么解释？”

丁潜心乱如麻。

柳菲现在应该在巫云飞家养伤，怎么会去绑架王悦？早上他离开的时候，柳菲一切正常，看不出有丝毫不妥。可是听罗涛的口气，这个绑架犯又极有可能是柳菲。究竟是什么情况，丁潜现在也不敢肯定了。

他在口袋里摸到手机，悄悄拨了巫云飞的号码，震了巫云飞一下，又按了中止通话。很快，丁潜的手机响了。

他顺势掏出手机，果然是巫云飞打来的。

“突然打电话给我有什么事？”巫云飞在电话那头问。

丁潜当着顾宗泽他们的面，装作很平常的样子说：“哦，那个姓王的女患者又来啦，你跟她说，我这两天出差了，赶不回医院……算了，你把电话给她，我跟她说吧……”

巫云飞何等聪明，已然明白了情况，马上去找柳菲了。

过了一会儿，他对丁潜说：“柳菲不在，不知道什么时候出去了。”

“哦，王女士啊，你不用担心，你的情况不严重，我让助手按照上次给你开的药再开一份，你继续服用一周，多注意休息就行了。下周我就回去了……”丁潜嘴上的话纯粹是为了应付顾宗泽，实际上他的心却在不住地往下沉。

他怎么也想不到柳菲会背着他做出这种事。

难道她对自己的所说所做统统都是假的？

难道她只是在利用自己吗？

丁潜不知道答案，或者说，他根本不想知道答案。这个世界上几乎没人能骗得了他，柳菲恰好就是其中之一。

顾宗泽瞥了一眼神情茫然的丁潜，丢下一句："这件事还没有完，要是让我发现你是在故意包庇柳菲，误导我们办案，我让你吃不了兜着走！"

说完，他带着贺炎和罗涛走了。

顾宗泽大步走进会议室，警员们正在帮唐英分头联系各大医院，调查昨天晚上是否有使用抗蛇毒血清的人。这时候顾宗泽突然推门进来，所有人都霎时收声，齐刷刷地转头看向队长。

"行了，暂时放下手里工作，嫌疑人已经找到了，所有人都准备好跟我出发。"

大家一时还没回过神，一个个都神情愕然。

顾宗泽简单解释说："罪犯就是柳菲，她正劫持着王悦开车逃窜。我已经让罗涛联系局里技术组定位王悦的手机号，一旦锁定了柳菲的具体位置，这次就绝不能再把她放走！"

一石激起千层浪。

警员们群情激奋，摩拳擦掌，终于等到这个狡猾的罪犯露头了。

只有特案组的几个人默不作声，杜志勋叹口气，什么话也没说。

公安局技术组很快锁定了王悦手机的位置，目前正在花园东路天河家具城附近，向东南方向高速移动。

顾宗泽通过对讲机要求技术组随时汇报跟踪信息，同时向警员们分析情况："天河家具城在沿江的老城区，路况复杂，我会让技术组给我们发来一张地图。你们行动的时候，务必要谨慎小心。罪犯使用的车辆是一辆白色的宝马 7 系，车牌号上 ×A58081。行动之前我再重申一遍，务必要谨慎小心，时时与我保持联络。虽然头在两天的抓捕行动中柳菲受了伤，但对她依然不能掉以轻心，尤其是要确保人质的安全！好，出发！"

一声令下，顾宗泽准备带着警员们悉数出动。

就在这时，唐英忽然喊了一声："顾队长，稍等一下！"

第十一章　柳菲落网

1

“怎么了？”顾宗泽发现唐英的脸色不太正常。

“刚才……江陵区急救中心跟我联系，说昨天晚上 10 点多，救治过一位中蛇毒的患者。查到目前为止，只发现了这一例蛇毒患者。只不过……”

“只不过什么？”

“这个人入院的身份证信息是……是王悦。”

“王悦？”顾宗泽简直不敢相信自己的耳朵。

从丁潜一早跑来告诉他曲浩民是凶手开始，接二连三的消息已经够他脑洞大开了，但没有哪个消息能比眼前听到的更让他吃惊。

丁潜不是说昨天晚上被他用毒箭射伤的人是曲浩民吗，怎么一下又变成了王悦？

他甩脸看向丁潜，丁潜也一脸惊愕。

顾宗泽一把揪住丁潜衣服：“你告诉我，你到底哪一句话是真的，哪一句是假的？你到底有没有亲眼看见曲浩民，还是你跟柳菲串通一气，无中生有？”

“我当时并没有看见曲浩民的脸，他戴着口罩，但是他穿着一身老式的医生衣服，很像他……”丁潜努力回忆着昨天晚上遭遇曲浩民的经历。

“你又不认识曲浩民，你凭什么根据一套衣服就断定那个人是曲浩民？”

“不是我，是柳菲把他认出来了。”

“柳菲？哼，一个嫌疑人说的话你也相信，你就没想过她会骗你？还是你俩早就串通好了，跟我这儿演双簧呢？昨天的大火到底是怎么回事？你跟柳菲究竟是遇到了曲浩民袭击，还是合谋绑架王悦，这些我还有待调查。不过看眼前的形势，我也用不着费事去追踪柳菲了。你直接告诉我她要把王悦带去哪里就行了。”

局势瞬间急转直下！

丁潜万万没想到，自己眨眼之间就变成了嫌疑人。

一双双虎视眈眈的眼睛落在他身上，他却有口难辩，昨天晚上的惊险遭遇只有亲身体会过的人才能理解。生死一线之际，冷漠的柳菲真情流露，丁潜由不得不相信她。

然而事实再一次打了丁潜的脸，柳菲呼喊父亲的人并不是逃亡二十年的曲浩民，而是凶手的目标人物王悦。

为什么王悦昨天晚上会出现在那里？

为什么柳菲今天又突然绑架王悦？

这个女人到底还对自己隐瞒了多少事情？

丁潜心烦意乱，面对咄咄逼人的顾宗泽竟无言以对。

“丁潜未必是柳菲的同谋，这很可能是一个阴谋。”一个人分开人群走过来说道。

正是杜志勋。

顾宗泽没想到杜志勋会在这种时候为丁潜出头，虽然心里很不痛快，但还是要给他面子，“杜组长刚才那话是从何说起？难道你能证明丁潜没撒谎？”

“我虽然没有直接证据，但是我发现了一个可疑的地方。顾队长记不记得刚才唐英说，王悦是在昨天晚上 10 点多开车到江陵区急救中心救治的？可是，凌晨 4 点多的时候，他又浑身是血地跑到了协和医院求助。也就是说，他是在离开急救中心后遇袭的。先不管他是什么原因中毒的，你不妨想一想，一个中毒的人慌慌张张跑到医院求治，解毒之后已经到了半夜，他连休息一下都没有，马上就离开了，这是不是很不合常理？”

“也许他有要紧的事情去做。”

“那么是什么要紧的事情呢？”

顾宗泽疑惑地看着杜志勋：“难道你知道？”

“我想到了一个假设。王悦要做的这件要紧事就是……袭击杨欣。”

杜志勋的话一出口，所有人都惊讶地瞪大了眼睛，怀疑自己是不是听错了。

“你是说昨天晚上袭击杨欣的不是曲浩民也不是柳菲，而是王悦？”顾宗泽的神色中写满了费解。

杜志勋没有马上回答，暗中看了丁潜一眼。

丁潜知道他的意思，微微点下头，向他保证袭击杨欣的人绝对不是柳菲。

“是，我可以确定是王悦。”杜志勋对顾宗泽说。

“你不会是想告诉我，王悦才是这起连环杀人案的真凶，柳菲是清白的吧？”

“王悦是不是真凶我现在不确定，还需要调查，不过昨天晚上的大火和曲浩民的袭击倒是他自导自演的诡计。”

“那我很想听听杜组长的高见，姑且不说是不是王悦做的，你能不能先告诉我他为什么要这么做？”

“掩盖自己假扮曲浩民的真相。”杜志勋吐字清晰，丝毫不在意顾宗泽怀疑的表情，“丁潜和柳菲看到的人并不是曲浩民，其实是王悦假扮的。他只是穿着酷似当年曲浩民的衣服，甚至他可能还弄来了一些曲浩民当年用过的东西，让自己看起来更像曲浩民。他这样做的目的只有一个——设圈套引来柳菲，把她干掉。”

丁潜心头微震，一下被杜志勋点醒。

最早是杜志勋在柳菲的老家发现了那块旧手表，通过丁潜的手把它转交给了柳菲，当柳菲见到手表之后大受震动，当晚就赶到了老家，却不曾想整栋楼都被人事前撒上了硫黄。当时，柳菲看见一个穿戴疑似曲浩民的人躲进了卧室，在她拍打卧室门的时候，丁潜赶到了。就在两个人交涉的过程中，大门突然被人关上，随后大火就烧了起来。当丁潜和柳菲撞开卧室门后，曲浩民却早已从窗户逃走了。回想起来，应该是他一进屋就从窗户爬到隔壁阳台，绕到柳菲家门外，把铁门锁上后开始放火的。

重新理一遍思路，这确实是一个针对柳菲的圈套。虽然假扮曲浩民的人没有露脸，但是他的穿着，包括之前那块手表，都无不暗示着他就是柳菲的父亲曲浩民，况且二十年过去了，曲浩民的外表肯定发生了巨大变化，长相反而不那么重要了。

厘清了这个思路，就可以进一步推导是什么人假扮的曲浩民。

要想设计这个圈套，假扮曲浩民的人必须熟悉案情，这很可能是一个跟警方有密切接触的人。王悦恰好是警方的保护对象，不出意外的话，他可能跟罗涛他们相处得不错，从他们口中获得了不少信息。假如罗涛是个大嘴巴，王悦甚至能从他的抱怨里猜到特案组中的某些人在暗中帮助柳菲。

有了一定的把握，他才把曲浩民的手表扔在柳菲老家门口，即便手表被警方发现了，消息也很有可能传到柳菲的耳朵里，那她就必然会去老家查看究竟，而且不可能只去一两次，所以王悦下手的机会有很多。

尽管这个圈套存在一些漏洞，不过在紧急情况下，王悦也不可能想到更好的办法。事实证明，他还真赌对了。

2

幸亏杜志勋有着极强的推理能力，在极短的时间里对案情做出了合理分析，这才暂时免除了丁潜的嫌疑。

“不过，王悦设计的圈套只针对柳菲，但他漏算了丁潜，他更没有想到自己会被毒箭射伤。”杜志勋接着说，“在惊慌失措中，他跑到就近医院接受治疗。当他冷静下来后，意识到自己的处境十分危险，毕竟丁潜也是专案组的人，他的突然出现让王悦摸不准是不是警方怀疑到了什么，要是让警方发现自己受伤了，恐怕就有暴露的危险。因此，他索性把曲浩民扮演到底，假装自己遇袭受伤，把警方的注意力吸引到逃犯曲浩民的身上。”

“那他身上的伤是怎么能弄的？”顾宗泽问。

“自己用刀捅的。”

“自残？”顾宗泽的眉心拧起道道细纹，沉思良久后接着说，“说心里话，杜组长，你的分析听上去倒也有些道理，不过，有个最重要的问题你并没有解释……动机，王悦的动机是什么？首先一点，我就想不通他为什么要设计这么一个圈套杀柳菲。柳菲本来就是我们的通缉犯，他又何必多此一举杀她，反而给自己惹上麻烦？其实，即便他中毒受伤，也可以找其他理由搪塞吧，没必要非得假扮成曲浩民杀人，更何况为了逼真还要自残，这实在说不过去。从我的角度来说，完全看不到他的动机何在，眼下又是柳菲把他绑架了，这个你又怎么解释？”

杜志勋脸色微僵。

顾宗泽所说的问题他也想到了，凭经验来说，他感觉自己的分析应该正确。问题就在于王悦的动机是什么，肯定不是因为害怕柳菲报复，想要先下手为强。杜志勋觉得王悦这个人有问题，但一时又想不到问题出在哪儿。

“他的动机或许只有一个。”丁潜冷不防地冒出一句。

顾宗泽瞥了他一眼，冷冷道：“那你说他的动机是什么？”

“他要灭口。”

“什么？”顾宗泽没太听明白丁潜的意思。

“柳菲父亲曲浩民当年的那起案件恐怕并不像我们想象得那么简单。你们想过没有，像柳菲这样一个出色的警察为什么要铤而走险去绑架当年举报她父亲的人？从常理上来说，这不合逻辑，除非有足够让她这么做的理由。”

“什么理由？”

“她父亲当年是被冤枉的。”

“被谁冤枉？”

“那四个举报他的人，再加上被害人杨欣。”

“你这推论也太异想天开了吧！丁潜，难道这些人疯了不成，要陷害一个医生？”顾宗泽厉声道。

“如果这个假设是真的，那就可以解释王悦的动机了。他要除掉当年那起案件的所有知情人。也许他一开始并没有这么想，但是随着案情的逐步发展，他越来越担心真相会被曝光，索性趁这个机会把报复他的柳非和其他知情人一并消灭，让真相永远埋进土里，岂不是最好。”

“既然是这样，他为什么只对杨欣动手，没对胡小雯动手呢？”

“因为昨天晚上时间不够，所以只能找距离他最近的杨欣下手。相信不久之后，他就会再次扮演曲浩民，对胡小雯下手了。”丁潜一口气把假设和推断统统说完，心里反倒释然。

其实他心底对自己的假设也并不确定，他只是按照柳非告诉他的话说的，事到如今，他只有赌一把，再相信柳非一次。

“你觉得警察现在是不是应该出动了？”王悦开着他那辆白色的宝马7系，得意扬扬地问坐在副驾驶的人。

对方没回答，一脸冷漠。

她越不说话，王悦就越想说，他像演戏一样，忽然装出很无助的声音：“拜托罗警官，你们快点儿来救我，那个女人要杀我……对，就是照片上的那个女嫌犯……她在开我的车，我不知道她要去哪儿，我……我被她关在后备箱里，手脚都被绑住了……”这是他刚才给罗涛打电话报警时说过的话，王悦一字不差，声情并茂地又重复了一遍，说到最后，忍不住嘻嘻哈哈笑个不停。

此刻，被绑住的是柳非。

王悦用点滴袋上的塑料管把她的手腕捆在了一起，用安全带把她固定在座椅上。她现在只能听任摆布。

这次是柳非失算了，她没想到王悦的功夫这么好，明明都被绑在床上了，竟然能用力挣断绑绳，眼下的情况就不是柳非能预料到的了。

她本来打算一言不发，听天由命，可是看到王悦得意无比的嘴脸，心头一阵厌恶：“无耻！”

“我无耻？”王悦并没有生气，反而笑嘻嘻地说，“我是无耻，但你也不差，心狠手辣，咱俩彼此彼此。要不是你把我逼得没有活路了，我也不至于对你下手。不过你还真是命大，昨天晚上那么大一把火居然都没把你烧死，今天还敢跑过来杀我。这样也好，反正你不找我，我也要杀你，谁让你是曲浩民的女儿呢。话说，斩草要除根，当初就不应该把你这个小丫头留下，那样今天就省去了很多麻烦。”

柳菲咬牙道：“我们一家人与你们无冤无仇，你们却害得我家破人亡。难道你们就不怕遭报应吗？”

“报应？嘿嘿嘿，报应只不过是弱者对强者的抱怨。”

“……”

“不过，要说起来，只能怪你爸太多事。我们哥儿仨不过就是去酒吧找个小妞儿玩儿玩儿，图个乐子。谁想到那小妞儿有心脏病，还没爽够呢，她就犯病了。我们给急救中心打电话，你爸就过来了，一个当医生的，只管看病就行了，居然暗地里鼓捣他的护士去报警。他想往死里整我们，那就不能怪我们哥儿几个心狠手辣了。”

“你们那不是找乐子，你们那是犯罪！”柳菲满怀悲愤地痛斥，“但凡一个有正义感的人看到，都不会坐视不管，我父亲只是做了一件应该做的事。可是你们这些丧心病狂的人居然反咬一口，把他诬告成犯人！”

“丧心病狂？呵呵，说得好，但那又如何？那是你爸他作死，怨不得别人！”王悦忽然猛踩刹车，侧过身子盯着柳菲，充满戏谑地说道，“而且之后发生的事情特别搞笑，那个被我们玩儿的杨欣居然愿意帮我们，以被害人的身份告你爸，你说搞笑不搞笑？”

3

“你们给了她多少钱？”

“我和李肃陵一分没花，是江海涛去跟她谈的，据说一口价五十万，杨欣同意了。她当时就是一个穷学生，晚上还要去酒吧打零工赚点儿生活费，哪里见过这么多钱。她心里也明白，我们哥儿仨是有点儿后台的，想告倒我们也不那么容易，没准儿到时候她连一毛钱都拿不到。”

“为了五十万，她就把自己的良心出卖了。”柳菲心里一片凄凉，更替父亲难过。

“当然还有那个姓胡的女护士，差点儿就报警了，最后让我们打晕了。后来，我和李肃陵吓唬吓唬她，顺便给了她一万块钱治伤，外加十万块钱的精神损失费，她也服软了。”王悦像是在回忆一次很愉快的经历，说完后发动轿车，重新上路。

柳菲压抑着愤怒说：“于是你们几个人就自导自演了一出戏，把我父亲告上了法庭。有原告，有证人，连我父亲的护士都为你们做伪证。这个颠倒黑白、凭空捏造的冤案竟然就成了铁案，而你们却心安理得地活了这么多年。”

“是啊，我本来都把这件事忘了，没想到过去了这么多年，曲浩民该死的女儿又把这件事翻了出来。我到现在都想不通，你是怎么怀疑到我们的。”

“有人给我发了一份录音，里面有江海涛说的话，提到了我父亲。”

“江海涛……”王悦念着他的名字，已然猜出了一些端倪，“他就是个白痴，仗着家里有俩糟钱就口无遮拦，毫无顾忌。不过看起来，这个给你发录音的人倒是心怀叵测啊。”

“不是你吗？”

“怎么可能，难道我是吃饱了撑的，自己给自己找麻烦吗？差点儿把我自己都折进去！”

柳菲没有深究，继续道：“我还有个问题，在医院里问过，你还没有回答我。”

王悦一打方向盘，从岔路穿出老城区，开上临江公路，说：“你要问什么？”

“我父亲到底在哪儿？”

“你没问过江海涛吗？”

“问过，我也问过李肃陵。他们都说那天晚上是你把我父亲制伏后带走了。你当时还告诉他们不用担心，一切事都由你摆平。这话你说过吧？”

“呵——”王悦冷笑一声，“这两个没义气的东西。出主意的时候，一个比一个能耐，扛事的时候，全都成了缩头乌龟。活该让你给杀了，你杀得好！”

“即使他们不说，我也猜到肯定跟你脱不了干系。你故意引我上钩用的那块手表就是我父亲戴过的，我一眼就认出来了。还有昨天晚上你假扮成我父亲穿的那套医生制服，也是我父亲曾经穿过的。因为我父亲的工作服上有一块黄色的污渍，是我小时候不小心弄脏的。我父亲逃了二十年，为什么他的东西会在你手上？事情到了这个地步，你总该给我一个解释吧。”

王悦侧脸看了看柳菲，白净的脸皮上显出了叵测的笑意：“我会让你见到他的……”

他踩住油门，宝马车骤然提速，驶出城市，沿着江岸一路飞驰。十几分钟后，前方出现了一座水库，轿车直接开上了环绕人工湖的堤坝公路，在一片山林边停下了。

王悦钻出驾驶室，拉开柳菲这边的车门，把她从车里拽出来，拉进了树林。

“我父亲在哪儿？”柳菲问。

“怎么，你现在就想见他？”王悦眼中透出两道寒光，阴恻恻地笑道，“我敢保证，如果你知道，肯定不想马上见他。”

“你把他杀了，是吗？”柳菲直视王悦，丝毫没有怯意。

“没错，二十年前的那天晚上，我就把他做掉了。尸体装进箱子里，填上几块石头，沉在了你身后的湖里。他的衣服和手表都被我扒了下来，当初是怕他的尸体被人发现，不想被人确认身份。他的这些东西我扔在家里的地下室，结果时间一长就忘了，没想到二十年后还能派上用场。”

柳菲凝视着山坡下巨大而宁静的人工湖，宛如一面镜子，倒映着湖光山色。谁又能想到，她父亲在这冰冷的湖底躺了二十年。

“在外人看来，我父亲还是一个逃亡了二十年的犯人，我母亲直到自杀那一刻都没有原谅他，甚至连我这个女儿都怨恨了他这么多年。”柳菲语声哽咽，泪水难抑。

“你不用难过，放心吧，一会儿我给你机会去向你父亲道歉，我还能保证让你们父女永远团聚。”王悦露出歹毒的笑意，“不过说句心里话，我还真挺舍不得你的。”

王悦忍不住开始动手动脚：“真想不到曲浩民那么个毫不起眼的小医生，居然能生出这么漂亮的女儿，实在是太可惜了。警察很快就到了，我应该马上解决了你。可是又不能暴殄天物。你说，我应不应该为你冒个险……”

他猛然将柳菲推倒在地，压在身下，柳菲脸色苍白，却咬紧牙关，没有露出一丝乞怜。

“真有个性，我就喜欢这样的。放心吧，在你临死前，我让你好好享受享受……”王悦色心大动，迫不及待地把柳菲挡在胸前捆住的双手按在地上，另一只手胡乱撕扯柳菲的衣服。

“你真不怕遭报应吗？”柳菲问他。

王悦肆无忌惮地哈哈大笑：“就算曲浩民的冤魂从水里钻出来，又能拿我如何？只要我把你沉入湖里，就像当年沉你父亲那样，没有人会发现。从此以后，你和你父亲一样，都是逃犯，嘿嘿嘿……”

突然，他笑容一僵，神情有点儿疑惑。

他松开按住柳菲胳膊的那只手，看了看手掌心，有一个豆大的血珠，似乎被什么东西刺了一下。

他看了一眼柳菲的手，发现她手里有一截好像针头似的东西：“你用什么东西扎了我？”

“麻醉针，以防万一用的。”

王悦的脸上露出了古怪的表情，伸手想掐柳菲的脖子，但身子却只抽动了两下，就一头栽倒在了旁边。

4

“顾队，你们现在距离手机信号源不到两百米了。”技术组通过对讲机向顾宗泽汇报。

“收到。”顾宗泽随即对追捕疑犯的警员们下达命令，“疑犯现在就在西南这处山坡附近，一队、二队，你们迂回到山坡对面，三队、四队跟着我，十米一个人，给我滴水不漏地围上，子弹都给我上膛。我倒要看看这个疑犯到底有多么神通广大，看他这次还能不能从我眼皮子底下逃掉！”

顾宗泽说话时故意看了一眼丁潜，话中的敲打之意不言自明。

说丁潜无动于衷那是假的，可事已至此，他也无能为力，能做的都做了，真相究竟是什么，他只能静观其变。

专案组的警员外加临时抽调的人马，凑起来足有近百人，他们在顾宗泽的统一带领下逐渐收拢包围圈。

“发现目标了！”走在前面的一名警员忽然说道。

所有人的神经骤然绷紧。

顾宗泽做了一个手势，警员们一起收住脚步，向隐蔽的地方散开。

所有人都目不转睛地盯着面前的山坡。就在这时，从郁郁葱葱的树林中，深一脚浅一脚地走出一个人。

所有人都屏住了呼吸。

眼前这个人正是头号嫌疑犯柳菲！

“上！”

顾宗泽一声令下，埋伏在周围的警员一拥而上，将柳菲团团围住，枪口一齐指向她。

有人喊着“举起手来”，有人跃跃欲试想把柳菲按住。柳菲只漠然地瞥了他们一眼，眼眸中仿佛有股勾人心魄的魔力，这些警员不禁微微一愣，不由自主地停住了手脚。即便柳菲现在衣衫破烂，但她天然的高贵气质也令人不忍亵渎。

她一眼看见了顾宗泽：“放心吧，顾队长，我没带武器，也不会逃走。”

顾宗泽审视了一会儿柳菲，问道：“王悦呢，你把他怎么样了？”

“我把他麻醉了，就在树林里。”

顾宗泽环顾四周：“不愧是名不虚传的柳法医，你选的地方还真不错，总是能恰到好处地避开目击者……”

“你搞反了顾队长，不是我把他带来的，是他把我带来的。”

“你是说，他把你绑架了？”顾宗泽目光玩味，似乎在看柳菲表演。

柳菲也不多话，还以冷淡的目光，那眼神的意思仿佛在说，我现在这样子你看不到吗？

“你知道我们是怎么找到这里来的吗？”顾宗泽故意问柳菲，又兀自回答，“是王悦向我们报警了。你绑架他的时候，他偷偷把手机藏在了鞋子里，趁你不备给我们打了电话。我们是根据他的手机信号找来的。你也是警察，应该明白我在说什么，用不着我再费口舌了吧。”

“顾队长凭什么相信报警的人说的就一定是真话呢？”

柳菲波澜不惊的一句话倒把顾宗泽问住了。

柳菲幽幽叹息道：“人们几乎都有同情弱者的心理，但并不是所有弱者都值得同情！所以，顾队长与二十年前的警察犯了相同的错误。”

“你这话是什么意思？”

“二十年前，杨欣作为被害人状告我父亲曲浩民，江海涛、李肃陵、王悦，还有胡小雯作为目击证人一起指证他。曲浩民就此失踪，被定性为在逃犯。当时所有人都对他深恶痛绝，可又有几个人对痛哭流涕可怜兮兮的杨欣有过丝毫怀疑呢？”

“杨欣确实被侵犯了，当时法医有过鉴定。我看过卷宗。”顾宗泽很肯定地说。

“我也看过卷宗，那上面只是确定杨欣曾被强暴过，但并没有证据显示罪犯就是曲浩民。真正定我父亲罪的，是被害人杨欣和目击者的证词，再加上想当然的推理。而事实上呢，不错，杨欣是受害人，但罪犯却不是曲浩民，而是她所谓的男朋友江海涛，所谓的房客李肃陵和王悦……不要用那种奇怪的眼神看我。顾队长，我说的就是二十年前那天晚上发生的事实——江海涛、李肃陵和王悦三个人去酒吧喝酒，看见了在酒吧打工的女学生杨欣。三个人把杨欣灌醉，拉到宾馆里强暴了她。这原本就是一起很无耻也很简单的案子，后来因为杨欣心脏病发作，他们不得已才拨打了急救电话。我父亲赶来后发现了异常，或许他应该假装什么都没看见，只做好医生的本分就够了，可是他的良知让他选择了报警。江海涛他们在情急之下，决定栽赃嫁祸，反咬一口。而作为诬告的关键，被害人的角色，却是由我父亲要救的杨欣来担任，是不是很讽刺？这么讽刺的事只要五十万就能实现，额外再加十一万，就能让我父亲的同事成为罪犯的帮凶。结果，三个犯人摇身一变成了目击证人，其中一个还成了被害人的男朋友，堂而皇之地把一个清白的医生变成了犯人。你见过比这更荒唐、更讽刺的案子吗？眼下，当年其中一个犯人故技重施，又给警察扮演了一回受害者，是不是演技更纯熟了？”

柳非平静而压抑的叙述让在场所有人都目瞪口呆，话中的讽刺像针一样刺进了每个人的心。

顾宗泽的太阳穴突突地跳动着，脸色阴晴不定，变幻迅速，他死死地瞪着柳非，质问道：“既然你父亲是无辜的，那他为什么不报案，为什么要潜逃这么多年？”

柳非指着身后那片巨大的人工湖：“如果他能从里面爬出来的话，我想他会报案的。”

顾宗泽身子一震，一股寒意窜入身体。如果柳非说的是真的，那这个案子就太可怕了。

江海涛、李肃陵、王悦、杨欣、胡小雯，这些人全都是普通平凡的人，就像这个城市里几百万人的缩影。谁又能想到，他们可以联手陷害一个人，悄悄把他铲除，让他永世沉入黑暗，不得翻身呢？

“这么大一个湖，想从里面捞一具尸体几乎是大海捞针，我怎么知道你说的是不是实话？”顾宗泽依然对柳菲抱有怀疑。

“能不能找到我父亲的尸体是你的事，如果你要证据，我还有。”

第十二章　恐怖童谣

1

“你还有证据？”看柳菲如此泰然自若，顾宗泽更加疑惑。

“我有王悦的录音，他亲口承认了当年全部的作案经过。”

“身为警察你应该清楚，屈打成招，逼迫认罪是不能当作证据的。”

“我既没打他也没误导他，我只是让他把当年案件的实情讲出来，事情的经过全都是他自己讲的。除了他的录音，我还有江海涛和李肃陵的，他们三个人叙述的经过几乎完全一致，只是江海涛和李肃陵都异口同声地说，我父亲最后是被王悦带走的，不知道他的下落。也许他们早就猜到我父亲遇害了，只不过是在为自己开脱而已，把罪名全推给王悦，但这并不影响对整个案情的判断。或许我的录音并不能当作直接证据，但我还可以为你们提供一个有力的办案方向，当年的涉案人还剩下三个，再加上我父亲还未找到的尸体。顾队长可以从很多地方入手……”

“不用你教我，我知道该怎么做。他们的录音现在在你身上吗？”顾宗泽问。

“不在。江海涛和李肃陵的录音，我快递给了丁潜，估计现在邮包应该已经放在了他的办公桌上……”

顾宗泽斜眼瞧了瞧丁潜，丁潜的脑门上划下三道黑线，心想不带这么玩儿的。

“王悦的录音就在他的病房里。”柳菲继续说，“我一开始把他制伏了，他假意配合我，如实交代了当年的案情，但我没想到他暗中挣脱了绑绳，反过来把我绑了。但他并不知道我带着录音笔，我趁他不注意时把录音笔扔在了病床底下。你派人去的话，应该能找到。”

顾宗泽沉着脸审视着柳菲，慢慢掏出手机给贺炎打电话：“老贺，你现在去协和医院王悦的病房里，看看床底下有没有录音笔，顺便找人去趟平江市人民医院心理咨询科，检查丁潜的邮件，如果有录音笔，给我带回来。”

他放下手机，对柳菲说：“你和王悦都挺有意思的，全都口口声声说自己被绑架了，还都能给我讲出一番道理，现在就让我辨辨真假吧，你可以带我去见王悦了吧。”

柳菲也没多话，转身走向树林，顾宗泽率领众人随后跟着。反正这么多人，倒也不怕柳菲耍什么花样。

山坡倒是不算陡，不过林木茂盛，平时很少有人走，所以根本没有路。众人攀着树枝，踩着落叶，一口气几乎爬到了山顶。

柳菲走着走着，停下脚步不走了。

“为什么不走了？”顾宗泽问。

“应该就是这里……”柳菲的声音变得有些不太确定。

顾宗泽四处看看，根本没有王悦的影子。

“王悦哪里去了，你不是说给他麻醉了吗？”

“是啊。”柳菲也十分困惑，“麻醉针的药效至少够他昏睡两小时的，不可能这么快苏醒。”

顾宗泽冷哼一声：“手机信号显示王悦就在这里，可是你领着我们找了半天，却什么都没看见。柳菲，事到如今，我劝你还是少跟我耍花招吧。”

柳菲轻轻摇头，说：“我没必要骗你，王悦刚才确实就倒在这里，我眼看着他昏倒的，至于他……”柳菲说到这里忽然不说话了，低头注视着铺满腐烂落叶的地面。

丁潜提醒她：“如果你发现了什么，就告诉我们。”

“地面上好像有拖拽过的痕迹……”柳菲说，“痕迹沿着右侧方向……似乎是往山下去了……”

她原本就是刑侦界有名的法医，观察能力非常人能及，她做出的判断，一时也没有人敢质疑。

顾宗泽走到柳菲身边，顺着她观察的地方看了看：“柳法医该不是想说，王悦身体健壮，没有被完全麻醉，你离开后，他就挣扎着爬走了吧……”

“我现在不可能肯定，只能说有那种可能。”柳菲一边说着，一边沿着泥地上不甚明晰的痕迹摸索着往前走。

顾宗泽跟在她身后，夹枪带棒地敲打她：“你放心，我的人已经把这个地方包围了。如果王悦要跑，他肯定跑不掉……”

柳菲突然拔脚跑向前方。

顾宗泽一愣，下意识地把手枪拔了出来，丁潜急忙按住他。就在两个男人扭扯的工夫，柳菲突然喊道：“这里！”

两人循声望去，就见柳菲站在十几米外几棵树的后面，似乎发现了什么。

他们急忙跑过去，等赶到柳菲身边，一眼就看到了面前几米远的一棵树下坐靠着的那个人。

王悦。

此时的王悦已经变成了一具尸体。

他浑身血迹斑斑，像是被捅了很多刀。

王悦的表情相当恐怖，面部铁青，两个眼珠子都快鼓出了眼眶，由于毛细血管破裂，看着血红血红的很瘆人，他的嘴巴更是张大到了极限，露出了白森森的牙齿，给人感觉他好像要吃人一样。

“这到底是怎么回事，你不是说你只是把他麻醉了吗？”顾宗泽喝问柳菲。

“我不知道他为什么会死在这里，我没有杀他，我只是用麻醉针刺中了他的手。”柳菲弯腰轻轻拿起王悦的左手，让他的掌心朝上，“针眼还在这里。”

“松手，不许你碰他！”顾宗泽断喝一声，“你现在还是嫌疑人，我怕你破坏现场证据。”

柳菲没说什么，沉着脸后退了几步。

顾宗泽招呼身后：“刑侦科的过来看看。”

一个男警官走出来。

顾宗泽指了指王悦的尸体，说：“谭法医没来，你先大致看看这个人是怎么死的。”

男警官戴上手套，小心翼翼地蹲在尸体前，检查了一下死者身上的多处刺伤，对顾宗泽说：“这些伤看着跟江海涛和李肃陵身上的刺伤倒是很像，刀伤又浅又窄，挺像手术刀做的。不过我不敢肯定。”

“没关系，这就够了。死者的死因呢？”

“这个嘛……”男警察注意到了死者大张的嘴巴。他没带手电，只好皱着眉毛凑到死者脸前，努力地往他黑咕隆咚的嘴里看。

“王悦是窒息而死的。”柳菲冷冷地冒出一句。

顾宗泽没有接话，用询问似的目光看着那名男警官，男警官一脸尴尬，不知如何回答。

2

“想说什么就说，别吞吞吐吐的。”顾宗泽催促。

男警察嗫嚅着说：“看着倒是有点儿像窒息，可是我没找到致命伤在哪里……”

顾宗泽只好问柳菲：“你从哪里看出王悦是窒息死的？”

“窒息通常会导致颅压和眼压升高。王悦面部呈现青紫色，眼球突出，眼结膜毛细血管破裂，这些都是窒息而死的典型特征。”

“那致命伤在哪儿？脖子上没有看到勒痕，难不成是被捂死的？”

“致命伤在嘴里。”

“嘴里？”顾宗泽端详着王悦那张得很大的黑洞洞的嘴巴，看着倒是挺恐怖的。但为什么自己的人没看出什么，柳菲一眼就看出来了，“你看清楚了？”

“太黑，看不到，但我估计应该是冰块堵住了他的气管，把他活活憋死了。”

顾宗泽微微一怔：“你怎么会猜到是冰块？”

“怎么，你们到现在还不清楚凶手的杀人手段？”

柳菲的话让顾宗泽很难堪。

谭法医接连给江海涛和李肃陵做过尸检，凶手大致的杀人方式他也告诉过顾宗泽，但是从来没有提到过冰块。不过谭法医遇到了一个棘手的难题，那就是凶手究竟是如何让被害人吞下上千枚钢针的。

顾宗泽也算是人精，稍一迟疑，马上就明白了柳菲的意思。假如凶手提前把钢针冻在冰块里，让被害人吞下去，等冰块在胃里融化后，钢针自然就把胃穿破了，这倒不失为一个好办法。只是他不确定，柳菲是凭借自己敏锐的洞察力想到的，还是这原本就是她自己设计出来的杀人方式。

“你怎么那么肯定是冰块把王悦憋死的，难道就不能是其他东西？”他问柳菲。

“冰块的可能性最大，如果不出意外，现场就能找到其他的冰块。”柳菲说着，又往前走了几步，从口袋里拿出一张面巾纸垫着手，从树叶和草丛里拎起一个保温杯。

照理说，顾宗泽这些刑警也都身经百战，早就应该发现这个异物，只不过大家刚才的注意力全都被王悦的尸体吸引住了。

柳菲把保温杯拿到众人面前，对那个戴手套的刑侦警员说：“你把盖子打开。”

当警员把杯盖打开之后，一股凉气扑面而来，保温杯里插满了一个个小冰棒。

警员抽出两个冰棒，只见透明的冰棒里面密密麻麻的全是缝衣服的小号钢针。

不用问，江海涛和李肃陵肯定就是被强迫着吞下一个个这样的“小冰棒”，才把胃活活吃成了“刺猬”。

这真是一个让人脑洞大开的杀人手段。

不少人在惊骇之余，偷眼望向柳菲，心里不免猜疑，这位清冷犹如仙子的女人难道真有如此狠毒的心肠吗？

柳菲却像根本没注意到那些异样的眼神一样，继续说出自己的想法：“我觉得凶手的本意是想继续按照之前的方式来杀人。他象征性地在王悦身上捅了好些刀，但都不是要害部位，他又切了王悦的右手小指，这些都与之前的两起作案吻合。如果他时间充足的话，他会把这些冰块都塞到王悦的嘴里。但是这次时间紧迫，他没来得及像之前那样折磨死被害人，所以，他直接把冰块塞进了王悦的气管，让他窒息而死。”

“说得有道理。”顾宗泽接过话，含沙射影地说，“这样凶手就有充分的时间逃走，还可以伪装成受害者与警方碰面……”

柳菲摇头：“如果我真要杀王悦，我会马上逃走，根本不可能与你们见面，这不是不打自招吗？”

“是啊，听上去确实有点儿像不打自招，不过越是这种反常的情况就越能说明问题。最合理的解释就是，凶手突然发现自己被警察包围了，根本没时间逃走，只好随机应变，临时想到了这个招数。”

顾宗泽的推测听着不无道理，柳菲一时间也没法反驳。

一旁凝视着王悦尸体，有些微微出神的丁潜忽然插嘴道：“但是有个问题我始终都想不明白，不知道谁能帮我解释一下？”

“什么问题？”顾宗泽看着丁潜，眼神中透着怀疑。不知道这小子是不是又想玩儿什么花样。

“假设凶手真是柳菲的话，她明明都已经把王悦带进树林里了，直接杀完逃走不就完事儿了吗，为什么还要把他的尸体拖到这么远的地方？这不是画蛇添足吗！”

顾宗泽稍一迟疑，说：“也许凶手是想把王悦的尸体拖到山下，沉入湖中消尸灭迹。”

丁潜不以为然道：“凶手的作案风格并不在乎尸体是否被发现。前两个死者江海涛和李肃陵也都是死后不久就被人发现了。”

“难道你想到了原因？”

“我也只是猜测，我觉得除了柳菲之外，还有其他人跟来了。”

“你怎么会觉得有其他人？”

“因为这个人的作案手段我很熟悉，不，应该说是我们很熟悉。”

“这话怎讲？”

“前提是，我认为江海涛和李肃陵并不是柳菲杀害的，凶手另有其人。而且这个人十分狡猾，非常善于跟踪，前两次作案，他都是尾随柳菲去案发现场的，当柳菲审问完江海涛和李肃陵离开后，他就伺机偷偷进入现场，将他们虐杀致死，杀人的罪名自然而然就嫁祸给了柳菲。这一次应该也不例外，唯一的问题就是环境变了。这片山林平时几乎没有人来，如果把王悦的尸体遗弃在这里，恐怕很难被人发现，那么，凶手嫁祸柳菲的目的就没办法实现了。基于这个原因，他最好的办法就是把王悦拖到靠近公路的地方，这样便于被过往的人发现。但是他没有想到，警察这时候会突然赶到。慌乱之下，凶手只好改变计划，把王悦立刻弄死。我甚至觉得，我们在山下遇到柳菲时，凶手正在山上杀人呢，趁着我们上山的时候，他偷偷跑下了山……”

丁潜这番惊人的言论让在场的警员们瞠目结舌。他心平气和，语调匀速，让人简直有些怀疑他是不是亲眼所见了。

柳菲不禁侧目凝视他，星眸闪动，若有所思。

她从来没有奢望过，有人会为了她宁愿与全世界为敌，此时眼前这个狡猾绝顶的男人居然就做了这种蠢事。

3

顾宗泽默不作声地听丁潜说完，目光深邃地看着丁潜，那抹小胡子翘起一角："真是让我没想到，丁医生的推理能力也如此出众。精彩归精彩，不过归根结底也只不过是推测而已。你之前还口口声声说你见过凶手，你甚至亲自向我保证凶手就是柳菲的父亲曲浩民。可现在呢，柳菲却说曲浩民二十年前就已经遇害了。你们的说法自相矛盾，现在你又毫无证据，凭空想象出一个凶手来，让我如何相信你？"

顾宗泽何等精明，一眼就看出了丁潜推理中的弱点。

的确，这起连环杀人案中最令人头痛的地方就在于杀人现场没有留下凶手任何的痕迹。

柳菲本身就是高级法医，这一点不难做到，警方给她定罪的证据也只是根据视频监控和目击者证词配合推导得出的。现在丁潜又凭空假设出了一个凶手，自然没有任何根据可言，顾宗泽不相信也自有他的道理。

可以说，目前的情况对柳菲最不利，即便能证明王悦假扮过曲浩民，甚至能证明曲浩民是被害死的，也还是无法给柳菲脱罪。

进一步说，顾宗泽是看出了丁潜的心思——他不希望柳菲被捕。一旦柳菲被捕了，她敏感的身份有可能引发社会关注，迫于外界压力，司法程序有可能走得非常快，到时候再想救柳菲就难上加难了。

眼下就是双方最后较力的地方。

丁潜默不作声地迎着顾宗泽犀利的目光，两个男人在沉默中对峙，谁也不肯让步。

就在这时，不知从什么地方隐约传来了断断续续的歌声。

仔细听，那声音稚嫩、清脆，似乎是小孩子的声音。

丁潜和顾宗泽同时一愣，其他人也都听到了这个声音。荒山野岭的，听到一个小孩子唱歌，还真是有种说不出来的古怪。

顾宗泽回头问警员们："上山的时候，你们有见过小孩儿吗？"

警员们满脸诧异，都说没见过。

柳菲忽然说："这歌声我倒是听着有点儿耳熟。我勾引江海涛的那天晚上，在那个小区胡同外，见过有个穿红衣服的小男孩儿，他唱的歌谣好像就是这个。"

红衣小男孩儿！

柳菲一句话让所有人都一激灵。

自从那个红衣小男孩儿从医院里失踪后，就再无音讯了，顾宗泽还专门派人去找过，也没有任何下落。

难道那个红衣小男孩儿又跑到了这里？

虽然听着有些不可思议，但顾宗泽还是不得不重视。他马上带着众人去寻那孩子的声音。

他们穿过树林，来到山坡下，突然看见了一辆白色的宝马。

正是王悦的车。

此时，男孩儿的歌声已经停了。

顾宗泽四处看看，没有看到男孩儿的影子，索性走到宝马车附近，隔着玻璃往里看了看，居然看见一个小小的身影坐在驾驶室里动来动去。

他一把拉开驾驶室车门，只见那个穿红衣服的小男孩儿正猫着腰在驾驶室里翻东西呢，身上穿的还是那套红衣服，看着脏兮兮的，似乎很长时间都没洗过。

“东东！”顾宗泽喊了一声。

小男孩儿一激灵坐起来，扭头看见顾宗泽，顿时就吓呆了，只见他左手拿着一个打开的手包，右手攥着一张银行卡、两张信用卡。

“你在偷东西吗？”当刑警队长的人眼睛一瞪都相当唬人。

男孩儿的小脸皱巴起来，像是要哭的架势。

“憋回去，老老实实回答问题，不然我把你抓走，听到没有！”

小男孩儿吓得直点头，嘴巴紧闭着，连气都不敢喘。

“我问你，是谁带你来的？”顾宗泽问。

小男孩儿吓得畏畏缩缩，只顾着一个劲儿点头，看样子都没听懂顾宗泽问了什么。

“是什么人带你来的？”顾宗泽只好又重复了一遍。

小男孩儿终于听懂了，蠕动着小嘴，费力地吐出两个字：“妈妈。”

顾宗泽的眼中闪过一道异光：“你妈妈去哪儿了？”

“她跟着一个叔叔走了。”

“那个叔叔长什么样？”

“……”

“是不是像我这么大年纪，个子跟我差不多高，长得很白，下巴上光溜溜的没有胡子？”顾宗泽描述的人无疑就是王悦。

小男孩儿呆头呆脑地看顾宗泽比画了半天，似乎听明白了，点了点头。

顾宗泽回过身，看向人群中的柳菲。

事实上，柳菲已经走到了他们近前。刚才顾宗泽和小男孩儿的对话，她也听得清清楚楚。

她冷眼望着小男孩儿，就像根本不认识他一样：“小弟弟，你妈妈长什么样？”

柳菲这口气分明就是不承认小男孩儿和她的关系，所有人的目光全都落在柳菲和小男孩儿身上。

小男孩儿扬起圆溜溜的小脸，定定地望着柳菲，表情似乎有些诧异。

忽然，他喊了一声："妈妈——"然后就张开两个小胳膊作势要往柳菲怀里扑。

柳菲根本没想到男孩儿会这样，下意识地后退了两步，躲开他："别叫了，我不是你妈妈。你认错人了！"

东东愣愣地站在原地，张开的手还没有放下，小脸上写满了失望。

柳菲对顾宗泽说："我根本就不认识他！"

"那他为什么只管你叫妈妈？"

"我也不知道是怎么回事。"

"其实想想也不难理解，这次作案与前两起如出一辙，凶手先是把被害人带到指定的杀人地点，除了虐杀之外，还要劫财。凶手利用东东把被害人卡里的钱取出来，避免自己暴露在银行监控下。可以说，凶手为了隐蔽自己简直是不择手段。唯一让凶手没想到的是，这一次警方来得太快，让她猝不及防，破绽百出。"顾宗泽话里藏刀，又一次把矛头指向了柳菲。

"也许顾队长把凶手分析得很对，但这跟我没有关系，我没有杀人，也没有利用过这个小男孩儿。如果我真是你说的那样，刚才我也不会提醒你们。"

"那样的提醒也可以当成是一种掩饰。我们已经把这个地方封锁了，东东早晚会被我们发现的。"

"如果你不相信，可以派技术员去山上搜查罪犯的脚印，还可以对我和这个小男孩儿做 DNA 配对。"

"不用你说，这些我都会做的。不过现在就得委屈一下你了。"顾宗泽吩咐身边的警员，"来个人把她铐上。"

4

唐英掏出手铐，过来给柳菲铐上，柳菲反应很平静，丝毫没有反抗。

事已至此，也只能听天由命了。柳菲望着站在不远处的丁潜，丁潜也在看着她，两人相顾无言，目光中流动着欲言又止的东西。

那个傻傻的小男孩儿东东也一并被顾宗泽带上。这次他的收获不小，唯一的遗憾就是没能救下王悦，好在凶手和重要证人都被找到了，同时也了解到了很多不为人知的内幕。老实说，顾宗泽并不排斥曲浩民已经遇害的这个可能。如果能证明这一点，那么就可以进一步确实柳菲的作案动机。

顾宗泽留下了四个人，两个人负责看守王悦的尸体，另外两个人负责沟通水库管理单位，看看有没有办法能检查出曲浩民是否真的被沉入湖底了。

安排完了，顾宗泽带着警员们打道回府，可是还没走到停车处，就远远看见三个警员拦下了一辆红色小跑车。开车的是个女的，年纪大概二十岁出头，穿着齐臀露肩的火辣裙装，身材前凸后翘，两条大白腿踩着恨天高，脸蛋长得还挺不错，披着一头棕红色的大波浪，乍一看活像个充气娃娃。

此时，这个女人正叉着大长腿跟顾宗泽的属下吵架，叽叽喳喳地嗓门还挺高："凭什么，你们凭什么？警察了不起呀，凭什么呀？"

顾宗泽走过去问怎么了。

一个警员说："这女的非要开车过去，我们跟她解释了也不听。"

女孩儿翻愣着那双化着烟熏妆的大眼睛瞅着顾宗泽，问道："你是头儿吗？你给我说说，我凭什么不能过去？你们要抓逃犯就抓你们的，我开车走我的，咱们两不耽误啊。"

顾宗泽打量着这女孩儿，感觉像个没脑子的小妖精一样，解释也是白费口舌，便说："小姑娘，你为什么非要从这条路过去，旁边不是还有其他路可以过吗？"

"我当然要从这里过啊，走其他路怎么撵我男朋友？"

"你男朋友？他什么时候过来的？"

女孩儿长得很漂亮，可脑瓜似乎不太好使，她伸出白嫩嫩的手指头杵着下巴想了半天，忽然叫起来："我开车在高速那儿堵了半小时，那个时候他就下高速过来了，现在我哪还能追上他，都怪你们拦着我！"

顾宗泽皱着眉问她："你再好好想想，你确定你男朋友是半个小时前经过的这里？"

他这一问，又让她陷入了沉思："我刚才开车过来就被你们的人截住了，还交涉了半天，妈呀！加上这个时间那不得快一小时了！他早跑没影了！"

"只要不超过一小时，你男朋友就跑不了。"顾宗泽说。

"你能确定？"

"这条路一小时前就让我们封锁了，除非你男朋友长了翅膀、会打洞，否则根本过不去。"

"这我就放心了，他开车来的……"

顾宗泽拿起对讲机，问封锁对面山坡的一队二队负责人，有没有截住一辆轿车。

得到的回答却是，没有发现任何轿车经过。

顾宗泽原本只是随便问问，听到这个消息，眼眉一下立了起来。

他眯着眼打量着面前这个女孩儿，把女孩儿瞅得有点儿发瘆："警察大，大叔，你这么看我干什么？"

"你男朋友开的什么车？"

"我只知道是一辆白色的轿车。"

"宝马？"

"是宝马？"女孩儿一双大眼睛烁烁发光，如同看见了心爱的小动物。

"我问你呢，你男朋友开的什么车？"

女孩儿扭捏地说："其实……其实我也不知道，我也是第一次看见他开这辆车。"

"你跟了他一路，也应该看出是什么牌子吧？"

"我是近视眼，不敢戴眼镜，怕眼睛变形了不好看。反正我就看着他开着一辆白壳子车，我就在后面跟着。"

"你男朋友叫什么？"

"白公子。"

"还有叫这名字的？"

"这是他网名，真名叫什么我也不知道。"

得，白问了，还是网恋。

"那你见过你男朋友吗？"

"见过，白白净净的，挺帅的，跟我特般配。"

"好吧，你跟我来吧，看看这是不是你男朋友。"

"怎么，你们把他找到了？怎么不早告诉我，叔叔你真坏！"姑娘兴奋地张开怀抱，直接就往顾宗泽身上撞，顾宗泽慌忙闪躲，转身就走。

他把人带到宝马车那儿，让她看看是不是她男朋友开的车。

女孩儿绕着宝马车转了好几圈，忽然趴在"别摸我"的车标上喜极而泣：“没想到他还是个高富帅呢，我真是幸运死了。”

“你确实是幸运死了，跟我上山见你男朋友吧。”顾宗泽说。

女孩儿也没多想，兴冲冲地就跟着他往山上走，可没走多远，她就叫苦连天：“我不行了，脚快崴断了。要不你们把他带下来吧。”

“你就不能把高跟鞋脱了。”

“光脚更不行了，这里除了石头就是树皮，会把脚割破的。”

“那就让人背着你。对了，年警官，麻烦你过来一下。你是不是还没结婚呢？”

“没结呢，没结呢。”

五大三粗的像张飞一样的年小光马上就飞奔过来了。姑娘连连后退，“我……我觉得我还能坚持坚持。”

为了避免破坏现场足迹，顾宗泽兜了一个圈才带她来到发现王悦尸体的地方。

那里还有两名警员看守现场，王悦的尸体仍然坐靠在树下，保持着那个恐怖的表情。

顾宗泽招呼女孩儿过来，指了指树下说：“宝马车就是他的，你看看是不是你的白公子。”

这姑娘有点近视眼，开始还没看太清，等她走到王悦跟前仔细一看，直接吓得蹦了起来，一屁股坐在了地上。

“你认识他吗？”

女孩儿呜呜哭起来，也不知道是吓得，还是真伤心，是伤心男朋友，还是伤心宝马车。

第十三章　勾手指，吞千针

1

现场调查就此告一段落。

顾宗泽带着嫌疑犯和证人打道回府，连那女孩儿都一并带回到刑警队了。

本来顾宗泽还期望能从这女人身上打听到一些王悦的消息，不管是涉及曲浩民还是涉及柳菲的，都对案子有些帮助，可是派去问话的唐英没多会儿就回来了，她告诉顾宗泽，这女人不是脑子笨，而是压根儿就没脑子，她跟王悦只能算作网友，对他的家庭背景完全不了解。

对于生性风流的王悦来说，她不过是他找的乐子而已，现在他死了，对这个胸大无脑的女人来说，倒未尝不是一件好事。不过，这姑娘倒是十分伤心，跟唐英说王悦对她如何如何好，还送她跑车什么的。

既然跟案子没关，顾宗泽就让唐英开车把她送回家，免得她悲痛欲绝，再出什么意外。

唐英离开没多久，贺炎就从平江赶回来了。

柳菲没说假话，贺炎先去了协和医院王悦的病房，的确在床下发现了一支录音笔。随后他又去了平江人民医院，在丁潜的办公桌上找到了一个邮包，在里面又找到两支录音笔。

贺炎把三支录音笔带回来了，播放后发现里面果然录了三个男人的声音。

顾宗泽特意找来了江海涛和李肃陵的家属，让他们亲自辨认，最终找到了对应被害人的声音。他又让听过王悦说话的几个警员辨认在王悦病房床底下找到的那支录音笔，也能确定就是王悦本人。虽然之后还需要技术科做声音比对，但是大家心里都明白，这些录音笔应该不会作假，里面的内容正是那三个被害人的。

不过这些都不算什么，真正令人震惊的还是录音的内容。

江海涛、李肃陵和王悦三个人各自在录音中讲述了二十年前那起案件的真相，以及陷害曲浩民的经过，案情中的离奇曲折令人震撼。

三段录音全都播放完之后，顾宗泽的办公室里肃然无声。专案组几个头头，加上的特案组的杜志勋和丁潜全都一言不发。

顾宗泽这次显得很谦虚，征求起杜志勋的意见来了："处理这些陈年积案，杜组长最拿手。你对这些录音有什么看法？"

"我觉得可信度很高。"杜志勋言简意赅地说，"这三个人虽然是在被柳菲挟持的情况下讲述的，但他们各自讲述经过的方式明显不同，不像是提前准备好的，而且在讲述的过程中柳菲极少打断，中间只是偶尔提问，没有诱导和强迫的迹象。总的来说，从这三个人交代的事件经过中可以断定，二十年前的那起案件极有可能是一起伪造的冤案。进一步推测的话，我觉得在王悦停车附近的水库区域，有可能就是当年他把曲浩民沉尸的地方。"

顾宗泽琢磨了一下，说："不过王悦在录音里可没有提这个，杜组长有多大把握？"他的话中有点儿绵里藏针的意味。

"几乎可以肯定。"杜志勋并没有很圆滑地回避，回答得十分强硬。

"根据什么？"

“假如一个非常聪明又很自信的人，实施过一起犯罪并且成功逃脱了，他会非常迷信自己的犯罪手段，一旦他想要再次犯罪时，很有可能复制或模仿之前的成功经历。况且，柳菲是曲浩民的女儿，对于他的意义非比寻常。这会让他不停地回忆起当年杀害曲浩民，毁尸灭迹的成功经历，于是，他才不辞辛劳地把柳菲带到水库，想把她沉尸在曲浩民当年沉尸的地方，对他来说，也算是一种自我安慰的心理暗示。”

“可是你怎么能断定，一定是王悦绑架的柳菲呢？柳菲绑架王悦也一样合情合理吧？”

“合情，但不合理。”

“哦？”

“在你们去追踪王悦和柳菲的时候，我去了江陵区协和医院，专门检查了王悦的病房。病房里面有一些打斗过的痕迹，我还在病床上发现了一根断掉的皮带，一头拴在了床上，从皮带断裂的痕迹上看明显是被挣断的。柳菲绝对不可能有这么大力气，而王悦是一个教武术的体育老师，身手相当不错，所以这个挣断皮带的人只能是王悦，而捆绑他的人，自然就应该是柳菲了。我想柳菲的本意是想制伏王悦，逼他说出当年的真相，事实上她也做到了，但是她没想到王悦会趁着这个时间把皮带挣断。像王悦这样的人，一旦让他挣脱，柳菲根本不可能是他的对手。随后他绑架了柳菲，在开车去水库的路上，王悦又耍了心计，他打电话给罗涛警官，谎称自己被绑架了，到时候他会把柳菲沉尸湖中，然后再对警察撒谎说柳菲逃走了，就像当年对付柳菲父亲一样。由于我们本能地愿意相信弱者，到时候，恐怕大多数人都会选择相信他。”

杜志勋一通深刻的分析后，在场的警员们心里都有些别扭，总感觉杜志勋的话是在说自己。

2

顾宗泽的反应比较平淡。杜志勋的能力他心知肚明，对案子的剖析能力几乎无人能及。他也不跟杜志勋争论案情，直接简单地说道："杜组长的分析确实很精辟，我个人也觉得很有道理，但这并不能说明柳菲就不是凶手。事实上，我个人倒觉得，这恰恰能说明柳菲有着充分的作案动机。在王悦的被杀现场，东东喊柳菲妈妈时，我们大家都听见了。这是个很重要的人证。当然，光靠这点儿证据，杜组长可能觉得还是单薄，我已经督促物证科那边抓紧对现场的物证痕迹做勘验了。一旦找到有力证据，这个案子就可以告一段落了。杜组长没有什么意见吧？"

顾宗泽倒是挺狡猾，借力打力，拿杜志勋的推论又给柳菲的罪名加了加码。

"我静待顾队长的好消息。"杜志勋不动声色地说，"我这边再找人查查道路监控，看看能不能找到王悦那辆车的照片。"

案子分析到这种程度看上去已经趋于明朗，嫌疑人落网，剩下两个幸存者，一个吓疯了，一个还有残疾。

会后，顾宗泽亲自到物证科和法医室督促进展，检查结果却出乎他的意料。

无论是在王悦的尸体上，还是在现场发现的保温杯上，都没有发现柳菲的指纹，柳菲身上也没有提取到王悦的血迹。

"正常来说这不太可能，顾队。"物证科的技术员很疑惑地向顾宗泽说道，“王悦的伤口是在他活着时被穿刺了多刀，通常情况下，肯定会有一些飞溅的血星溅到凶手的身上和手上，想做到一尘不染是根本不可能的，而且凶手还亲自把冰块塞进王悦嘴里，牙齿流出的血、喊叫时飞溅出的唾沫，这些也都很容易溅到凶手身上。可是我们已经仔仔细细检查过柳菲的衣服和手了，没有发现一点儿王悦的血迹和唾液。”

“也许柳菲当时穿了一套别的衣服，还戴着手套呢。”顾宗泽说。

“这倒是有可能，不过我们搜索了整个树林，都没有发现遗弃或者掩埋的血衣和血手套，也没有发现焚毁过的痕迹。”

“人工湖呢，有没有找过？把衣服里裹上石头往水里一扔就完事，这并不困难。”

“话是如此，可我听说顾队遇见柳菲的时候，她正从山上下来。要是她提前扔完衣服之后返回树林再下来，时间上会很紧。”

顾宗泽的脸一沉：“时间紧不代表做不到。还有其他的发现没有，譬如脚印？”

技术员摇摇头：“倒是发现过柳菲的脚印，不过……”

“不过什么？”

“不过我发现柳菲脚印的位置并不在王悦的尸体旁边，而是在柳菲说把王悦麻醉的地方，在那里我们还找到了麻醉针。从那个地方到发现王悦尸体的地方之间有明显的拖拽痕迹，但是脚印却十分奇特，与正常的鞋印完全不一样，很难形容……”

顾宗泽略加思索：“有没有可能是把树枝绑在鞋底上造成的？”

技术员眼睛一亮：“哎呀，让顾队这么一说，还真是这样！你可真厉害顾队，这都能想到。”

“没什么，我以前遇到过这种案子。取材容易，随便找几个树枝用鞋带就能固定，可以把脚印完全掩盖住，这个柳菲还真够狡猾的。”顾宗泽冷笑。

“顾队，有个问题我还搞不明白。”技术员说，“我们在山坡上发现了很多处柳菲的脚印，唯独在拖拽王悦的过程中，还有弃尸王悦的地方，她用了这种方法掩盖脚印。其他地方她都没有。她为什么要这么干？实在搞不明白。”

顾宗泽微微一怔，不禁陷入沉思。

第二天一早，杜志勋忽然来找顾宗泽，说他那边有了新发现，让他过去看看。

顾宗泽从杜志勋的表情里看不出什么名堂，心里揣着疑惑，跟着杜志勋来到了技术科。

杜志勋把他带到钟开新身边，介绍说：“我让钟开新从交通队要来了昨天中午通向水库方向的公路监控，找到了王悦那辆宝马……”

在杜志勋讲解的同时，钟开新已经从电脑里打开了电子眼照片，对顾宗泽说：“这张是最清晰的，我做过锐化处理，能透过挡风玻璃看见车里的两个人。开车的是王悦，坐在副驾驶座位上的是柳菲。”

钟开新尽量把照片放大到最大，依稀能够看见王悦和柳菲的面孔。王悦看上去手脚活动自如，没有被捆绑。柳菲上半身披着一件外套，看不见双手，无法确定她是不是被捆着。两个人的表情都很正常，看不出究竟是谁劫持的谁。

钟开新说：“明显应该是柳菲被控制住了，我敢保证她被绑着，王悦那小子很狡猾，故意在她身上遮了一件衣服，就是为了掩人耳目。”

顾宗泽说：“也可能是柳菲手里有什么凶器用衣服遮着，控制住了王悦，逼迫他开车，或者给王悦吃了什么东西，吓唬他是毒药什么的，这也未必不可能。你们的新发现不会就是这个吧。”

“当然不是啦，为了找王悦的车，我调了好几个路段的监控摄像。车是找到了，但是我还发现了一个奇怪的现象，你看……”

钟开新又打开一张监控照片，照片里道路交叉，车辆拥堵，明显是在市里的街道上：“这是在江陵区永新路的十字路口，还没有离开市区，王悦的宝马车就是刚过斑马线的这辆……你再往后看……”钟开新指着距离宝马车二十米开外的一辆白色的轿车，“看到了吧，这是一辆现代朗动。”

“这辆车有什么问题吗？”

“你马上就知道了。”钟开新打开一张新照片，“这是刚出市区的路段，左侧最前面那辆车就是王悦的宝马车，再往后看，注意到没有，还是那辆现代朗动。”

3

顾宗泽摸了摸嘴唇上面小胡子，刚想说也许只是顺路，钟开新又打开了一张监控照片，里面又出现了王悦的宝马车和那辆现代朗动。

钟开新说：“从王悦驾驶宝马离开平江市区一直到水库这段路，一共有五个路段的视频监控照片，每张照片都拍到了这两辆车。两辆车的车距始终保持在三十米左右，中途有四条通往其他地方的岔路，但辆现代朗动没有离开，也没有超车，始终处在王悦的车后面。最后拍到两辆车的监控摄像头正好临近通往水库方向的路口。”

“你们认为这辆轿车一直在跟踪王悦的车？”顾宗泽问。

杜志勋说：“目前只是怀疑，这辆车确实有点儿可疑，在案情还没有彻底清楚的情况下，我觉得有必要专门调查一下。”

“这个可以。”顾宗泽回头招呼一个技术员，“蔡明哲，你过来一下，查一下这个车牌号。”

“不必费事了，顾队长。”钟开新说，“这个车牌我已经查过了，是个假车牌。”

“假车牌？”顾宗泽略显惊讶。

“这个车牌号也属于一辆现代朗动，不过不是同一辆车，我已经联系到了车主。他那辆车的编号和车牌都能匹配上。所以，监控拍到的这辆车肯定是私下定制的。这家伙很鸡贼，我估计他是在大街上特意寻找了一辆跟自己同款的轿车，记下车牌后找人定做了一个假牌子。这样不容易被发现。”

顾宗泽也意识到情况严重了，他问杜志勋：“你怎么想，杜组长？”

“如此费尽心思地做一个假车牌，说明这个人肯定是事前早有周密的计划，想到了要对付道路监控，而且他跟踪的手段也相当老练，不能排除他也用同样的方法跟踪过江海涛和李肃陵，由于我们当时的注意力全在柳菲身上，并没有注意到这辆可疑的车存在。至于车里是什么人，在这起连环杀人案中扮演了什么角色，那可就不好说了，有可能颠覆我们之前的判断。”

顾宗泽想了一会儿，说：“如果可以的话，我们应该先找到这个人再说。虽然他用了假车牌，但毕竟被监控拍到了，能不能进一步处理一下图像，把这个人的相貌确定下来，然后再做排查。”

钟开新露出夸张的苦笑，在电脑上点开一张照片，说：“这就是我处理后的图像。”

照片上是一个车头特写，挡风玻璃几乎占据了多半屏幕，玻璃后面模模糊糊的，只能大致看见方向盘后面有个人形。

“怎么这么不清楚？”

“应该是贴了半透明的反光膜，交管规定不允许贴这种东西，但是像这种半透明的反光膜不那么容易发现。这家伙钻了这个空子。我会再专门查一查江海涛和李肃陵遇害时附近的道路监控，看看能不能发现这辆车……”

杜志勋建议：“实在不行我再派两个人去水库附近转转，看看能不能找到这辆车经过的线索。”

“不太好办啊，这都已经过去两三天了。即便那辆车真的跟踪王悦的车到了水库，现在也早开走了。”顾宗泽露出些许为难。

“现在线索有限，只能先试试看了。如果你手下的人没工夫，我可以派我的人去。”

三个人正在交谈，一个女技术员走过来，对顾宗泽说：“顾队，DNA的匹配结果出来了。”

顾宗泽看了一眼杜志勋和钟开新，忙问技术员：“怎么样，那个孩子是不是柳菲的？”

“不是。他俩之间一点儿血缘关系都没有。”

顾宗泽一下沉默了，气氛变得有些微妙，最让他头疼的状况还是出现了。

过了好一会儿，他难以置信地说：“没道理啊，难道是这个小男孩儿在撒谎？”

杜志勋说：“虽然他是一个孩子，但我们也不能完全相信他，或许这里面还隐藏着其他我们不知道的原因，不过有一点最值得我们注意，这个小孩儿肯定跟案子有重要联系。他在被害人的银行卡里取走的那些钱究竟去哪儿了，我们到现在还不知道呢。假如这些钱没到柳菲手里，那一定是被别人拿走了，而且这个人肯定亲自接触过被害人，并且从被害人口中问出了密码。那么，他是在什么时候有这个机会的？我想也只有在极特殊的情况下才可以。我问过柳菲，她很确定地说，自己只是把江海涛和李肃陵控制住，逼他们说出当年案件的真相，随后她就离开了现场。假如她的话是真的，而且恰好又有人跟踪她，这个跟踪者才有机会接近被害人，拿到银行卡，逼问出密码，还有就是东东必然跟他有很紧密的联系，才能听他驱使。”

“或者那个人跟柳菲是同伙，也不能排除这个可能。”

“是啊，确实有这个可能，不过在我们没有找到那个可疑人物之前，这些也只是推测。眼下那个小男孩儿尤其重要，不管怎样，他肯定认识另外一个跟本案有关的人。”

杜志勋的话让顾宗泽再次陷入沉默，他虽然对柳菲有先入为主的怀疑，但他也不是傻子，眼前的种种疑点不能不令他重新思考。他在脑海中回想着关于红衣小男孩儿的各种片段，有很多地方确实很可疑。

“对了，你听过他唱歌没有？”顾宗泽忽然问杜志勋。

“唱歌？”杜志勋一愣，“唱的什么歌？”

“yubi' kirigenman' yubi' kirigenman' uso'tsuitara' hari' senbon' noma' su' yubi' kitta！”

天真稚气的童谣从那个瞅着墙壁发呆的小男孩儿口中唱出，有一种说不出来的古怪。

“东东唱得真好，”唐英拍手鼓励，继续哄他，“东东，你唱的歌是什么意思呀？”

东东的脑袋晃得像拨浪鼓一样，一脸茫然。

唐英看了看坐在旁边的顾宗泽和杜志勋他们。

“你能听懂吗？”顾宗泽问杜志勋。

杜志勋摇头："听着像儿歌，不过不是汉语，这首歌有什么问题吗？"

"这个小孩儿特别喜欢唱这首歌。之前把他送进医院里，有不少医生护士都听他唱过，包括那个被杀的女护士曾经还跟我们提过这件事……"

4

"而且我听柳菲说，她在勾引江海涛那天晚上，曾经在胡同口看见过这个小孩儿，当时他也是在唱这首儿歌，又不是汉语儿歌，肯定是有什么人故意教他的吧，现在想想倒是有点儿奇怪啊。"

"我听着有点儿像日语。"杜志勋说，"你们组里有没有懂日语的人啊，不妨叫过来听听。"

我去问问，顾宗泽离开办公室，过了一会儿，他还真找来了一个学过日语的女警员。

于是唐英哄着东东又把刚才的儿歌重新唱了两遍，女警员认真听完，对顾宗泽说："他唱的确实是一首日本的民间童谣，我看日剧的时候还听过呢，没有固定的名字，可以叫它'断指谣'。"

"断指谣？这听着可够瘆人的，歌词是什么意思？"

"按照字面翻译就是'勾手指，勾手指，骗人的人要吞一千根针，切掉小手指'。听着是挺恐怖的，其实跟我国内的'拉钩，上吊，一百年不许变'的意思差不多。"

顾宗泽和杜志勋四目相对，霍然明白了一些东西。

"合着搞了半天，杀人的谜底藏在这儿呢，我之前怎么没想到。"顾宗泽懊恼地揪着胡子，“江海涛和李肃陵全部被切断右手小指，吞下上千根针，王悦也差不多，如果凶手有时间的话，肯定也会采用相同的杀人手段，这不是正好应了童谣里的话吗？凶手用这种手段杀人，寓意已经十分明显了。按照童谣来解释，这三个人似乎都是因违背了誓言才会被杀害的。可以这么理解吧，杜组长？”

“拉钩发誓是字面的含义。如果按广义来说的话，这三个人的共同点就是全都撒了谎。即便他们没有亲手杀害曲浩民，但是却串通一气，玷污了他的清白。完全可以想象到，这些人当年在做伪证时，当着多少警察和法官的面说过谎。因此，在凶手眼里，对这些人施加的惩罚恰如其分。”

“可是如果这样分析，恐怕最符合凶手条件的人非柳菲莫属了。”顾宗泽又露出一点儿狡猾。

“我是就事论事。无论最终凶手是谁，我都会秉公处理的。”杜志勋神色凝重地说。

“那接下来你打算怎么办？”

其实不用顾宗泽说，他和杜志勋的目光都不约而同地落在了红衣小男孩儿身上。

此时，小男孩儿就像突然被拧开了发条似的，不厌其烦地反复哼唱着那首古怪的童谣：“yubi' kirigenman' yubi' kirigenman' uso'tsuitara' hari' senbon' noma' su' yubi' kitta……”

顾宗泽小声对杜志勋说：“看起来，这个教小孩子唱童谣的人跟案子也有一定的关系啊，就算不是凶手，也是凶手的帮凶了，你说这个人能是谁？”

杜志勋听出了顾宗泽的弦外之音，说：“我不建议马上找柳菲对峙。之前这个小孩儿一口咬定柳菲是他妈妈，结果事实证明，他和柳菲之间没有任何血缘关系，至于有没有其他关系，我说不好，但我现在没法完全相信这个小孩儿。”

“你觉得他在故意撒谎？”

“我也不能确定，毕竟他还是一个小孩子，面对这么多警察应该不敢撒谎才对，但我总感觉这个小男孩儿有问题。他身上的那些伤是怎么回事？他究竟是跟谁一起长大的？是谁让他卷进这个案子的？现在都是一个谜团。我不反对从他身上入手调查，但是我们需要一个专业人士。”

“什么样的专业人士？”

“我们这里恰好有一位。”

丁潜还是第一次跟东东面对面交谈。

杜志勋给了他一个奇葩的任务——催眠东东。

东东坐在丁潜对面，神情木讷，目光也呆呆的。

丁潜通常的催眠对象都是成年人，像这么小的孩子还是第一次。

催眠之前，他观察了一下男孩儿的五官特征和神情，比同龄孩子多一些沧桑，倒是没发现那种先天性智力障碍的特征。基本上可以断定，这个东东智力正常。那么他举止上的怪诞和迟钝就很有可能来自心理问题。

丁潜知道他身上伤痕累累，如果他是在一个饱受虐待的环境中长大的，那就极有可能给他的智力和身心带来不可逆的伤害。反应迟钝、举止怪异，只是一些最初的外在表现而已，随着年龄的增长，这些埋藏在心灵中的创伤会像变异的藤蔓一样疯狂滋长，不断地侵蚀理智和情感，直到最终把一个人的灵魂彻底蛀空，只剩下一个外表正常的躯壳。这个隐藏着怪物的躯壳在人群中默默生活，等到将来的某一天，某一个契机，让他猛然觉醒，意识到自己与众不同，于是，他开始用阴险的目光打量着那些无辜的人……

丁潜不敢想象，坐在自己面前的这个饱受伤害的小男孩儿，如果二十年后坐在自己面前，会变成什么样。

那些阴暗恐怖的罪犯也都曾有过纯真的童年。当人们对罪行深恶痛绝的时候，又有多少个孩子在扭曲和创伤中慢慢长大……

5

“东东，你知道这个是什么吗？”丁潜从衣兜里掏出一个银色的小圆球，上面拴着一条细链。

男孩儿仔细看了看，嚅动嘴唇，小声说了一个字：“球。”

“对，是一个球。”丁潜提起链子，把圆球竖直垂下。

男孩儿盯着那个圆球，微微出神。

“我们一起来做一个游戏吧，你看它开始动了……”

丁潜的手指轻轻一荡，吊坠左右摆动起来，摆动的幅度不大，就在男孩儿眼前来来回回地荡着。东东的眼珠下意识地跟着圆球一起动起来。

丁潜诱导他：“你现在看着这个球，什么都不要想……身体慢慢放松，你会发现这个球正在慢慢变大……是不是感觉眼皮有点儿沉……没关系，那就睡一会儿，我数三、二、一，你就闭上眼睛，三、二、一。”

男孩儿闭上眼睛，仿佛睡着了一样靠在椅子上。

站在远处观看的顾宗泽对杜志勋说：“这就算催眠了？”

杜志勋示意他不要说话，低声回道：“差不多吧，就是让人处于无意识控制的状态，这样很多埋藏在心底的真实记忆就能回想起来。现在还只是浅度催眠阶段，不过对于小孩子来说，应该已经足够了。”

这时候丁潜对小男孩儿说：“东东，你不是会唱儿歌吗，给我唱一首吧。”

东东闭着眼睛，似睡非睡的样子，开始哼唱起歌谣，声音异常清晰，唱的就是那首“勾手指，吞千针”的日本童谣。

丁潜耐心地听他唱完，说：“唱得真好，这首儿歌是谁教你的？”

“妈妈。”

丁潜眼角微眯：“你妈妈叫什么？”

“柳菲。”

男孩儿的声音不大，可是顾宗泽和杜志勋都听得真而切，顾宗泽意味深长地看了眼杜志勋，没有说话。

丁潜继续问东东：“柳菲是你亲妈妈吗？”

东东没回答。

这个问题对于一个催眠中的小孩子来说似乎有点儿复杂。

“你爸爸叫什么名字？”丁潜问。

“我不知道……我没见过我爸爸……”

“你一直都跟柳菲妈妈在一起吗？”

“嗯。”

“所以，你管她叫妈妈，是这样吗？”

“她让我管她叫妈妈。”

“你身上那些伤是谁打的？”

“妈妈。”

听到这里顾宗泽早已迫不及待了，他走到丁潜身后低声说：“你问问他，是谁给的他银行卡，让他去银行取钱的？”

丁潜不太愿意自己在催眠时被人打搅，但还听了顾宗泽的话，问了男孩儿这个问题。

“妈妈。”东东犹如呓语般的回答清晰而遥远。

但这稚气的童声里却隐藏着让人心酸的经历。

顾宗泽难掩怒火，脱口道：“事实早就清楚了，是我们都太小看柳菲了。她居然弄来一个跟自己毫无血缘关系的孩子作为发泄工具，随心所欲地欺辱、利用，简直是丧尽天良！再漂亮的外表也掩盖不了她那颗肮脏丑恶的内心！我绝对轻饶不了她！”

让他这一打岔，男孩儿明显受到了外界刺激，催眠进行不下去了。丁潜只好把东东从催眠中唤醒，然后起身离开了房间。

顾宗泽和杜志勋随后跟出，顾宗泽说：“既然如此，凶手肯定就是柳菲了，那个跟踪王悦轿车的人顶多是她的帮凶，这个不妨事，我先把柳菲的嘴巴撬开，就什么都清楚了，我倒想看看这个柳菲的嘴到底有多硬！”

丁潜却眉头紧锁，神色肃穆：“这正是我要跟你们说的事。这次的催眠结果并不是你们看上去的那样。”

“你什么意思？”情绪激愤的顾宗泽一下怔住了。催眠的过程并不复杂，他看得一清二楚，他不明白丁潜为什么要这么说。

“我问的那几个问题，东东虽然全都回答了，但是那些回答全都不能当真，因为他根本就没有被我催眠。”

“你说什么？”

不只是顾宗泽，连杜志勋都不镇定了。他们不约而同地转过头，从敞开的门往屋里看了一眼。唐英正在安慰刚刚从催眠中清醒还有些不知所措的东东，她不知从哪里弄来一罐 MM 豆，倒在手掌心里，让东东选颜色，东东正扒着嘴巴，贪婪地瞧着，看着憨憨傻傻的。

“可是我们明明看到你用那个吊坠把他弄睡着了……”顾宗泽难以置信。

“那是他故意配合我，假装被催眠了。”

“假装被催眠？他只不过是一个小孩子……”

“是啊，我也没想到会出现这种状况。我用的是最简单的催眠方法，他一开始表现得还挺像那么回事的，我想，他可能是在电视上看到过类似摆锤催眠的桥段，所以看我拿出吊坠就知道我要干什么了，他便假装被我催眠。不过他并不清楚人在催眠过程中会表现出怎样的状态，他以为他闭上眼睛，机械地回答问题就能蒙混过去。其实他呼吸的速度，眼球转动的频率，甚至是回答问题的语气都露出了破绽，所以说，他的那些话都是在撒谎。”

“为什么要撒谎？你该不是想说，他要嫁祸柳菲吧？”

“看起来只有这种可能最合理。”

“他能有这样的心计？”顾宗泽一直都觉得这个东东傻乎乎的，甚至觉得他有些弱智。

“他只是表面上看着傻傻的。”丁潜瞧出了顾宗泽的疑虑，“我在尝试给他催眠的时候才发现，其实他刚好相反，他很聪明，甚至聪明得有点儿邪恶。不过有一点我跟你的想法一致，我也不太相信一个七岁的小男孩儿能想到嫁祸柳菲。如果是一个深谙当年案件内幕，并且想要利用柳菲的成年人，我倒是能相信。”

杜志勋插言：“你是在怀疑这个小男孩儿身后还隐藏着一个狡猾的成年人，这个小孩儿只不过是他牢牢控制的傀儡……”

丁潜点点头：“不过，如何把这个人找出来我就不知道了。”

顾宗泽摸着小胡子，有些犯难：“倘若真像你们说的那样，案子倒还麻烦了。我仔细查过这个东东的背景，把挂在网上的那些失踪儿童都搜遍了，没有一个是他，他根本就不是被拐儿童。至于是什么人把他抚养长大的，这个还真不容易查。”

杜志勋问丁潜：“你不是可以强制催眠吗，能不能在他身上试试？”

丁潜面露难色：“催眠一般都是在受试者配合的前提下进行的，如果是在受试者抗拒的状态下进行，虽然可以催眠，但是很容易产生副作用。为了避免受试者中途醒来，我还要不停地强化催眠效果。老实说，我从来没在孩子身上尝试过，尤其是像东东这种遭受过非人虐待的孩子，我怕会带来难以预料的后果……这是个下下策。”

丁潜毕竟是医生，救人是他的第一原则，何况面对的还是一个孩子。

杜志勋说：“看来，我们目前最重要的线索就是找到那辆跟踪王悦的现代轿车了。”

现在特案组里的所有人都在集中精力寻找这辆神秘轿车。

最先找到结果的是钟开新，他重新检查了一遍江海涛和李肃陵两起案子的道路监控录像，果然陆陆续续又发现了那辆现代朗动的身影，无论是在柳菲勾引江海涛的云梦会馆附近，还是在李肃陵的火锅店旁边，这个白色的身影就像个孤单的幽灵一般，一直都隐秘在角落里。

第十四章　完美的不在场证明

1

顾宗泽拿着监控照片亲自提审柳菲，柳菲也显得很疑惑，坚称自己根本不认识车主，也从来没有同伙。眼下也确实没有证据表明，柳菲跟这辆神秘的现代车之间有任何联系。

很快，外派寻找轿车的郭蓉蓉和年小光那边又有了重大发现——

他们找到了那辆现代朗动。

发现地点就在王悦遇害的水库附近。

郭蓉蓉和年小光原本按照杜志勋的指示在水库附近打探消息，想看看案发当天有没有目击者见过那辆车，结果却意外发现了那辆车。其实这辆车就停在距离案发山坡不到两百米远的树林里。

郭蓉蓉他们发现这辆车时，车是熄火的，车里也没有人。

郭蓉蓉没敢轻举妄动，怕嫌疑人就在附近打草惊蛇，便与年小光一边埋伏在附近，一边打电话向杜志勋汇报情况。杜志勋得到消息后马上带人赶来。

可是，直到杜志勋赶到了，也没有任何可疑的人出现，看上去这辆车似乎已经被遗弃了。

轿车的玻璃上全都贴着反光膜，只有挡风玻璃上的反光膜还有些透明，杜志勋走到近前，看见车里空空无人。

他伸手在发动机罩上摸了一把，蹭下一层浮灰："看来这辆车停在这里好几天了。"

"不会是案发那天，这个人跟踪王悦那辆车来到这里之后就没离开过吧。"郭蓉蓉猜测说。

杜志勋想了想没说什么，伸手拉了一下轿车门，发现车门是锁着的，便让精通开锁的年小光把车门打开了。

他戴上手套，俯身钻进车厢里观察了一圈，说："这辆车应该就是在案发那天跟过来的，不过，开车的人已经很久没回来了。"

"你怎么知道啊？"郭蓉蓉问。

杜志勋拿起放在副驾驶座位上一袋打开的点心，朝郭蓉蓉晃晃："这点心都已经长出霉点了，车里还有一股怪味。要是真有人在，怎么待得下去？"

"那照你这么说，就剩一种可能了。这个人那天把车停在这里，就下车去跟踪王悦和柳菲了，但是他很快就发现警察随后赶到了，情急之下慌忙逃走，没顾上赶回这里。"

杜志勋点点头，应该差不多就是这样了。

"那他总该赶回来把车开走吧。"年小光插嘴。

"未必。"郭蓉蓉说，"这两天一直都有警察带着人在人工湖里寻找曲浩民的尸体，估计是这家伙生性多疑，没敢过来开车，没准扔个一年半载的也说不定。"

"他可等不了那么久。"杜志勋说着，从遮光板后面掏出一个车牌。

郭蓉蓉瞪大眼睛，喜道："原来这家伙把真车牌藏在这儿了，那他肯定还会回来的。"

"这次用不着他回来，该我们去找他了。"杜志勋目光闪亮，掏出手机联系钟开新，“你现在马上给我查一个车牌——XAXXXP4，看看这个车牌的车主是谁？”

过了两分钟，钟开新那边有回信了。

杜志勋听他说完，脸色微变。

“怎么了，组长，有问题吗？”郭蓉蓉问。

“这辆车的车主叫胡小雯。”

“胡小雯？”郭蓉蓉也惊了，“难不成就是我们正在保护的那个胡小雯？”

胡小雯，四十六岁，二十年前在市急救中心当护士，与曲浩民是同事。

案件发生当晚，正是她和曲浩民值班，接到报警后，她跟随曲浩民赶到事发宾馆。

事后公安局给她做笔录时她说，曲浩民见到被害人杨欣后，以让她到楼下急救车里取药为名把她支开。当她带着药回到楼上后，亲眼看见曲浩民正在性侵被害人杨欣，曲浩民发现她之后，恼羞成怒，把她打昏了。

法庭上，作为曲浩民的助手，胡小雯的证词就是压死骆驼的最后一根稻草，让曲浩民毫无疑问地被定罪了。

而在江海涛、李肃陵以及王悦的录音中，他们都承认，胡小雯其实是被江海涛打伤的。事后王悦和李肃陵找到她，给了她十一万，让她帮忙串供，胡小雯同意了。

或许是人在做天在看，胡小雯拿到十一万之后，生活过得并不如意，半年后她遭遇了一起严重车祸，差点儿连命都搭上，一条腿截肢，终生致残。过了一段时间她又与丈夫离了婚，从此独居，靠着手里那点儿积蓄开了一家私人牙科诊所，收入一般，勉强维持生计。

顾宗泽本来计划利用这个女人做诱饵，设下圈套等待凶手。毕竟相比其他涉案者，这个残疾女人实在是最容易对付的目标。但是到目前为止，胡小雯一直安然无事，直到警方发现那辆可疑的现代轿车竟然是她的车。

这个意外发现出乎所有人的意料，谁都想不通胡小雯为什么要跟踪其他涉案者，而且跟踪的时间恰巧就在柳菲绑架他们时，如果说是巧合，恐怕谁都不会相信。

现在警方最想知道的就是，胡小雯在这起连环杀人案里，究竟扮演什么角色。

“你跟胡小雯是怎么认识的？”杜志勋问柳菲。

此刻，审讯室里只有杜志勋、丁潜和柳菲三个人。

柳菲戴着手铐，神色清冷从容，比以往更清瘦憔悴了一些。

她望着杜志勋和丁潜面前的桌子，默然无语。

杜志勋拿出一支录音笔放在桌上，说：“这是我们在你的电脑里找到的一段 MP3 音频……”

他点开播放键，里面传来一段带杂音的男人声音：“曲浩民你就不用担心了。只要你不说出去，就永远不会有人知道真相……”

杜志勋注视着柳菲，说：“听说这份 MP3 音频是一个匿名人给你发来的邮件，你听到后才开始对你父亲当年的案子产生怀疑的。你还查出说话的人就是江海涛，于是你制订了之后的绑架计划。”

柳菲抬眼，幽幽地看了看丁潜。这件事她只跟丁潜一个人说过。

“是我告诉杜志勋和顾宗泽的。”丁潜向她坦白，“我觉得现在有必要让所有人知道事情的前因后果，这样才能澄清不必要的误会。这次和你谈话没有监控，没有录音，只有我们三个人。是我和杜志勋费了一番心思才让顾宗泽勉强同意的。希望你把心里话都说出来，这样或许我们还能帮你。”

柳菲垂下眼帘，沉默了几秒钟，蓦然开口：“我不认识胡小雯，你们怎么忽然问起这个问题了？”

杜志勋说："我们现在怀疑这个人就是给你发音频邮件的匿名人。"

柳菲眉梢挑了挑："你们有什么根据？"

"我们仔细分析过这段录音，很像是那种老式录音机的录制效果，江海涛说这番话应该是在很多年前。从他说话的口气来看，似乎在与某个知情人交涉曲浩民那起案子。我们推想一下当时交谈的情景——有可能是这个知情人当时并不知道曲浩民已死，他是不放心，担心案情败露，才主动来找江海涛打听情况的。江海涛的话完全是在安慰他，语气中还带着一点儿威胁之意。有可能是这个知情人受到了江海涛他们的胁迫，被迫做了某些违心的事情。假设这个人就是当年的涉案人之一，除了江海涛之外，李肃陵和王悦都是亲自参与侵犯杨欣的人，是案子的主犯，王悦甚至是杀害你父亲的人，他俩不可能问江海涛这样的问题。剩下两个人，杨欣和胡小雯倒是都有可能问他们。女人在这种事情中通常都会担惊受怕，何况这两个人都是江海涛他们用金钱和恐吓让她们违心就范的，她们完全可能去找江海涛了解情况。"

2

"那为什么还要录音呢？"柳菲问。

"这其实是问题的关键，说明这个知情人和江海涛他们存在矛盾，录音是想要抓住江海涛的把柄，要么是为了提防他，要么是为了逼迫他。我们仔细分析了杨欣和胡小雯这两个女人。杨欣当年是个穷学生，在拿到了江海涛的五十万封口费之后，摇身一变成了有钱人。在二十年前，五十万可不是个小数目，要不然杨欣也不至于昧着良心诬告你父亲。案子宣判之后，杨欣继续念书，后来考上了北京一所高校的研究生，毕业后就去了跨国大公司工作，业绩斐然，她平时还喜欢搞一些投资，收益也都不错。应该说她是比较顺利的，没出现过什么波折。反观胡小雯，车祸致残，丈夫离婚，到现在都孤单一人，与杨欣的遭遇截然相反。但是仔细想想，她的遭遇未必就是偶然……”

“你怀疑有人捣鬼？”

“我们查过，胡小雯当初在医院就是一名普通护士，月工资几百元，加上补贴也不过千元左右。可是她丈夫跟她离婚后不久，她就开了一家私人诊所，虽然规模不大，但那笔钱也不是一个普通护士能拿得出来的，况且她那时候已经因为伤残办了离职手续。她丈夫也不是有钱人，离婚再一分家产，所剩无几，她是从哪里弄来的那么多钱？”

“李肃陵、王悦他们不是给了她十一万吗，这笔钱也不少吧。”

“虽说不少，但也不算太多，比起杨欣的五十万还差得很远。”

柳菲目光一凛：“你意思是，胡小雯当年是想用这段录音要挟江海涛？”

“我觉得这个可能性很大。她毕竟也算是案件的受害者，还受了伤。一开始李肃陵、王悦用十一万把她收买了。但是事后，一旦她得知杨欣拿了五十万，她会怎么想？区区十一万就能让她出卖你父亲，如果是五十万呢？我想，她很有可能是想搏一把。于是，她直接找到最有钱的江海涛，偷偷给他录了音，然后就翻脸要挟他。”

“可是录音一旦曝光，不是把她自己也牵扯进去了吗？”

丁潜插了一句嘴：“光脚的不怕穿鞋的。万一这个胡小雯真豁出去了，她只能算从犯，加上自首和被胁迫情节，在监狱里也就蹲个两三年，说不准还能判缓。但是江海涛他们就不一样了，强暴、蓄意谋杀，再加上伪证罪等，数罪并罚，基本上就是死罪。他们还真没底气跟胡小雯硬拼。”

“所以她讹了江海涛一大笔钱。”

“应该说，她是这样打算的。”杜志勋接过话，“但她小看了江海涛的手段，也错误地估计了形势。江海涛怎么可能受制于人，尤其是对这种贪婪无信的女人，满足她一次，她还会变本加厉有第二次，第三次……与其这样，还不如快刀斩乱麻解决这个祸患，所以我怀疑胡小雯遭遇的那次车祸就是江海涛他们策划的。他们想一劳永逸地封住胡小雯的嘴，只可惜没杀得了她，让她变成了残废。我想事后江海涛应该给了她不少钱，甚至还威胁过她，胡小雯估计都吓破了胆，她也明白了，即使她告发江海涛，她自己也难逃一死，只好被迫选择了妥协。”

“那为什么她隐忍了这么多年，突然想到利用我？”柳菲不解。

杜志勋审视了她片刻，说：“这个原因就不好说了。可能是她得了什么绝症，也可能是她临时缺钱，或者是因为之前报复的条件不成熟。她肯定想报复江海涛，但是又惧怕他们，于是才想到了你。甚至不排除，在你成长的这些年，她一直都在暗中关注你，你是除了她之外，唯一可能报复江海涛他们的人。之前你年纪太小，没有利用价值，如今你长大了，她想用你搏一把。”

“所以，她给我发了江海涛的音频文件，她知道我一定会去调查当年的案子，甚至是报复江海涛他们。于是她就暗自跟踪我，等我审问完这些人离开之后……”柳菲攥紧手铐，努力压抑住激动的情绪，“她潜入现场，把那些人虐杀致死，伪造成我是凶手的假象。”

“虽然案发现场并没有直接证据表明你就是凶手，但是被害人身上的刀伤，以及切手指、吞千针这种仪式性的杀人方式都把杀人的嫌疑指向了你。虽然是间接证据，但是具有完整的证据链，同样可以给你定罪。如果胡小雯真是这样计划的，那么她的嫁祸手段堪称高明。不过……”杜志勋话锋一转，“这只是一种可能，还有一种可能是——胡小雯把那份音频邮件发给你之后，你们就开始了秘密接触，并达成了一致。换句话说，她是你的帮凶，这个假设一样说得通，也很合理。目前，专案组里基本持这两种意见。”

柳菲听杜志勋说完，把垂落到脸颊的长发梳理到耳后，露出清冷的笑容，反问杜志勋："那么你觉得是哪种可能，组长？"

"我只相信证据。从我个人而言，我不希望你是凶手。"

"……"

"但是这家伙相信你。"杜志勋拍了拍丁潜的肩膀，"还拉着我跟顾宗泽的刑警队赌了一趟新马泰七日游。我俩要是赢了，他们每个人破费一点儿，我俩要是输了，我们就破产了。"

柳菲扑哧一下乐了，无奈地摇摇头，用那双剔透的眸子幽幽地看向丁潜，欲说还休。

"我找你，其实还有一件事……"杜志勋说。

"什么事？"柳菲隐约觉察出了什么。

"你父亲的尸体已经找到了。"

柳菲僵住了几秒钟，说："在哪里找到的？"

"就在王悦停车旁边的人工湖里，他没说谎。"

"我知道了，谢谢你们。"柳菲淡然回答。

直到柳菲目送丁潜和杜志勋离开审讯室，只剩下她一个人了，泪水才夺眶而出。

胡氏牙科诊所位于建业区几个老社区之间的小街道上，是个一楼的门市房。门脸不大，普普通通，只有两个房间。

这两天，郭蓉蓉和年小光一直在暗中监视胡小雯的一举一动，并没有发现什么反常情况。

其实早在他们来之前，顾宗泽就已经派马洪涛暗中保护胡小雯了，只不过当时的目的是以胡小雯为诱饵抓凶手，换个角度来说，胡小雯也确实表现得很正常。在马洪涛眼里，她只不过是一个性格孤僻、反应迟钝的瘸腿老女人。他压根儿都不相信她是杀人凶手。

胡小雯住在附近的居民楼里。她的生活十分规律，白天大部分时间待在诊所，一直到晚上八九点钟才回家，早上9点，她准时到诊所开门营业。平时客人也不多，有时候一整天都没有一个人。

郭蓉蓉在监视的间隙，对胡小雯的住处和诊所环境做了详细了解，她发现了一个问题。像这种老式小区都是开放式的，可以随意进出，格局也错综复杂。马洪涛的工作基本上都集中在监视外来可疑人物身上，对于胡小雯本身并没有过多关注，理论上来说，她还是有机会偷偷离开警方视线的。

3

郭蓉蓉把这些情况如实向杜志勋做了汇报，杜志勋默默听着，没发表任何看法。

此时，他和丁潜坐在轿车后座，透过车窗，能清楚地望见相隔一条马路的胡氏牙科诊所。

诊所的门脸十分简陋，只有两间屋子，窗户上拉着百叶窗，看不到屋里的人。郭蓉蓉说，她一早就看见胡小雯进了诊所，一直都没有出来。

案情的进展似乎开始朝向他们预测的方向发展，这个隐藏得很深的嫌疑人终于露出了马脚。

杜志勋在车里做了简单安排，他和丁潜准备亲自去会会胡小雯，让郭蓉蓉和年小光趁机去胡小雯的家里搜查。

四个人一起下车，分头行动，杜志勋和丁潜穿过马路，推门走进诊所。

里面是一个类似办公室的房间，墙上贴满了各种龋齿照片和补牙效果图。地上摆了两盆龟背竹，迎面有一张办公桌，桌子后面的椅子是空的。与这间屋子相邻的是诊室，此时里面传来窸窸窣窣的声响。

两个人走到诊室门口，往屋里看了看。诊室中央有个巨大的牙科椅，上面正仰靠着一个男性患者，嘴巴长得老大，双眼圆瞪，跟王悦的死相倒是有点儿相似。

一个穿着白大褂、个头不高的女医生正拿着工具在患者嘴里治疗。

不用问，这位女医生就是胡小雯了。

胡小雯抬头看了杜志勋和丁潜一眼，露出一张阴郁苍老的瘦脸，看着远比她这个年纪老很多。

她不认识杜志勋和丁潜，把他们当成了患者，礼貌地说了一句："请稍等一会儿。"

杜志勋和丁潜没说什么，走到外屋等胡小雯。

男患者离开后，胡小雯洗了手，一瘸一拐地走出诊室。她打量了打量杜志勋和丁潜，问："你们哪位要看牙？"

杜志勋说："我们不看牙，我们来找你。你就是胡小雯吧？"

"你们是……"

杜志勋掏出警官证给她看了一眼，说："我们找你了解一些情况。"

胡小雯阴郁的脸上掠过一丝不安，说道："是因为当年曲浩民侵犯杨欣的那件事吗？"

"对。"

"头两天就有警察过来找我问过情况，我都已经说过了，事情过去了这么多年，翻出来还有什么意思？"

"当年那件事涉及一起新近发生的连环杀人案，之前的警察跟你提起过江海涛和李肃陵刚刚被人杀害了吗？"

"倒是说过。"胡小雯承认，"不过我可想不明白他们被杀跟曲浩民的案子有什么关系，说不定是这两个人得罪了什么人呢。"

“你了解江海涛和李肃陵吗？”

胡小雯摇摇头：“我跟这两个人没来往，纯粹就是猜的。”

“那你认不认识一个叫王悦的人？”

“王悦？”胡小雯想了想，“没有印象。”

“他也是曲浩民案件的证人之一，上周他也被人杀害了。”

胡小雯“哦”了一声，显得满不在乎：“就算是有人想报复，也没必要报复到我头上吧？我这么一个半死不活的瘸女人，活着还不如死了呢。要是真来杀我，反倒是让我解脱了。”

胡小雯的口气里充满了沮丧，就好像根本不把自己的生死放在心上似的。

“很奇怪。”杜志勋说，“我说有人因为曲浩民的案子报仇杀人，你一点儿都不觉得惊讶。难道你认为报仇杀人理所当然吗？”

“我可没这么说。”胡小雯一下清醒过来，矢口否认，“再说不就是一起案子吗，这么多年都过去了，也不知道曲浩民抓没抓到。难道你是说他现在想要报复我们？我已经无所谓了，我都看开了。”

“你当然看开了。因为你心里清楚，曲浩民早在许多年前就被害死了。”

“你说什么呢？我不明白。”

“我们已经找到了曲浩民的尸体。是二十年前，江海涛、李肃陵和王悦合谋把他杀害的。这些人的谈话录音我们都有，你们这些人当年都干了什么我们已经摸得一清二楚，还用我继续往下说吗？”

胡小雯一下子噎住了。

她扶着桌子，拖着假肢吃力地回到椅子旁坐下，她拿起桌上的水杯喝了一大口水，沉默了许久后，那张阴暗苍老的脸已然变成了铅灰色，她露出一种似笑似哭的表情：“人在做，天在看，哪怕过了二十年，还是没躲过。”

杜志勋意味深长地注视着她，说：“法律上有二十年追诉期这个界定。

除非是杀人罪这种重罪，普通罪行如果二十年内没有罪责，就会自动取消立案，不予追究。以目前掌握的证据来看，你当年的罪行只能算作诬陷，即便是你现在认罪，我们也不会逮捕你。我们这次来找你，是专门为了调查杀害江海涛、李肃陵和王悦三个人的案子的。”

胡小雯缓缓点头：“他们三个该杀，早在二十年前就该杀了。曲浩民死得确实很冤。”

“那么你能提供凶手的线索吗？”

胡小雯摇摇头。

“我们刚好有一个线索，想请你鉴别一下。”杜志勋说着从怀里掏出一张照片，放在胡小雯面前的办公桌上。

照片上是一辆白色现代朗动轿车。

胡小雯盯着那张照片瞅了半天。

“你认识这辆车吗？”杜志勋问。

“有点儿像我那辆车，不过车牌子不一样。”

“车牌子是假的，这是我们发现它时拍下的照片。它真正的车牌是XAXXXP4。我们经过查询，确定这辆车是你的私家车，而且我们发现这辆车的地方就在王悦的遇害现场附近。”

胡小雯的脸紧张地抽搐了几下。

“除此之外，我们在调查另外两个死者江海涛和李肃陵时，也同样发现你这辆车曾经跟踪过他们。”

胡小雯的喉咙动了动，努力吞咽了一口唾沫，说：“我那辆车丢了。”

“丢了？”杜志勋怀疑地盯着她。

“嗯，丢了有一段时间了。”

“你报警了吗？”

“我最近身体不好，刚病了一场。正准备这两天去。”

杜志勋看了看丁潜，用不着丁潜说他也明白，这个女人分明是在撒谎。

胡小雯怕杜志勋和丁潜不相信似的，急切追问：“警察同志，偷车的人你们抓到了吗，太可恶了，你们一定要好好处理他！”

这是一个很拙劣的谎话，还就偏偏无法戳破。

物证科这两天对胡小雯的轿车做过仔细搜查，指纹、汗液等东西倒是发现了不少，但是没找到任何与江海涛、李肃陵和王悦有联系的物证。换句话说，仅仅证明胡小雯在车里待过没有用，那本来就是她的车，关键是能把她与被害人联系在一起的证据没找到。

而胡小雯刚才那个拙劣的谎话，恰好把她唯一的漏洞又给圆上了。

4

“胡女士，我还有一个问题，3月2日，也就是上周四，你一直都在诊所里吗？”杜志勋问。

3月2日就是王悦遇害那天。胡小雯的车一直跟踪王悦，从市里跟到了郊区水库。

“我那天没开业。”胡小雯回答得很干脆。

“你去干什么了？”

“我去教堂了。”

“教堂？”

“就是建新区东江路上的教堂，我每周周四和周日去两天。”

“你是什么时候去的，什么时候离开的？”

“早上7点到的，我一贯都很准时，离开时间大概是下午3点多。怎么，你们还怀疑我这个瘸老太太是凶手吗？”胡小雯带着自嘲的口吻说着，抬起右腿，从裤管里露出了合金的义肢骨架。

“有谁能证明你那天去过教堂？”

胡小雯露出神秘而得意的笑容：“几十个人呢，都能给我做证。你们随时可以去教会打听。”

胡小雯说话的口气胸有成竹，看不出一点儿心虚。

难道那个开车跟踪王悦的人真不是她？

那她刚才为什么要撒谎？

杜志勋看了看丁潜，丁潜心领神会，他们这次来绝不能空手而归，必须赶在顾宗泽对柳菲立案之前拿到重要证据。

实在不行只能用催眠了，虽然杜志勋一向视丁潜的催眠术为旁门左道，但关键时刻也没有其他更好的办法，就算催眠结果不能作为直接证据，至少也能提供一些线索。

丁潜走到胡小雯面前，胡小雯本能地产生了一些警觉。她一直都在跟杜志勋交谈，对丁潜毫不了解。她睁大眼睛，狐疑地瞅着丁潜，有种说不出来的感觉，这个高个子男人很有魅力，但是眉眼间却透出一股邪气。

他跟杜志勋正好相反，一句话也不说，就这样似笑非笑地看着胡小雯。

胡小雯反而更紧张：“你……你想干什么？”

丁潜就是要先给她营造心理压力，不管是顺从还是抗拒，精神力量越集中的人就越容易被催眠。除非是像杜志勋和巫云飞这样意志力强大，极少受外界干扰的人才不容易被催眠。

丁潜稍一试探，发现胡小雯不难催眠，心里有数后他正要施展手段，不曾想赶上有患者来了。

他只好停下来，回头看了一眼，发现来的患者居然还是个性感女郎。

这女郎看上去二十岁出头，穿着十分妖娆，一套黑色的连体皮裙紧紧裹在身上，再配上那张精致的瓜子脸和一头披肩红发，相当拉风。至于嘴里的牙好不好，那就没人知道了。

丁潜看到这个女人愣了一下。

他跟这个性感女郎还真是有缘。才相隔一周，这是他们的第二次见面了，而且两次见面的场合都很戏剧性。上一次是在王悦遇害现场，这个红发女郎开着一辆红色小跑非要从警察的封锁地带穿过去，说是要追她男朋友。结果搞了半天，她男朋友就是丧命的王悦，这位只跟王悦在网上谈过恋爱的女人还伤心地哭了一通。不过看她此时的精神状态倒是不错，好像早已把前任男友忘了。

这人并没有认出丁潜，她一进门就朝胡小雯露出了殷勤的笑容："阿姨，您好，还在忙呢。"

胡小雯似乎认识这女的，脸色变得很不好看，她没好气地说："你又来干什么？"

"阿姨，我来看看你呀。顺便想带你出去逛逛街，买两件衣服。"

"我上班呢，没空。"

"哎呀，这不是您自己的店吗，就休息半天，不碍事。您也该放松放松了。"

"哼，我可没有闲工夫放松，哪像你们当网红的，化点儿妆，穿少点儿，往电脑前坐两小时，轻轻松松就把钱赚了。我还得靠赚辛苦钱养家糊口呢。"

丁潜和杜志勋都看出来了，胡小雯这是成心讽刺人呢，可是这个姑娘的脾气特别好，一点儿都不生气，还赔着笑脸说："阿姨，这是哪儿的话，您儿子那么有钱，哪还用得着您养家糊口啊。将来我俩在一起了，还用得着您辛苦呀，把这店一关，您就享清福得了。"

"你胡说什么呢，谁要关店！"胡小雯火冒三丈，"我自己的店，还轮不到你做主。再说，我也没有儿子，要我说多少遍你才能听明白，赶紧走，赶紧走，别耽误我做生意。"

那姑娘自讨没趣，憋了一肚子火，一甩红头发，扭着身子离开了。

丁潜朝杜志勋使个眼色，两个人也离开了牙科诊所。

丁潜赶上那个姑娘，听到她自个儿还在愤愤不平地发牢骚：“有什么了不起，哼，仗着儿子有俩钱就在那儿摆臭架子，你算老几呀，哼，要不是看在你儿子的面子上，我能搭理你这个臭瘸子，给我洗脚我还嫌脏呢！”

“小姐，您这换男友的速度可是够快的。”丁潜悠悠道。

那女人被吓了一跳，回头看见丁潜瞬间有点儿花痴，但马上板起脸来说：“你谁呀你，瞎说什么呢？”

“我说错了吗，上周你可是追你男朋友追到水库了呢，知道你男朋友让人杀了，你还哭得死去活来的。怎么这才一个多星期，你就走出悲痛，迎接新生活了？”

“你……你是警察？”那女人大眼瞪小眼地看着丁潜。

“差不多吧，当时我也在场。你不是管你男朋友叫白公子吗？现在胡小雯的儿子你称呼他什么？别告诉我你们也是在网上认识的。”

姑娘大眼一瞪：“网上认识的怎么了，我粉丝多着呢。白公子就是我的忠实粉丝。”

“哦，那么你现在这个男朋友怎么称呼呢？”

“什么怎么称呼，他就是白公子啊。”

丁潜有些疑惑：“白公子不就是王悦吗？他不是已经死了吗，你亲自确认过的？”

“哎呀，那其实是个误会啦。”女人摆了摆手，“你说的那个王悦其实不是白公子。白公子那天开了一辆白色的轿车，我一口气跟到了水库，最后让你们给拦下了。你们跟我说路封了，前面只拦住了一辆白色宝马车，我以为就是白公子的车呢，然后就稀里糊涂地被你们带到山上看那具尸体了。当时我真以为那个死人是白公子呢。妈呀，可吓死我了，到现在我晚上都不敢关灯睡觉。直到后来，白公子又在网上给我打赏了，还把我吓了一跳呢。仔细一问，才知道原来是一场误会。”

第十五章　蠢东西

1

看着姑娘傻呵呵的笑容，丁潜似乎想到了什么："请问你怎么称呼？"

"白米丽。"

还真是人如其名。

"白小姐，我问你一件事，请你务必说实话，你到底有没有亲眼见过这位白公子？"

白米丽显出一些尴尬："其实还没有……不过快了。"

"你都没见过他，怎么说他长得白白净净，很帅气呢？"

"那是他自己说的啊，他说他皮肤比较白，五官有点儿像潘粤明。那还不是帅哥？"

"他又没给你看照片，你怎么知道他不是在骗你？"

"他要是真想骗我，何必要那么说，直接弄张帅哥照片，或者修一张图发给我不就得了？"

这姑娘偶尔聪明一回，还把丁潜给问住了。

他想了想，说："王悦长得倒还算白净，不过年纪大了点儿，死后都脱相了，你当时就没想过可能认错了？"

提到这件事，白米丽就来气："那还不都怪你们，就说拦住一辆车，我跑过去一看是辆宝马，那就更差不多啦！白公子本来就很有钱，开个宝马不是很正常吗？”

合着搞了半天，完全是这个做梦傍富的女孩儿自己的幻想。

“你现在能确定这位白公子就是开诊所的那个女人的儿子吗？”

“那是当然，这可是我费了好大劲才打听到的。”

丁潜回头瞅瞅了胡小雯的牙科诊所，笑道：“你确定这位白公子是家里有钱？”

白米丽似乎受到了羞辱，很不高兴地撇撇嘴，说：“当然是确定啦！那还有什么疑问。他妈妈是没什么钱啦，人家爸爸可是开公司的。我这辆车就是他送我的生日礼物。”她故意炫耀似的回手指了指停在路边的那辆红色小跑车。

丁潜打量了打量，没做评价。

白米丽从小挎包里掏出一个名片递给丁潜，说：“我还有事，先走了。有事给我打电话吧。对了，上面还有我的直播平台，别忘了去给我捧场呀。”

说完白来丽就钻进跑车，很拉风地扬长而去。

丁潜望着跑车背影，无奈地对身旁的杜志勋说：“恐怕这位米丽小姐又要失望了，她这位男朋友要么是装富，要么纯粹是逗她玩儿。送她一辆平民跑车，还是二手翻新的。多说也就值个十万八万。”

杜志勋没心思跟丁潜扯闲篇，赶紧说正事：“原来胡小雯还有一个儿子，我们居然把这件事给忽略了。刚才听你俩谈话，我大概听出了那天到底发生了什么。看上去是一个误会，但仔细想想，或许这个女人误打误撞帮了我们大忙。她说她男朋友开一辆白色的轿车，而王悦那辆宝马也是白色的，正因为这样她才会认错吧？不过巧合的是，胡小雯藏在水库边的那辆现代轿车也是白色的。你说这辆车会不会才是白米丽那天要追的车？”

丁潜不能肯定，但是他跟杜志勋想到了一起：“怎么样，要不咱们再回去问问胡小雯？”

杜志勋掏出手机看看时间：“现在距离胡小雯下班还有四个多小时，咱们不如先去其他地方了解了解。”

胡小雯的家距离胡氏牙科诊所不到十分钟的路程，位于老式小区略显杂乱的楼群中，两室一厅的房子。

杜志勋和丁潜赶到时，郭蓉蓉和年小光已经大致搜查了一遍。

“怎么样？”杜志勋问。

“没发现作案工具，或者跟杀人案有关联的东西。”郭蓉蓉说，“不过，就算看上去很普通，也不代表没有问题。顾宗泽的手下早就跟她有过接触了，尽管当时还没有怀疑她，但她肯定也会有所提防的，说不定早就把可疑的东西转移了呢。”

杜志勋站在客厅里打量四周，胡小雯倒是个爱干净的人，虽然离婚多年，但仍然保持着规律的生活习惯。

“这个家里只有她一个人住吗？”杜志勋问。

“我正要跟你说这个呢。你们过来看看。”郭蓉蓉把杜志勋和丁潜领到阳台，指了指晾衣架。

晾衣架上挂着好些洗过的衣服，大部分一看就是胡小雯穿的，不过其中有几件衣服号码明显小了好多，是童装。

“衣柜里还有一些童装呢。”郭蓉蓉说，“看上去胡小雯是带着小孩儿一起生活的，应该还是个男孩儿。”

“小男孩儿……”杜志勋若有所思。

“说不定就是东东呢，如果真是他，那个幕后控制他的人肯定就是胡小雯了，这正好可以解释案子里的很多疑点。不过从年纪上看，胡小雯应该是他的奶奶或者姥姥。那胡小雯就应该有个儿子或者女儿了。”

“他有个儿子。”

“儿子？是干什么的？”

“现在还不知道。那天驾驶现代轿车跟踪王悦的人很有可能就是他。”

“难道他才是凶手？”

“现在还不好说他与他母亲在这个案子里扮演着什么角色。胡小雯本身就是医生出身，善用手术刀，精通解剖学这个也不算稀奇。虽然她腿脚不灵便，不过考虑到柳菲事前制伏了被害人的前提，胡小雯完全有能力作案杀人，而且作案动机也比较充分。至于她儿子是什么情况，目前来说，我们还一无所知。”

“那至少可以证明小菲姐的清白了吧？”

“也不容易。这起案子牵涉到的人有很多——胡小雯、胡小雯的儿子、胡小雯的孙子，还有柳菲，全都牵涉进来了。即便曲浩民当年被诬陷也有胡小雯的责任，但不能排除她和柳菲和解的可能性。至少顾宗泽一定会往这方面想。我们要想说服他，替柳菲洗脱嫌疑，还需要更多有力的证据。比如说，尽快找到胡小雯的儿子……”

郭蓉蓉忽然想起了什么，面露异色：“说起来确实有点儿奇怪，我们检查了这么半天都没在胡小雯家里没发现一张照片。”

“没发现照片？”杜志勋若有所思，挨个房间走了一圈。正如郭蓉蓉所说，没有看到一张照片，墙上没有结婚照，柜橱里没有相框。不过装饰画倒是不少。

“连影集什么的也没有发现吗？”他问郭蓉蓉。

“找过了，没有。”

“这就有点儿不正常了。如果说他只是把结婚照和前夫的照片丢掉了还情有可原，但她不可能连自己儿子、孙子的照片也丢掉，除非……”

“除非她不想暴露他们。”郭蓉蓉霍然明了，“此地无银三百两，胡小雯的儿子肯定有不可告人的秘密，她才会这么做，说不定还是帮凶呢。我们干脆把胡小雯逮捕，带回去好好审问，顺藤摸瓜把她儿子抓住。”

2

蓝京市刑警队，审讯室。

“我们为什么要把你找来，你心里很清楚。胡小雯，多余的话我就不说了，我只想听你说实话。”杜志勋开门见山。

胡小雯坐在冰冷梆硬的椅子上，神色有些紧张，但还算镇定。

她语调缓慢地说：“当年的事情我都已经认罪了。你们一会儿说我无罪，一会儿又把我抓起来，全凭你们高兴。我当年犯了罪，老天全都看在眼里，我现在能做的只有诚心赎罪。至于你们，希望老天能宽恕你们犯的罪……”

杜志勋冷笑：“老天宽不宽恕你我不知道，但如果你犯了罪，在人间就得受到惩罚了。曲浩民那件案子我们已经弄清楚了。我找你来问的是眼前的案子，江海涛、李肃陵和王悦这三个人到底是被谁杀害的？”

胡小雯耸耸肩膀，露出不屑一顾的表情：“警察同志，你这个问题实在是太无聊了，如果你觉得我这个瘸腿老太太有杀人的能力，那我也无话可说。”

“你自己或许没有杀人能力，甚至你都没有杀人时间，但不代表别人也没有。说说你儿子吧。”

胡小雯脸色一僵，露出奇怪的表情，否认道："你们别听那个小妖精胡说八道，我根本就没有儿子！不知道她脑袋哪根筋搭错了，突然冒出来说非要嫁我儿子，简直就是胡扯！"

"你确定自己没有儿子？"杜志勋语气森然，"我们想查就能查到，这不算什么难事。"

胡小雯随即改口："我那个儿子有跟没有也差不多，我们很久都没见过了。"

"你儿子叫什么名字？"

"孙兵。"

杜志勋话锋一转："东东是你什么人？"

"我孙子。"

"你儿子能把孩子交给你，总不会跟你一点儿来往都没有吧。"

"来往，呵呵，他那蠢货还知道自己有儿子啊，他没把自己忘了就不错了。"白米丽口中英俊多金的白公子到了他妈嘴里就变成了蠢货。

"这么说，东东一直都是由你抚养的？"

"差不多吧。"

"孩子离开家这么多天，你也不着急吗？"

胡小雯的上嘴唇抽动了一下，瞧瞧杜志勋，说："他爹都不着急，我着什么急？我一个瘸老太太自己都照顾不过来呢，还要养活一个小崽子。这孩子也跟他那蠢爹一样，傻乎乎的，有时候一走好几天，这都是常事。最近又跑没影儿了，谁知道死哪儿去了，跟他那个死爹一样。"

"那他离开家这些天，你知道他跟什么人在一起吗？"

"不知道。"

"有没有可能是他爸爸把他领走了？"

"哎呀，那我哪儿知道！"胡小雯不耐烦了，"反正你们要抓就赶紧抓，永远别让我看见那个蠢货才好。”

胡小雯说得咬牙切齿，倒让杜志勋有点儿分不清楚是真是假了。

他说：“我们有一些证据表明，王悦在遇害之前，你儿子开着你的现代轿车一直跟踪他到了遇害现场附近。车我们现在找到了，但是人至今下落不明。你之前说你的车丢了，为什么会是你儿子在开，现在我要你给我一个解释。”

“我的车确实丢了，至于谁开走了，那我就不知道了。但是如果你们怀疑是我儿子杀了人，让我说句心里话，我劝你们别白费力气了，他不可能是凶手。”

“你凭什么这么肯定？”

“我自己儿子我还能不知道？他那个蠢玩意儿连杀鸡都不敢，还敢杀人吗！简直是笑话。反正，你们要是愿意查就查，总之等你们找到那个蠢货的时候别埋怨我没告诉你们，跟我可没有关系。”

胡小雯一口一个“蠢货”，根本不像是在说自己儿子。

杜志勋还从没见过这样的母亲，感到十分诧异，这时候墙上的单反玻璃发出了轻微的敲打声。

他起身离开审讯室，来到隔壁房间。

敲玻璃的是丁潜，他一直在站在单反玻璃后，观看着杜志勋审讯胡小雯的全过程。

“叫我过来什么事？”杜志勋问。

“我感觉她应该是真不知道儿子的下落。”

“你是说她没撒谎？”

“她的表情基本上算正常，除了那句明显的谎话被你戳穿了，再没有那种明显说谎或者故意隐瞒的迹象。就算给她做测谎试验，我想效果是一样。”

丁潜的话让杜志勋很意外："我怎么觉得她有点儿反常呢。哪个母亲说起自己儿子会是这种态度？难道不是她故意装的吗？"

"怎么说呢，或许她是真的厌恶自己儿子吧，甚至是憎恨也说不定。"

"憎恨自己的儿子？"杜志勋费解地望着丁潜。

"她在骂儿子蠢货的时候，眼睛里充满了恨意。我也想不明白为什么，不过我们可以做一个试验。"

"什么试验？"

"她的孙子东东不是还在我们这里吗？你还记得他身上那些伤吧。你说那些伤到底是谁打的呢？"

没过多久，唐英把东东领来了。按照杜志勋的要求，让东东自己走进审讯室。

杜志勋和丁潜都站在隔壁单反玻璃后面看着。

东东走进审讯室后四处张望，似乎对什么都感到新鲜。可是，当他看见胡小雯后，不由得呆住了，愣愣地看着她，过了好半天才仗着胆子喊了一声："奶奶。"

胡小雯看见他，脸色阴沉，没搭理他。

东东犹犹豫豫地走到她身边，拽拽她衣角，小声问："奶奶，我们什么时候回家？"

没想到这句话一下刺激到了胡小雯，她呼啦站起来，扬起手就给了东东一巴掌："回个屁家，你跟你那个死爹一起死外面去得了！"

东东居然没哭，只是下意识地做了一个躲闪的动作。

胡小雯还不肯罢手，把满腔怒气全都撒在孙子身上，不分头脚连踢带打，东东坐在地上，只有疼极了才叫一声，仿佛早已经习惯了。

郭蓉蓉看不下去了，冲到审讯室把胡小雯拦住。

她指着胡小雯问东东："你告诉姐姐，是不是这个女人把你从医院里带走的？是不是她杀了那个女医生？”

东东像被吓傻了似的，胆怯地瞅着胡小雯，一句话也不肯说。

丁潜对杜志勋说：“现在总算知道胡小雯对儿子有多恨了，她甚至把怨恨发泄到孙子身上，当然，或许孙兵下手比他妈还狠。连户口都不给孩子上，他只是把东东当成了一个野种。这位白公子蠢不蠢我不知道，但我保证他是个浑蛋。话说回来，胡小雯是绝对不会给他钱打赏什么女网红的，更别说送跑车了。”

杜志勋也想到了这里：“我应该去会会胡小雯的前夫，看看他跟孙兵是什么关系。”

他给丁潜安排了一个差事：“你也费费心，去跟那个白米丽联系一下，她不是说胡小雯的儿子总给她打赏吗，那他肯定会用到支付宝什么的，看看能不能查出他的个人信息。”

“联系白米丽还是让郭蓉蓉去吧，我跟她又不熟。”

“让郭蓉蓉去没有你效果好，你不是最擅长跟女人打交道嘛。”

“喂，你这话听着怎么这么别扭……”

3

杜志勋、丁潜和郭蓉蓉分头行动。

一小时后，杜志勋给丁潜打来电话，问他那边的情况怎么样。

丁潜说他现在就在白米丽这里，白公子给他打赏所用的支付宝信息已经让钟开新查过了，用的是胡小雯的银行卡和身份证信息。

杜志勋说：“这还真巧了，我刚刚跟胡小雯的前夫孙红楠接触了一下。他倒是开了一家公司不假，不过他矢口否认自己给过儿子孙兵任何钱。他还理直气壮地告诉我，自从离婚之后，他就跟胡小雯各过各的，互不干涉。他的公司都是他白手起家一点点干起来的，跟胡小雯没有半点关系。”

“可孙兵毕竟是他儿子啊，就算他跟胡小雯有矛盾，也不至于迁怒到儿子身上吧？”

“说起来也挺奇怪的，孙红楠对这个儿子的态度几乎跟胡小雯一样，口气十分厌恶。”

“不会是故意做戏给你看的吧？”

“感觉不像，我虽然不会测谎，但也能察言观色。他对儿子的厌恶是真的。再说，你不刚刚查到，孙兵是用他母亲的卡给白米丽打赏的吗，要我看，很有可能是孙兵盗用了他母亲的银行卡。”

“如果真是这样，这个孙兵还真是谨慎得可怕，连个人信息都要隐藏起来。我和郭蓉蓉打算一会儿去派出所看看能不能通过户籍信息查查……”

丁潜正说着，在车里等待的郭蓉蓉已经迫不及待地上楼了，她看见丁潜站在卧室门外打电话，屋里的白米丽打扮得像个原始的吉卜赛人，正在对着电脑跳肚皮舞。

郭蓉蓉问丁潜：“大叔，你还要拖拖拉拉多长时间？”

“没看到我在这儿聊正事呢？”丁潜义正词严地回答，浑然没注意到屋里正在全情投入的白米丽。

郭蓉蓉往屋里端详了一会儿，随口问：“好看吗？”

“基本功还行，胯骨还不够灵活。”丁潜一本正经地评价。

郭蓉蓉二话没说，直接他把揪到了楼下。

刑警队，临时羁押室。

顾宗泽走进房间，看了一眼坐在靠墙长凳上的柳菲，说："听说你要找我。"

"是。"

"怎么，想通了？要交代什么？"

"我说过我不是凶手。"

"这个要靠证据说了算，我们正在调查。"

"听说你们现在已经锁定了疑犯胡小雯，而且很多证据都指向她。"

"你消息还真灵通，杜志勋和丁潜他们对你还真不保留。"

柳菲没理会对方的敲打："顾队长既然肯过来，就不是为了跟我争论的。至少是希望从我这里获得一些有用的东西。"

"那你想跟我说什么呢？"顾宗泽从柳菲那张冰冷的脸上还真猜不透她到底想干什么。

"我虽然没有亲自参与调查案子，但是这些天陆陆续续也听说过一些案情。我反复琢磨这个案子，其实站在你的角度，你怀疑我确实有你的道理。不可否认，我具备作案的条件，也具备作案的能力，如果换作我是你，很可能做出跟你一样的判断。"

顾宗泽没想到柳菲如此坦诚，觉得有些意外。

柳菲接着说："但问题是，我自己清楚，我并不是杀人凶手。也就是说，肯定还有一个人具备与我相似的能力。"

"是啊，胡小雯也是医生出身，现在开牙科诊所。宽泛点儿说，她跟你是同行。她不但有作案能力，更有作案的动机，甚至连你都是被她陷害的，你不会是想跟我说这个吧？"

柳菲皱皱眉，露出一丝不耐烦："顾队长，我现在的身份虽然是嫌疑人，但我之前是特案组的法医，参与过的案子也不少。你想不想听听我这个法医的看法？”

顾宗泽迟疑了一下：“你说吧。”

“如果胡小雯真是凶手的话，那她就不单纯只是一名牙医那么简单。”

“你什么意思？”

“我的意思是说，她要想具备凶手的手段，必须经过某些特殊的锻炼。我听说凶手的下刀处是在被害人脏器的膈膜之间。但实际上，隔着皮肤、脂肪和肌肉想一刀刺中准确位置相当困难，除非经过实际的操作训练才能办到，不是理论上看几本书就能掌握的。可是这个案子的凶手，从第一名被害人江海涛开始，就完全具备了这种水平，只能说明一个问题，这不是他第一次作案。”

顾宗泽倒吸一口冷气：“你有多大把握这么说？”

“百分之百。你可以做些调查，看看最近几年蓝京市里有没有类似伤害的未破案子。如果有，看看跟胡小雯有没有关联，假如跟她一点儿关系都没有，那胡小雯可能不是你要找的人。”

顾宗泽一时心乱如麻。

柳菲到目前为止还是重要嫌疑人，但同时她又是全蓝京警界数一数二的法医，她的话到底该不该相信？

他正想着，忽然停电了，顾宗泽愣了一下，看着昏暗中的柳菲依然安静地坐在那里，苍白清冷的容颜仿佛一尊玉石雕塑一般。

没过多久，门外看守的警员慌慌张张地跑进来，对顾宗泽说：“不好了，队长，着火了！”

“什么？”顾宗泽的心思一下被拽到了眼前，“哪里着的？”

“从一楼法医室那边着起来的。”

顾宗泽也顾不上柳菲了，匆忙跑出羁押室，楼道里已经能闻到刺鼻的烟味了，一楼浓烟滚滚，正顺着楼梯往上涌，楼下伴随着救火的嘈杂声。

真是怕什么来什么，竟然能在这个当口发生这种事。

顾宗泽急忙跑过去，一边疏散人，一边组织救火，给消防队打电话。

折腾了两小时，天都黑了大火才被扑灭。被烧得最惨的地方是法医室，很多尸体都跟着遭了殃，全都变成了焦尸。好在没有人员伤亡。

对于这起意外失火，队里值班的两个法医都感到莫名其妙，着火时他们并不在法医室，究竟是什么原因引起的大火，他们也想不出原因。

不过警队里很多搞技术的专业人员很快就看出了一些疑点。

他们发现起火点十分分散，并不仅仅是在法医室里，还有走廊里的电线附近，大火直接导致了断电，也严重干扰了警队正常工作。

“不会是人为纵火吧……”有人脱口道。

什么人如此胆大包天，敢跑到刑警队纵火？

顾宗泽暗自心惊，他猛然想起前些天有人闯进医院杀害女护士，抢走东东那件事。

莫非是同一个人所为？

4

他急忙掏出手机给唐英打电话，问她东东现在怎么样？

唐英说他们已经安全到家了，一切都好。

顾宗泽不放心，又专门叮嘱她哪里都不要去，切记保护东东的个人安全。

挂了电话，顾宗泽的心情久久不能平静。如果这把火真是凶手点起来的，他没找到东东，下一步说不定还会干出更疯狂的事情。

他命人把警队大楼的所有出口都堵住，每个楼层都仔细检查，看看有没有外来人员趁乱潜入刑警队。

他自己也没闲着，还想着刚才跟柳菲的谈话，按照柳菲的建议，他让人去档案库调取最近几年未破的伤害案，专门收集与江海涛他们类似的案件，最终查到的结果让他疑窦重生。

最近三四年间，确实发生了几起可疑的持刀伤害案，被害人都身中数刀，钱财都被抢光，不过没有人死亡，因此也就没像杀人案那样引起重视。大部分被害人是在晚间去银行取钱后回家的路上遭到袭击的。由于抢匪都是从身后把被害人打昏，所以被害人无法提供关于抢匪长相方面的信息。不过抢匪有个很可怕的习惯，就是在打昏被害人之后，不会马上进行抢劫，而是用刀在被害人身上胡乱捅刺一番才进行下一步，而且这些刀伤并不致命，似乎只是为了增加被害人的痛苦。

查来查去，顾宗泽在其中两起案子的卷宗里发现了“胡小雯”的名字。与其他几起抢劫案有所不同，这两个案子的被害人并没有去银行取钱，身上只带了少量现金，他们被袭击前都去过胡小雯的诊所看过牙，而且都是在离开诊所之后不久遭遇袭击的，因此警方才找胡小雯询问了一下情况，并没有把她作为嫌疑人看待。

“胡小雯，胡小雯……”顾宗泽念叨着这个名字，心头燃烧起熊熊烈火。

没想到还真让柳菲说中了，更没想到真正的凶手刚刚被他放回家。

人还真是最难看透的生物，带刺的未必有毒，懦弱的未必不吃人。大千世界，形形色色，连身经百战的刑警队长这一次都看走了眼。

他马上召集贺炎和几个得力警察，准备商量抓捕胡小雯的事，丁潜和郭蓉蓉这时候赶回来了。

刑警队因为大火断电，到现在还没修好，再加上消防队灭火留下的满地干粉，到处都是一片狼藉。

“这里是让哥斯拉袭击了吗？”丁潜问顾宗泽。

“失火了！”顾宗泽没心情跟他开玩笑，“我们怀疑是人为纵火，罪犯很可能是冲着那个小男孩儿东东来的，想趁乱把他带走……”

一提到东东，丁潜立刻严肃起来，他忙问：“东东现在在哪儿？”

“放心吧，他没事，我让唐英暂时把他带自己家去了，现在一切安全，凶手就算来了也是扑空。”

“这样不行，得马上把东东找到。”丁潜的语气十分强硬。

“你不相信我的人吗？”顾宗泽语气不快，“我们现在已经找到了一些新证据，凶手指向胡小雯。只要我们现在抓住她，东东自然就安全了。我让唐英专门保护东东，不会出差错的。”

“不，你没明白我的意思，现在真正有危险的恐怕是唐英！”

“你说什么？”

丁潜把一张打印纸举到顾宗泽面前，急促说道：“我跟郭蓉蓉刚才去了趟胡小雯所在社区的管辖派出所，她住的那栋房子是她结婚时候的老房子，我们特意查了一下她们一家人的户口信息。胡小雯有个儿子叫孙兵，1989 年出生的，今年应该二十八岁。王悦被害那天，跟踪他的人很可能就是这个孙兵。被你们截住的那个开跑车的女人追赶的其实也不是王悦，应该也是这个孙兵，他网名叫白公子。他才是凶手。”

“你有什么根据这么说，难道不能是胡小雯？”

“胡小雯在王悦遇害那天去教堂参加活动了，根本没时间去跟踪王悦。”

顾宗泽愣了愣，迅速在脑海中厘清思路："我们这边刚刚查到，最近这几年，发生过几起类似的抢劫伤害案，其中两起案子的被害人是在去胡小雯诊所治疗之后不久被人袭击的，凶手把被害人打昏后连捅数刀，完全是为了发泄。我曾经怀疑过凶手是胡小雯，照你这么说，这个孙兵确实更符合凶手的条件。怎么，你觉得他会袭击唐英？"

"我还有件关于孙兵的事要告诉你——这个孙兵几乎没有任何个人信息。"

"什么意思？"

"我们在他家的户口本上找到了他的身份证号，可是在公安网上一查才发现，这个人还没有真实的身份证呢。"

"没有身份证？你确定他不是身份证丢失了？"

"当然不是。虽然他已经成年了，但是他从来就没办过身份证，没有过任何信息。"

"没有身份证他怎么上学上班？做什么都用得到吧。"

"这个问题就应该去问问胡小雯了。总之，我们现在得尽快赶去唐英家，事不宜迟！"

顾宗泽彻底被丁潜搞糊涂了，他怎么就认定孙兵会袭击唐英呢？可是看他焦急的样子又不像是装的。

不过他还是掏出手机给唐英打了一个电话……

说心里话，唐英对这个小男孩儿充满了同情。

一想到他身上那些伤，她就本能地母爱泛滥，想尽最大力量对这个可怜的小家伙好一点儿。

她在带着东东回家的路上，特意给他买了一些玩具和零食，希望能代替他妈妈做一些补偿。

看着东东狼吞虎咽地吃着肯德基，唐英阵阵心酸，柔声安慰他："东东，你放心，在姐姐这里，没有人会欺负你。如果将来再有人打你，你就告诉我，我一定把他抓起来，替你出气。"

也不知道东东听没听懂，他一门心思只顾着低头吃东西，吃了半天，忽然呆头呆脑地冒出一句："还会有人过来抓我吗？"

"当然不会了。"唐英保证，"别看姐姐一个人住，我可是警察，有我在，谁敢来欺负你！"

5

唐英嘴上虽是那么说，心里也还是有所顾忌。毕竟小男孩儿曾经被人从医院里劫走过一回，还杀了一个女护士。

她起身检查了一下门窗，确保都已经关好锁好，还查看了随身携带的手枪，做到万无一失才放下心。

她看了看东东，想起了什么似的，回到房间里找了几件还算合适的衣服给他，让他去洗个澡，把脏衣服换下来扔洗衣机里。

东东摇摇头，看样子他并不喜欢洗澡。

"好吧，那我先去。你先看电视吧。"唐英拿过遥控器找了一个动画片的节目给以他看，转身就进了浴室。

可是没洗多久，她似乎听到防盗门有响动，凭着职业性的警觉，她匆忙擦干身子，套上衣服，走出浴室。

来到客厅，她发现坐在沙发上的东东不见了，只有电视在空响着，光头强得意扬扬的笑声分外刺耳。

“东东！”她大喊了一声。

没人应声。

她猛然发现防盗门竟然打开了，留了一道黑魆魆的缝。

她头皮发紧，掉头跑回卧室拿手枪。当她看见枪套里空空如也，手枪不翼而飞时，不由得激灵灵地打了个寒战。

此时已经来不及多想了，她一边往外跑，一边拿起手机给顾宗泽打电话，但是电话却占线。

经过厨房的时候，她无意中朝里面瞥了一眼，正好看见趴在地上一动不动的东东。

她急忙走过去把东东扶起来，东东脑门上有一块瘀青，往外渗着血。

“你怎么了，东东，刚才发生了什么？”唐英大声问道。

东东睁开无神的眼睛，小脸上带着惊恐，直勾勾地望着唐英身后，“我……我爸爸来了！”

“什么，你……你爸爸……”唐英虽然不知道丁潜他们的调查结果，可是猛然听到小男孩儿这么说，心念电转，已然明白了大概。

她急忙转过身，并没有看见什么人。

安逸的房间里杀机四伏。

“你爸爸他在哪儿？”唐英瞄着防盗门的方向，小声问东东。如果他父亲躲在房间里，那她就拽起东东，以最快的速度冲出去。

“我爸爸他……”东东瞅着唐英的后背，悄悄后退，从刀架上拽出一把又长又尖的厨刀。

顾宗泽给唐英打电话，先是占线，之后就一直没人接。

他便和丁潜带着人驱车赶到唐英家，按了半天门铃都没人开门。

丁潜让年小光把门锁打开，等到大家进入房间，被眼前的一幕惊呆了。

只见穿了一身单薄衣裳的唐英已经躺在了血泊中，浑身冰冷，脖颈上有瘆人的伤口，她的双眼睁得很大，似乎有什么话要说，那张漂亮的脸庞上凝固着惊恐和困惑。

“东东！东东！”顾宗泽像一头发狂的狮子，嘶声咆哮。

根本没人回答。

郭蓉蓉匆匆在房间里查看一圈，焦急地说道：“不好了，唐英的配枪不见了。”

所有人的心都是一沉。

顾宗泽简直无法相信：“唐英是我一手栽培起来的，我知道她的能力，就算是成年男人也不是她的对手，区区一个八岁的孩子怎么能把她害死……”

丁潜望着唐英的尸体，惋惜地叹了口气，对顾宗泽说：“他已经不是八岁的孩子了，算起来，他今年应该二十八岁了。”

“二十八？”顾宗泽吓了一跳。

“他根本就不是胡小雯的孙子，而是她的独生子，他就是孙兵。所以你们才查不到东东的任何信息。因为孙兵本人连身份证都没有，哪里有什么信息可查呢。”

丁潜的话太让人脑洞大开了，顾宗泽问：“可一个二十八岁的人怎么可能长得跟一个小孩子一样，你有证据吗？”

“在来的路上，我接了一通电话，是杜志勋打给我的，我拜托杜志勋去查二十年前的一起车祸。”

“你是说让胡小雯致残的那起车祸？”

“是的。我最初看到胡小雯一家的户口时，对东东产生了怀疑，但因为情况太特殊，我也不敢肯定。我就让杜志勋帮忙去查，终于找到了确切的原因……二十年前，也就是江海涛他们几个人陷害并杀害曲浩民之后，大约过了半年，胡小雯遭遇了一起严重车祸。当时胡小雯就有了私家车，在那个年代还是不多见的，何况她只是一名急救中心的护士，我想她是从江海涛那儿勒索了不少钱。这起车祸到底跟江海涛有没有关系已无从查证。总之是胡小雯驾驶的轿车突然失控，造成追尾并翻车了。胡小雯身受重伤，就此截肢，事后在她工作的中心医院救治。不过，杜志勋查过保存下来的病历档案，发现与胡小雯一起被送到医院救治的还有她的儿子孙兵，那年孙兵刚好八岁，孙兵的伤比他母亲要严重得多，我们现在看到他身上的伤痕不完全是遭受了家暴，有些伤应该就是当年车祸留下的。对于孙兵来说，最严重的伤是在脑部，位置恰好是在脑垂体附近。虽然经过及时救治，他恢复了健康，但是脑垂体的损伤却是永久性的。”

“什么意思，这对他有影响吗？”顾宗泽问。

“脑垂体是专门负责分泌生长激素的，不管是人还是动物，从幼儿时期到成年所经历的骨骼和软组织的发育就是靠生长激素起作用的。可以说，对于幼儿来说，脑垂体至关重要。然而那次车祸恰好伤到了孙兵的脑垂体，致使孙兵停止了生长发育，尽管他的心理年龄在一天天成熟，但他却只能封闭在八岁的躯壳里。”

丁潜的描述让人简直难以想象，顾宗泽说：“那你觉得他就是杀害江海涛他们的真凶？要知道凶手不但要具备高超的解剖学技能，还要有过人的体力，你别忘了，凶手可是在山坡上把王悦拖行了一段路呢。”

“这正是我要强调的，你们千万不能因为他儿童的外表就低估他，他心智已经是一个成年人了，看上去智商也没有受到影响。他完全可以有意识地锻炼自己的身体，训练技能，弥补身体上的缺陷。这是所有残疾人的共同特点，就像瘸腿的人手臂力量都会比正常人大很多，失明的人听力和记忆力超群一样，这种人体机能的潜力让你意想不到。远的不说，唐英肯定就是对孙兵太大意了，才遭到了毒手。再加上孙兵善于利用外表迷惑人，他是个相当危险的角色。任何与他接触的人都可能遇到危险。”

6

“照你这么说，刑警队纵火也是他干了，为的就是想办法脱身……”

“以现在的情况，应该就是这样。他确实成功逃走了，还偷了一把警枪。”

顾宗泽懊悔不已，竟能让躲在眼皮子底下的凶手给跑了。

至于杀人动机，那就不用问了。这样一个罕见的畸形人，在极度自卑和压抑中生活了这么多年，连自己的亲生父母都把他当作耻辱，他有太多理由去憎恨、去报复。

“现在他手里还有枪……”顾宗泽意识到了情况严重，“我们得马上找到他，避免造成更大的伤亡。这家伙能去哪里呢，继续装傻充愣，躲在某个地方扮无辜吗？”

“我最担心的是他可能已经意识到自己要暴露了，所以才冒险从刑警队逃走，如果是那样的话，他应该去做自己最想做的事情……”丁潜凝神思索了片刻，“我想到了一个地方。”

“是杨欣吧？她是除了孙兵母亲外，当年涉案的唯一幸存者了。孙兵肯定不会放过她。”

“其实我倒觉得，比起一个已经断腿又发了疯的杨欣，孙兵还有更感兴趣的地方，毕竟他跟柳菲不同，他跟杨欣之间应该没有直接仇恨。”

“那你觉得这小子能去哪儿？”

“白米丽那里。”

“白米丽是谁？”

“一个没什么名气的小网红，网名叫丽丽。就是我们在水库那儿截住的那个开跑车的女人。”

“她？”

“她不是声称白公子是她男朋友吗，就是在网上给她打赏最多的那个人，这个人其实就是孙兵。”

“……”

丁潜掏出白米丽给他的名片，按照上面的手机号码给她打过去。

电话响了两声，那边就接了，接电话的正是白米丽，她嗲声嗲气地问：“哪一位呀？”

“我是下午去过你家的那个男警察。”丁潜说。

“哦，是帅哥你呀，有什么事，想请我吃饭吗？”听语气，白米丽似乎没什么事。

“你听好了，我问你话，你只用‘是’或者‘没有’来回答。白公子去你那儿了吗？”

“白公子？他没来呀。”

这个女人智商堪忧，但不管怎么说，没事就好。

丁潜刚松一口气，白米丽接着又说：“不过嘛，倒是来了一个小男孩儿，说他是白公子的弟弟。”

丁潜的心一下又提了起来，“他长什么样，是不是穿一身红衣服？”

“是呀，你也见过他呀。”白米丽捂着嘴小声说，“不过我倒是挺纳闷，白公子的弟弟不应该也是有钱人吗，怎么这小孩穿得脏兮兮的，一身的馊味，就像是从垃圾桶里捡回来的似的。难道说，是白公子的爸爸跟外面女人生的野孩子？”

白米丽正在那儿脑洞大开呢，丝毫没有觉察到一个小小的身影已经走到了她的背后。

一个硬邦邦的东西在她屁股上顶了一下。

她回头看见那个红衣小男孩儿正仰着脸冷冷地瞅她，手里拿着一把黑色小手枪。

“你什么时候进来的，吓我一跳。”白米丽扔下手机，拍拍厚厚的胸脯，用手指戳着小男孩儿脑门，“你这个小色狼可不许乱碰姐姐，当心你哥哥打你屁股。”

她并不知道，丁潜正在话筒那头儿急切地警告她呢，她还有心情吓唬小男孩儿。

“我不叫小色狼，我叫孙兵。”小男孩儿纠正。

“好吧，好吧，不管你叫什么，赶紧把你手里的玩具扔了，去浴室里洗个澡，你都臭死了。”白米丽捂着鼻子说。

小男孩儿无动于衷，眼神更加阴冷：“把你衣服脱了。”

“你说什么？”白米丽有点儿不相信自己的耳朵。

“我让你把衣服脱了，里面都要脱掉，不能留下一点儿。”

“哼，小屁孩儿，你还敢调戏我，你才多大呀，信不信我打烂你屁股！赶紧把你手里的破玩具拿开，趁我没发火之前从我眼前消失！”

小男孩儿把手枪对准床上的手机，扣动扳机。

一声震耳欲聋的轰鸣，手机瞬间被炸成碎片，撕碎的床垫和白米丽的智商一起在空中凌乱。

小男孩儿冷眼瞧着白米丽，说：“我来的时候就告诉过你，我能代表白公子，因为我就是白公子。不过你刚才说得也对，我是太臭了，应该好好洗个澡，这么着吧，你脱完衣服之后，咱俩一起洗澡。麻烦你把我全身上下连脚底板都舔干净，不允许有一个地方脏。我为你花了那么多钱，应该要点儿回报了。”

顾宗泽带着人冲进白米丽家的一刹那，眼前看到的景象让所有人都瞠目结舌。

白米丽比唐英幸运，她还没死。

可是她也很不幸，此刻，她正光着身子跪在沙发前，给一个同样光着身子坐在沙发上的小男孩儿舔身子。

不知是紧张还是害怕，白米丽呼吸急促，身上的肉都跟着乱颤，看得警员们面红耳赤，郭蓉蓉干脆把脸背过去了。

顾宗泽举起手枪大喝：“你被捕了孙兵，别装了，我们什么都知道了！”

小男孩儿丝毫没有害怕的意思，他把手枪顶在白米丽的头上，像是在故意嘲弄众人一样，他眼中流露出跟外表全然不符的老辣，“顾队长，你想跟我赌一赌枪法吗，看你能不能在我扣动扳机把这女人的头打爆之前先打爆我的头？”

“不要，千万不要！别开枪，别开枪！”白米丽吓得痛哭流涕。

顾宗泽气得把后槽牙咬得咯嘣嘣直响，但他却不敢赌。他是警察，不是亡命徒。

“现在请你们所有人把枪都放下，否则我还是会开枪！”孙兵笑嘻嘻地得寸进尺。

“你别做梦了，你已经逃不掉了！”顾宗泽挥舞着手枪怒吼。

吼声却难以掩盖他的不安，他从来没有遇到过如此冷静的罪犯，从那张天真的儿童脸上，他看到了一种轻贱生命的冷漠。这种冷漠让他从骨头里感到害怕，就像他此刻面对的根本不是一个人，而是一具僵尸。

7

“我根本就没想逃。”孙兵满不在乎地说，“我随时随地可以打死她，或者让你打死我。不过就是一场游戏而已，我只是想玩儿得开心一点儿。来吧，我数一、二、三，你们就把枪放下，要不我就开枪。”

“……”

“一——”孙兵拉着长音，狡黠地打量着众人，突然目透凶光，“三！”扣在扳机上的食指一勾。

白米丽惨叫一声，吓尿了。

“慢着，别开枪！”顾宗泽第一个把手枪放下。

其他人也都放下枪。

孙兵手指一松，扳机又恢复到原位。他并不懂什么枪械，完全是凭感觉瞎玩儿。

整个局势处于不可预料的状况中，谁都不知道这个小疯子下一步会干出什么事。

白米丽瘫坐在自己的尿上，没被打死也快被吓死了。

孙兵低头瞅着她，笑个不停：“你刚才还嫌我臭，现在你跟我一样臭了。”

“呜呜……呜呜呜……求求你放过我吧，白少爷，你让我干什么都行！”白米丽恸哭不止，发自肺腑地哀求着。

“我不姓白，我姓孙。”孙兵纠正，“连这都记不住，你实在是太蠢了。

有时候我就想，我为你这么个蠢女人做了那么多事情到底值不值得……”

他问顾宗泽：“你说值得吗？”

“不值。你杀了她就更不值。”顾宗泽说。

“哈哈哈，可是我愿意啊。”孙兵转脸又云开日出，“我一看见她的大胸大屁股大长腿就迷得不行，还有她那股风骚妖媚劲儿，我就是喜欢。如果我能娶到这样的老婆过一辈子，让我天天喝她的洗脚水我都愿意。可是我知道，那永远都不可能。没有人会看上我这么一个永远长不大的怪物……”

他还在笑，可是笑声却像呜咽。

“所以你想嫁祸柳菲是吗？”丁潜从顾宗泽身后走出，站在孙兵面前。

孙兵眨巴着一对小眼睛，饶有兴趣地看了他两眼，马上把目光移开了：“我知道你会催眠，我对催眠不了解，还是防备你点儿好。我爱跟你聊天，因为还是你懂我。咱们就随便聊聊吧，你最好不要耍滑头，说不定我会先开枪把你打死。”

丁潜确实是想找机会使用催眠术，但没想到这小子滑得出油，一点儿空子都不给人钻。

他只好拖延他：“我猜，你早就知道当年曲浩民案子的内幕吧。是你从你母亲胡小雯那偷来了那段录音，故意发给柳菲。你猜到她肯定会去调查真相，而你的目的却是为了趁火打劫，抢走那些人的钱，用那笔钱来假装有钱人。”

“果然还是你聪明一些。”孙兵展颜一笑，“不过，你说得也不完全对，我也很想报复那些人。要知道我也是受害者呀。如果不是江海涛他们当年设计那起车祸，我也不会变成现在这个样子，我对他们的恨并不比柳菲少，甚至更多，我只是没有合适的机会下手，江海涛和李肃陵很有钱，王悦功夫高强，哪个我都对付不了。多亏了柳菲，我才有机会痛痛快快地杀了他们，太爽了！从小到大都没有这么爽过。”

所有人都知道这个“爽”字代表什么，除了被柳菲麻醉的王悦之外，这家伙在江海涛和李肃陵完全清醒的状态下，捅了他们上百刀，又强迫他们吞下冻满了钢针的冰块。

这个杀人创意自然就来自那首“切手指，吞千针”的日本童谣，只是他把传说中的童谣变成了真实的杀人手段。

“但我有一点不明白，想要请教你。”丁潜说。

“你问。”孙兵十分高兴给别人当老师。

“当你想到那个日本童谣时，应该就想到了杀死这些人的手段，但是万一柳菲把这些人杀了呢？那你岂不是没有亲手报复的机会了，更没有机会逼迫这些人告诉你银行卡密码了。你怎么解决这个难题，总不能全靠碰运气吧？”

“这个问题其实很好解决啊，居然你们都想不到。”孙兵夸张地摇晃着小脑袋，“因为柳菲是警察啊，警察怎么会杀人呢？”

一句话把丁潜和顾宗泽他们都说愣了。

“因为她是警察，所以我觉得，她收到我的录音之后，第一时间应该是想用警察的办法为他父亲洗脱罪名。因为证据不足，江海涛他们又有背景，她就只能私下里审问他们，除此之外，没有更好的办法。但我觉得她不会杀死他们，顶多就是折磨一下，如果她真杀了人，那就更说不清了，还怎么替他父亲洗脱清白？”

孙兵的话让顾宗泽一干警员深感惭愧，孙兵对柳菲的猜测相当准确，柳菲确实也是这样坦白的，怀疑她最深的人反而是她的警察同事。

人与人之间最难能可贵的品质是信任，最可悲的往往也是信任。

孙兵接着往下说：“当然，我对柳菲也不算很了解，怕她一时激愤真把人杀了，于是我才用邮件的方式给她听那份录音，就是让她明白，这件事不只她一个人知道，她在摸不清我虚实的情况下，自然投鼠忌器。再加上，我在她对江海涛下手的那天晚上故意让她看见，虽然我看着像一个小孩儿，但我毕竟算是一个目击者，对她也算一个提醒。她后来果然没杀江海涛，她只要能放过其中一个人，就能全部放过。我就是这么想的，她也是这么做的，只要她不杀那些人，留给他们一口气，我就有办法动手。我设想过她会如何处置那些人——囚禁、打昏、给他们注射药物等等，我都想过应对的办法。没想到她用了最让我省事的一种方式——把那些人扒光扔在那里羞辱他们。这简直就是在帮我，顺便还能掩护我，我何乐而不为呢？”

8

孙兵滔滔不绝地把自己的犯罪计划和盘托出，听者鸦雀无声。谁能想到这个其貌不扬的畸形儿竟然会有如此深沉狡猾的心机，他不但暗算了柳菲，连顾宗泽这一干身经百战的刑警都中了他的圈套。

丁潜不动声色地听孙兵说完，故意刺激他道："是啊，无论是报仇还是抢钱，不管从哪个角度说，你都必须杀死那些人。但你想过没有，就算你成功了又如何，你能抢多少钱？二十万,三十万，还是五十万？你用这些钱能给你喜欢的女人买个山寨小跑车，给她打点赏之外还能做什么？你觉得她会真的喜欢上你吗？"

这句话一下刺到了孙兵的痛处，他脸色立刻变了，巴掌大的小脸上横出道道肉檩子，寄居在小小躯壳里的恶魔终于露出了狰狞面孔。

他冷森森地问白米丽："你说，你喜欢我吗？"

"喜欢。"

"大声点儿！让所有人都听到！"孙兵童稚的嗓音爆发出撕裂般的怒吼。

"我真的喜欢你，我真的喜欢你！"白米丽流着眼泪，哆嗦着大喊。

孙兵凄然冷笑，"你撒谎。我在你眼睛里没看出一点儿诚意。我跟你心目中的白公子实在相差太远了。我爸是有钱，但他根本就不认我这个儿子。我长得不仅不帅，还是一个畸形儿，让人看一眼就觉得滑稽，恶心……"

白米丽生怕孙兵开枪，忙不迭地说："没有，没有，你很帅，我一点儿都不觉得你滑稽，我喜欢你，我很喜欢你！"

孙兵无奈地对丁潜说："恐怕只有像这样被我用枪指着头的女人才会说喜欢我吧。而我却为了这个根本不可能喜欢我的蠢女人付出了我能付出的一切。我也很纳闷，我怎么会鬼使神差地这么迷她，为了她装成有钱人，拼命地给她打赏送礼物，看到她在屏幕里向我卖弄风骚，我就感觉特别满足。没有钱，我就去偷、去抢。说出来你或许不信，我最初想到对江海涛他们下手还是被丽丽逼的……她主动提出要跟我见面，要跟我一起过情人节。我心知肚明，我根本不可能见她，可是我实在不甘心，我多么希望能像正常男人一样穿戴整齐，光彩照人地去跟喜欢的女人约会，去逗她笑，去保护她，去向她求婚，可是我统统都做不到，不是因为穷，不是因为丑，我是连一丁点儿的机会都没有。因为我就是一个小怪物，一个让人可怜的小怪物。我最大的梦想就是变成一个正常男人，哪怕看上去像一个正常男人，我就知足了。所以我需要钱，我要去治病。吃药不好使，我就去做手术，我听说过有一种'截骨增高手术'，可以让人长高十几厘米，甚至二十多厘米。我想去试试，哪怕有百分之一，千分之一的机会，我都要试一试。万一成功了，我就可以像个正常男人跟丽丽处对象了，还能结婚，过日子，我差不多已经快攒够这些钱了……”不知不觉，孙兵的眼眶中盛满了眼泪。

“我知道你恨。”丁潜说，“你恨你的父母，你恨江海涛、李肃陵、王悦、杨欣。你恨那些瞧不起你的人，你也恨所有的正常人。所以你折磨他们，虐杀他们，让你那脆弱幼稚的内心得到些许平衡。从这个意义上来说，你的内心还是一个没长大的小孩儿。”

“胡说！”孙兵被激怒了，举枪指向丁潜，“你以为你是心理医生就能随便诊断我？我是小孩儿，呵呵，我比你们聪明多了，我能玩儿死你们！”

白米丽吓得不住哀求丁潜：“求求你别再刺激他了，他会把我们都杀了的！”

“是啊，我要把你们都杀了，一个也不剩。”孙兵挥舞着手枪叫嚣。

顾宗泽在一旁见势不妙，也举起手枪。

孙兵忽然揪住白米丽的头发，硬是把她从地上拽起来，挡在自己身前，枪口顶着她的太阳穴：“反正老子也不想活了，你陪我一起走吧。这样咱俩就能永远在一起，你看好不好？”

白米丽一个劲儿地求饶，可是孙兵已经彻底癫狂了，看样子随时都会开枪，所有人的心都提到了嗓子眼儿。

“唉——”距离孙兵最近的丁潜长长地叹了口气。

“你什么意思？”孙兵瞪着眼问他。

丁潜望着都快缩成一团白肉的白米丽和凶神恶煞的孙兵，目光转向窗外，“今晚的夜色可真好，可惜你再也欣赏不到了。你表面上疯狂霸道，其实你只不过是在选择逃避，就因为你心里清楚，你没法像普通人一样过普通生活，你注定是一个怪胎，一个要被社会淘汰的怪胎，你只能懦弱地选择逃避！杀死自己很容易，你连活下去的勇气都没有，注定是懦夫！”

“吼——”孙兵掉转枪口指向丁潜，“我杀你更容易！我杀她前先带上你！”

砰——

枪声呼啸！

孙兵的脑袋上飞溅一蓬血花！

那瘦小的身体从沙发上滚落，歪斜着倒在地上，手里还紧握着那把手枪。

一个身影从窗外翻身跃入，手里的枪口还飘着淡淡青烟。

来人正是杜志勋。

众人惊喜交加，刚才大家的注意力全在孙兵身上，根本不知道杜志勋是什么时候爬上来的。是丁潜最先发现了他，这才故意说话吸引孙兵的注意力，给杜志勋创造瞄准时间。

孙兵身亡，就躺在白米丽脚边，两颗眼珠依然凝视着白米丽。

惊吓过度的白米丽看不出丝毫惊喜，和孙兵的尸体四目相对，仿佛彻底傻了一般。

杜志勋让郭蓉蓉找来衣服给白米丽遮住身体，搀扶到其他房间休息。

他发现丁潜依旧站在那里，一动不动地望着孙兵的尸体。

“你想什么呢？”杜志勋问。

“我在想，假如当年没有发生那起车祸，孙兵像个正常人一样长大，还会杀人吗？”

杜志勋一笑：“照你这么说，假如胡小雯没有敲诈江海涛呢，也就不会有车祸了。”

“是啊，如果江海涛他们没有陷害曲浩民，如果胡小雯没有被收买，就不会有之后的敲诈，没有敲诈就没有车祸，没有车祸，孙兵就不会致残，也就不会被父母嫌弃虐待，那他还会是现在这样吗？”

杜志勋沉吟片刻，说："但法律看重的毕竟是结果。"

"是啊，法律看重的是结果，心理学看重的是原因，到底是什么原因把一个原本普通的孩子变成了一个残忍畸形的怪物呢？二十年前的案子和如今的连环杀人案，这算是蝴蝶效应吗？”

“……”

"因为三个陷害无辜的犯人，因为一个被收买的被害人，因为一对贪恋自私的父母，合伙制造出了一个冷酷的连环杀人犯。在我看来，这些人才是真正的凶手，而法律却往往对他们无能为力。你知道人们的心中为什么有神吗？”丁潜忽然反问杜志勋。

杜志勋没有回答。

"因为只有神，才能真正看透我们的善恶。"